事先果

쟁선계 6

2017년 5월 12일 초판 1쇄 인쇄
2017년 5월 17일 초판 1쇄 발행

지은이 이재일
발행인 이종주

기획 팀 이기헌 송윤성 왕소현
책임 편집 백승미

발행처 (주)로크미디어
출판등록 2003년 3월 24일
주소 서울시 마포구 성암로 330 DMC첨단산업센터 3층 314호
Tel (02)3273-5135 Fax (02)3273-5134
홈페이지 rokmedia.com E-mail rokmedia@empas.com

ⓒ 이재일, 2013

값 11,000원

ISBN 979-11-6048-606-3 (6권)
ISBN 978-89-257-3094-3 04810 (세트)

爭先界 6

| 이재일 장편소설 |

ROK
MEDIA

로크미디어

차례

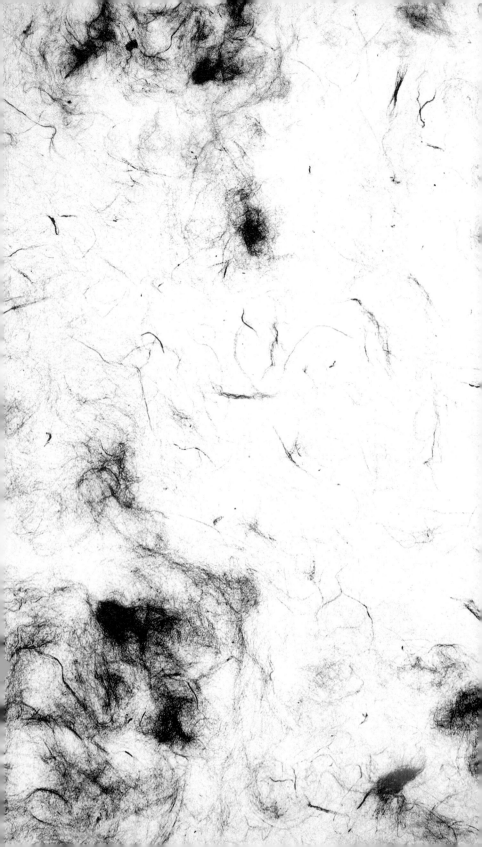

상숙 象叔

(1)

무양문주 서문숭이 소시부터 밥보다 무공 수련을 더 좋아하는 무공광이라는 사실은 온 강호가 다 아는 사실이었다. 하지만 서문숭이 늘그막에 들어 무공을 수련하는 시간보다 더 좋아하는 시간이 생겼다는 사실을 아는 사람은 매우 드물었다.

그 드문 사람 중 하나가 바로 제갈휘였다. 단순히 아는 것뿐이 아니었다. 콧대를 하늘 꼭대기에 두고 사는 서문숭으로부터 아우 소리를 듣는 유일무이한 존재인 그는, 가끔 서문숭과 함께 그 시간을 향유하기도 했다. 그리고 드러내 밝힌 적은 없지만, 그는 자신 또한 그 시간을 꽤나 즐긴다고 여겼다.

지금 서문숭은 땀을 무척 많이 흘리고 있었다. 전신에 있는 땀구멍이란 땀구멍이 하나도 남김없이 활짝 열려 있는 것 같았다.

서문숭으로 말하자면 천하에서 적수를 찾기 힘들 정도로 높은 경지를 이룩한 무학의 대종사였다. 이미 오래전 금강석처럼 견고한 내외를 이룬 덕에 한서수화寒暑水火의 침범을 두려워하지 않는 그인 만큼, 마음만 먹으면 시뻘겋게 달아오른 화덕 위에서도 콧노래를 부를 수 있었다. 그런 의미로 볼 때, 그가 지금처럼 땀을 줄줄 흘리는 것은 매우 이례적인 일이라 할 것이다.

하지만 땀은 땀이되 기분 좋은 땀, 몸속에 있는 불순한 찌꺼기들을 일시에 배출해 버리는 땀, 그런 땀이라면 천하의 모든 이들이 애써 흘리고 싶어 하지 않을까?

물론 서문숭도 그랬다.

"난 이 시간이 제일 좋다네. 이건 정말이야."

서문숭은 우렁우렁한 목소리로 말한 뒤, 고개를 세차게 저어 턱수염에 고인 물방울을 털어 냈다. 마치 소나기를 맞은 개가 몸을 털어 털을 말릴 때처럼, 무수히 많은 물방울들이 그의 고갯짓에 따라 사방으로 흩뿌려졌다.

그 모습을 바라보던 제갈휘가 풋, 웃었다.

"왜 웃나? 내 모습이 우습나?"

서문숭은 뜨거운 온천수에 몸을 담근 채 어깨 윗부분만 내밀고 있는 제갈휘를 노려보았다. 하지만 결국에 가서는 그 또한 웃고 말았다. 전신에 실오라기 하나 걸치지 않은 채 둥그스름한 돌멩이에 주저앉아 땀을 뻘뻘 흘리는 노인이라면, 설령 그 신분이 아무리 지고하다 할지라도, 그리고 그 몸이 아무리 튼실해 보인다 할지라도 위엄 있어 보이진 않을 것이기 때문이었다.

"쳇, 웃고 싶으면 얼마든지 웃으라고. 하지만 자네가 아무리 웃어도 내가 이 시간을 제일 좋아한다는 것에는 변함이 없을 걸세."

서문승이 심술 난 개구쟁이처럼 입술을 삐죽거렸다. 그러자 제갈휘가 고개를 저었다.

"저도 문주님께서 온천욕을 즐기신다는 것을 압니다. 다만⋯⋯."

"다만⋯⋯?"

"문주님의 목이 그렇게 잘 돌아가는 게 신기해서 그렇습니다."

뭉클거리며 주위를 감싼 자욱한 유황 연기 탓일까? 제갈휘의 목소리에는 왠지 동글동글한 느낌을 주는 여운이 뒤따르고 있었다.

"목이라고?"

탄탄한 근육으로 둘러싸인 목을 양어깨 위로 건들거리면서, "내 목이 어디가 어때서?"라고 중얼거리던 서문승이, 어느 순간 갑자기 두 눈을 부릅뜨며 제갈휘를 향해 버럭 고함을 질렀다.

"뭐야! 꼬마에게 몇 대 맞아 줬다고 해서 자네까지 나를 장기판 졸로 여기긴가?"

제갈휘가 소리 내어 웃었다.

"하하! 맞아 주신 겁니까?"

"맞아 준 게 아니면?"

서문승은 푸르스름한 기운이 감도는 수염을 빳빳이 곤두세우곤 제갈휘를 향해 으르렁거렸다.

"설마 자네, 내가 정말로 실력이 달려서 꼬마에게 맞았다고 생각하는 건 아니겠지?"

"저는 아무 말도 안 했습니다."

이렇게 얼버무리고는 있지만, 제갈휘의 목소리 말미에는 예의 동글동글한 여운이 여전히 따라다니고 있었다. 그러고 보니 그 여운이 반드시 유황 연기 때문만은 아닌 것 같았다.

서문숭은 자존심이 상했다. '저 녀석이 어제 무위관에서 벌어진 일을 두고 비웃는 것이겠지.'라고 생각하니, 새삼 주먹에 불끈 힘이 들어갔다.

바깥세상에서의 모든 직위를 묻어 둔 채, 마주한 상대와의 싸움에만 몰두하는 기이한 연무장, 무위관은 서문숭에게 있어서 이 유황 온천만큼이나 큰 유쾌함을 안겨 주는 고맙고도 신나는 장소였다. 평소 자신 앞에서 숨도 크게 내쉬지 못하던 놈들이 악에 받쳐 달려드는 것도 유쾌했고, 그런 놈들을 가차 없이 메다꽂아 주는 것도 유쾌했으며, 깨진 이마를 문지르며 눈물을 삼키는 놈들을 득의양양한 눈으로 감상하는 것 또한 유쾌했다.

그런데 어제 열린 무위관은 달랐다. 서문숭이 상례를 깨고 무양문도가 아닌 사람을 대련 상대로 지목한 것도 달랐고, 그 사람이 상상을 뛰어넘는 엄청난 실력을 발휘하며 반 시진 가까이 서문숭과 어울린 것도 달랐으며, 그 결과 서문숭이 세 대나 더 많은 유효타를 허용한 채 싸움을 마무리한 것 또한 달랐다.

그 세 대 중 가장 지독한 한 대가 떨어진 곳이 바로 서문숭의 좌측 목덜미, 쇄골과 첫 번째 흉추가 만나는 부위였다.

당시의 광경을 떠올리면 제아무리 서문숭이라도 가슴 한구석이 싸늘하게 식어 오는 것을 느낄 수밖에 없었다. 꼬마의 그 한 수는, 만일 그의 광명심법이 저절로 호신강기를 형성하는 초연물외超然物外의 경지에 오르지 않았다면, 그대로 치명타가 될 수도 있는 무서운 일격이었던 것이다. 한데 제갈휘가 짓궂게도 그 일을 끄집어내니 자존심 높기로 유명한 서문숭이 어찌 불쾌하지 않겠는가.

하지만 별수 없었다. 맞아 준 게 아니라는 사실은 누구보다도 서문숭 본인이 가장 잘 알고 있었으니까.

"그놈이 늘기는 많이 늘었더군. 팔다리 놀리는 것이 지난겨울에 비해 훨씬 부드러워졌어. 꼬마치고는 제법이야."

서문숭은 풀죽은 목소리로 중얼거렸다.

"꼬마치고는 너무 크죠."

제갈휘가 서문숭의 말을 조금 수정해 주었다. 객관적으로 봐도 반박할 여지가 없는 수정이라 서문숭은 불쾌해할 수조차 없었다.

"하긴…… 그놈이 꼬마면 딴 놈들은 다 난쟁이겠지."

서문숭이 쓰게 입맛을 다셨다.

"그는 지난겨울 내내 혈랑곡주의 독문 무공이 아닌, 다른 신공을 연성한 듯하더군요. 그렇지 않았다면, 그의 성취가 아무리 빠르다 한들 살기를 일으키지 않은 상태로 문주님과 대등하게 겨룰 수 없었을 겁니다."

제갈휘가 차분한 웃음과 함께 꼬마의 진전에 대해 나름의 견해를 피력했다.

서문숭은 제갈휘가 언급한 '다른 신공'이 무엇인지 짐작할 수 있을 것 같았다. 그것은 아마도 석년 천선자가 보여 준, 위협적이라고 하기는 뭐하지만 반대로 세상 무엇으로부터도 위협당하지 않을 것 같은 신비하고도 불가해한 능력일 터였다. 꼬마가 혈랑곡주와 천선자, 곤륜지회 오대고수 중 두 사람의 정수를 이어받은 내막이 못내 궁금했지만, 본인이 말하려 하지 않으니 알 도리가 없었다.

"그나저나 어떤가? 문에 가입하라는 권유는 해 보았는가?"

서문숭의 물음에 제갈휘가 콧등을 찡그리며 난색을 띠었다.

"해 보았습니다만……."

"근데 싫대? 왜? 문이 마귀 소굴이라서?"

"아닙니다. 문에 대해 나쁜 감정을 가지지 않은 것은 분명하니까요. 다만, 하지만 아직 처리해야 할 개인적인 문제들이 남았다며 완곡히 사양하더군요."

서문숭이 탄식했다.

"아까워! 그놈이라면 문주 자리를 내줘도 능히 꾸려 나갈 텐데 말이야."

제갈휘가 정색을 하고 말했다.

"큰일 날 말씀을……. 문에는 엄연히 법통을 이을 부문주가 있지 않습니까."

서문숭은 못마땅한 표정으로 고개를 저었다.

"복양이는 너무 유약해. 맺고 끊는 것이 분명치 못한 녀석이라 큰일을 도모하기는 힘들지."

무양문의 부문주는 서문숭의 양자인 서문복양이다.

"현질에게는 분명 유약한 면이 없지 않습니다. 그러나 그 대신 문도들로부터 두터운 신임을 얻고 있지요. 창업에는 문주님의 패도가 필요할지 모르지만, 수성에는 현질의 덕망이 더 큰 역할을 할 겁니다."

서문숭은 코웃음을 쳤다.

"우리에게 수성이란 말이 가당키나 하다고 생각하나? 이봐, 아우, 우리 주위에는 관부고 강호 문파고 가릴 것 없이 온통 적뿐이야. 놈들은 우리 무양문을 눈엣가시처럼 여기면서, 틈만 나면 '저 마귀 소굴을 어떻게 없앨까?' 궁리하고 있지. 이런 상황에서 단순히 지키고자 하는 것은 말 그대로 자살 행위나 다름없어. 이런 상황일수록 거칠게 나가야 되지. 우리의 힘을 사방으로 과시하면서 창업 때보다 더한 패도로써 우리를 넘보려는 자들을 철저히 밟아 줘야 한다고. 내 말이 무슨 뜻인 줄 알겠나?"

강하게! 더욱 강하게!

이는 곧 서문숭의 인생관이기도 했으니, 그와 아무리 격의 없이 지내는 제갈휘라도 감히 토를 달지는 못했다.

부질없는 말을 꺼냈다고 생각했는지, 제갈휘는 고개를 절레절레 흔든 뒤 온천에서 몸을 일으켰다.

쫘르륵!

물방울이 구슬처럼 부서지며, 크고 작은 흉터들이 오히려 강인한 느낌을 주는 중년의 벌거벗은 육체가 수면 밖으로 드러났다. 뜨거운 물에 적당히 분 살갗 위로 매캐한 향을 품은 수증기가 연기로 이루어진 뱀처럼 휘감기고 있었다.

눈을 가늘게 뜨고 그 모습을 살피던 서문숭은 흐흐, 웃으며 제갈휘의 아랫배를 가리켰다.

"자네도 슬슬 처지기 시작하는걸. 까딱하다간 무쇠 소 꼴 나겠어."

무쇠 소란, 생김새에 걸맞은 단순함으로 무양문 칠천 문도를 두려움에 떨게 만드는 호교십군의 십군장, 마석산을 가리키는 말이었다.

제갈휘는 눈썹을 찡그렸다. 마석산과 비교되는 것은 대부분의 사람들에게 있어서 큰 욕이었다.

"그 전에 죽어야죠."

"흐흐, 놈이 들으면 발광할 소리군."

"평소에도 발광한 채로 사는 위인이니, 새삼 발광한들 티도 안 날 겁니다."

"그래도 놈이 듣는 데서는 그런 얘기 안 하는 게 좋을 걸세."

제갈휘가 지당하다는 듯 고개를 끄덕였다.

"물론입니다. 저도 무쇠 소 무서운 줄은 아니까요."

"무서워도 보통 무서운 게 아니지. 고검도, 그리고 나 서문 숭도 그 무쇠 소 앞에서는 입 다물 궁리부터 하고 있으니까. 하하!"

두 사람은 서로를 마주 보며 웃음을 터뜨렸다. 자욱한 유황 연기가 그들의 웃음소리에 휩쓸려 난리 통의 유민들처럼 이리 저리 몰려다녔다.

그때, 온천 저편에서 늙수그레한 목소리가 울렸다.

"아이쿠! 늙은이 귀청 떨어지겠습니다. 제갈 군장이야 그 렇다 쳐도, 교주께서는 환갑도 지나신 분이 무슨 기운이 그리도 좋으십니까?"

텀벙거리는 물소리와 함께 흐릿한 인영 하나가 온천수를 가 로질러 서문숭이 있는 쪽으로 다가왔다. 서문숭은 양팔을 활짝 벌려 나타난 인영을 환영했다.

"여어! 육 장로께서 오셨구려. 하기야 해 뜰 무렵 이 유림지 硫淋池에 몸을 담그는 것처럼 하루를 기분 좋게 시작하는 방법도 없지요."

"허락 없이 유림지에 함부로 들어온 점, 후일 벌주 석 잔으로 사죄드리겠습니다."

나타난 사람은 오 척을 간신히 넘을까 말까 한 작달막한 노인 이었다. 표주박을 거꾸로 세워 놓은 듯한 얼굴은 온통 주름살투 성이었고 그나마 몇 올 남은 머리카락이나 수염도 아주 볼품없 는 탓에, 아랫목에 누워 죽을 날을 기다리는 편이 훨씬 어울릴 것 같았다.

그러나 이 노인이 무양문에서 차지하고 있는 위치는 결코 예사로운 것이 아니었다. 미륵봉 중단에 자리 잡은 교주 전용 온천인 이 유림지에 들어올 자격이 있는 사람은 그리 많지 않았고, 교주 서문숭이 이용할 때라면 더욱 그러했다. 하지만 서문숭의 신변을 책임지는 네 명의 비밀 호위, 사망량도 이 노인의 발길만큼은 막을 수 없었다.

이 노인은 무양문이라는 거대한 집단을 실질적으로 움직이는, 비유하자면 인간에게 있어서 두뇌와 같은 역할을 하는 존재여서 언제라도, 심지어는 벌거숭이로 목욕할 때조차도 서문숭을 알현할 자격이 있었던 것이다.

신무전의 삼절수사와 더불어 북절남산北絶南算으로 불리는 무양문의 꾀주머니, 신산 육건이 바로 이 노인이었다.

육건은 볼품없이 쪼그라든 노구를 거리낌 없이 드러내며 온천에서 걸어 나오더니, 앉으라는 말을 기다리지도 않고 둥그스름한 돌멩이 하나를 찾아 엉덩이를 붙였다.

"봄이 돼 그런지 유황기가 더 매워진 것 같습니다."

육건의 말에 서문숭은 껄껄 웃었다. 인간이 의복을 입기 시작한 이후, 벌거숭이들의 공간이라 할 수 있는 욕장浴場은 그 자체로 커다란 파격의 의미를 지니게 되었다. 일단 그 안에 함께 든 이상 바깥 예법에 구애되는 것이 오히려 어리석다 할 것이다.

"한데 무슨 바람이 불어 이 높은 곳까지 납시셨소? 육 장로 엉덩이가 무거운 거야, 세상 사람들이 다 아는 터인데."

서문숭의 물음에도 육건은 선뜻 대답하지 않고 수건으로 몸을 문지르는 둥, 비쩍 마른 팔을 위아래로 흔드는 둥, 딴청을 부렸다.

　서문숭은 재촉하지 않았다. 다만 오른발을 얹고 있던 호박만 한 돌멩이 하나를 별다른 사전 동작 없이 으스러뜨리는 재주를 보여 주었을 뿐이다. 그 때문인지는 모르지만, 위아래로 흔들리던 육건의 팔이 거짓말처럼 딱 멈췄다. 이어…….

　"실은 상의드릴 일이 있어서 이렇게 찾아왔습니다."

　서문숭은 굵은 눈썹을 살짝 찌푸렸다.

　"공적인 이야기라면 곧 있을 광명전 조천숙례 때 하셔도 상관없을 텐데요."

　사적으로 즐기는 시간을 공적인 업무로 방해받고 싶지 않다는 뜻이었다. 그러나 육건은 노회한 웃음으로 서문숭의 질책을 비껴갔다.

　"겸사겸사 늙은 몸뚱이도 이렇게 유황 기운 좀 쐬고…… 일석이조 아닙니까?"

　늙은 장로가 이렇게 나오는데 제아무리 백련교주에 무양문주라 해도 별수 없었다. 서문숭은 고개를 주억거리면서 "뭐 아까울 것 없으니 실컷 쐬시오."라고 말하곤, 육건의 다음 말을 기다렸다. 제갈휘야 원체 점잖은 위인인지라, 육건이 등장했을 때부터 경청으로 일관할 따름이었다.

　"북경의 왕고가 백도 아이들의 목줄을 너무 졸라 댔나 봅니다."

　한참이 지난 뒤에야 이렇게 운을 뗀 육건은, 지난달 호북에서 백도의 제 문파들이 보인 은밀한 회합에 대해 이야기를 늘어놓기 시작했다.

　무양문의 정보망은 강호 제일이라는 개방의 그것에 비교해도 손색이 없었다. 그것은 무양문이 한때 천하에서 가장 성대한 교세를 자랑하던 백련교를 전신으로 삼기 때문이었다.

송, 원 그리고 명대 초기의 혹독한 탄압 속에서도 꿋꿋이 살아남은 백련교는, 영락제가 장성 너머로의 정벌 사업에 눈을 돌린 사이 점진적으로 교세를 회복하게 되었다. 자신들을 향한 나라의 시선이 결코 호의적이지 않음을 잘 아는 그들이기에 여산 백련교 시절처럼 드러내 놓고 활동할 수는 없었지만, 민초들의 한과 고통을 어루만지는 백련사상白蓮思想만큼은 애써 소리 내어 울리지 않아도 화선지에 떨어진 먹물처럼 세상 구석구석으로 번져 나갔다. 북적대는 성시나 한적한 벽지, 혹은 화전을 일구는 산간에서 그물을 기우는 어촌에 이르기까지, 민초들이 머무는 곳에는 한과 고통이 있었고 한과 고통이 있는 곳에는 어김없이 백련교의 명존상이 있었다. 그러므로 백련교의 이목은 천하 어디에나 깔려 있다고 봐도 무방했다.

서문숭은 상체를 천천히 앞뒤로 흔들면서 육건의 이야기를 들었다. 그러다가 이야기가 개방 방주 우근이 피습을 당한 부분에 이르자 더 이상 참지 못하고 자신의 무릎을 후려쳤다.

"허어! 거지 왕초가 허깨비 같은 놈들 때문에 구정물을 뒤집어쓰고 말았군! 그래, 우근은 어찌 되었소?"

제갈휘도 우근의 생사에 대해선 관심이 쏠리는 듯, 상체를 약간 내밀고 육건의 입을 뚫어져라 쳐다보았다.

육건은 국부를 가리고 있던 수건을 들어 이마에 맺힌 땀을 훔치더니 두 사람을 향해 말했다.

"신기하게도 우근의 종적은 무당산 아래에서 뚝 끊겨 버렸습니다. 우근을 수행하던 두 거지 또한 자취를 감췄지요."

"그렇다면 벌써 귀신이 되었을지도 모르겠구려."

서문숭이 안타까운 표정으로 말했다. 하지만 제갈휘는 그와 다른 생각을 갖고 있었다.

"시신이 확인되지 않은 한, 우근은 살아 있을 겁니다."

서문숭이 의아해하며 물었다.

"무슨 근거로 그렇게 생각하는가?"

제갈휘는 잠시 머릿속으로 무엇인가를 더듬는 표정을 짓더니 이야기를 시작했다.

"이십 년하고도 몇 해 더 전의 일이었을 겁니다. 개방의 전대 방주인 금정화안신개가 살아 있을 때이니, 우근이 후개이던 시절이었죠. 저는 화산을 찾아온 그와 한차례 비무를 나눈 일이 있었습니다."

서문숭이 눈을 빛내며 제갈휘의 말을 받아 주었다.

"호오! 그런 일이 있었나? 가만있자, 그때라면 아무래도 자네가 조금 우세하지 않을까 싶은데……."

"지금이야 그럴 리 없겠지만, 당시의 우근은 어리고 미숙한 점이 많았습니다. 게다가 비장의 수로 들고 나온 무명장법도 채 다듬어지지 않았을 때고요. 그러니 실력으로 말하자면 제가 반 수 정도 앞선다고 할 수도 있었을 겁니다. 그런데……."

"그런데?"

제갈휘는 자조처럼 보이는 미소를 슬쩍 지은 뒤 말을 이었다.

"저는 그를 이기지 못했습니다. 그렇다고 해서 진 것도 아니니, 무승부라고 해야 옳겠지요. 어쩌면 당연한 결과일지도 모릅니다. 내공과 초식, 감각과 경험, 기타 여러 방면에서 저보다 약간씩 뒤지는 그이지만, 오직 한 가지만큼은 저를 훨씬 앞지르고 있었으니까요."

"그게 뭔가?"

"바로 끈기였지요. 무너질 듯 무너질 듯 하면서도 끝내 무너지지 않는 그를 보며, '야, 이거 참 지독한 인간이로구나.' 하고 감탄했던 기억이 생생합니다. 아마 우근은 어지간한 고난에는 쉽사리 꺾이지 않을 겁니다."

육건이 제갈휘의 말을 받았다.

"저는 조금 다른 면에서 우근이 건재하리라고 생각합니다. 만일 우근이 당했다면 그를 신줏단지처럼 떠받드는 개방이 어떤 식으로든 움직임을 보였겠지요. 한데 개봉부의 개방 총타는 어떠한 움직임도 보이지 않았습니다. 오히려 각 분타로 하여금 휘하 제자를 추슬러 힘을 비축하도록 지시했다는 정보가 입수되었지요. 이것은 우근이 아직 건재하며, 또 총타와 연락을 유지하고 있다는 증거라고 봅니다. 아마도 우근은 남들의 이목이 미치지 않는 어딘가에 숨어서 무당산에서 입은 부상을 치료하고 있는 듯합니다."

서문숭은 그제야 안심했다는 표정으로 말했다.

"그렇다면 정말 다행이오. 하긴 우근 정도 되는 물건이 그렇게 죽는대서야, 그야말로 호랑이가 똥구덩이에 빠져 죽는 격이 아니겠소?"

비유가 심히 괴상했던 탓에 육건은 합죽한 입을 크게 벌려 웃었다. 그러고는 목소리를 은근히 내리깔아 서문숭에게 말했다.

"이 늙은이가 새벽잠을 설치면서까지 이 유림지를 찾아온 까닭이 거지 왕초 얘기를 하기 위함이 아니라는 것은 교주께서도 아시리라 믿습니다."

그것은 서문숭도 짐작한 터. 그는 안색이 바르게 고치고 육건을 바라보았다.

"대장로께서는 어떤 고론을 들려주실 생각이시오?"

"교가 지난 사십 년 동안 강호에 깔아 둔 힘은 결코 작은 것이 아닙니다. 해서, 저는 그 힘을 십분 활용해 백도 아이들의 느슨한 결속을 흔들어 볼까 합니다."

"하면 교란계를 쓰시겠다?"

"물고기를 잡으려면 물을 뒤흔드는 것이 상지상책上之上策. 이는 땔나무를 빼내어 물이 끓는 것을 방비하는 것과 같은 이치이지요. 혼수모어混水摸魚에 부저추신釜底抽薪이라고나 할까요."

서문숭은 입술을 일자로 굳게 다물고 생각에 잠겼다. 하지만 그는 이내 고개를 저었다.

그 모습을 본 육건이 눈살을 찌푸렸다.

"왜요? 마음에 안 드십니까?"

"시시하다는 생각이 드는구려."

육건의 주름에 짓눌린 눈이 동그래졌다.

"시시해요?"

"그렇소."

서문숭은 대답과 함께 허리를 곧게 세웠다. 그러자 양어깨가 활짝 벌어지며 가슴근육이 힘차게 꿈틀거렸다. 마치 그의 몸 안에 잠들어 있던 거대하고도 위압적인 산맥 하나가 천천히 잠에서 깨어나는 듯한 느낌이었다.

그리고 서문숭은 입술을 떼었다. 그 입술 사이로 흘러나온 것은 이제까지와는 사뭇 다른 바위처럼 묵직한 음성이었다.

"과거 본 좌가 소림사 장문인 광문을 쓰러뜨리고 강호의 제 문파를 무릎 꿇릴 때만 해도 감히 본 좌의 뜻에 거역하려는 자는 없었소. 그러나 지금은 아니오. 비각 놈들은 관부를 등에 업고서 온갖 간계를 부리고 있고, 백도의 허수아비들은 제 주제도 모르고 그 장단에 놀아나고 있소. 어디 그뿐이오? 신무전의 소철은 마치 천하의 큰어른인 양 거드름을 피우고 있으니, 급기야

는 강이환 같은 하룻강아지조차도 감히 본 좌를 향해 이빨을 드러내기 시작했소."

육건은 자신도 모르게 마른침을 연신 삼켰다. 인간의 기도는 무형이되 서문숭의 패도는 무형이 아니었다. 실제로 겪어 보면 마치 하늘을 뒤덮는 산사태를 알몸으로 마주한 듯한 압박을 느끼게 되는 것이다. 그러니 그 막강한 패도를 연로한 그가 어찌 감당하겠는가.

그러거나 말거나, 서문숭의 말은 계속 이어졌다.

"본 좌는 본 좌에게 거역하려는 자들이 모두 모이도록 그냥 방관하겠소. 무당파의 너구리 같은 말코도 좋고 녹림의 고슴도치 같은 늙은이도 좋소. 설령 신무전이 합세한다 해도 상관없소. 그리하여 그들이 다 모였을 때, 이 정도의 힘이라면 능히 이 서문숭을 꺾을 수 있겠다고 자만하며 즐거워할 때, 바로 그때 본 좌는 그들을 철저히 뭉개 버리겠소. 사마귀 백 마리가 모여 만세를 불러 봤자 하나의 거대한 수레바퀴를 막을 수 없다는 사실을 만천하에 똑똑히 보여 줄 것이오."

수완 좋기로 이름난 무당파 장문진인 현학이 너구리로 둔갑했고, 반백년을 녹림에서 군림한 칠성노조 곽조가 고슴도치로 전락했다. 그러나 이 광오한 비유가 전혀 광오하게 들리지 않는 것은 말한 이가 바로 서문숭, 현존하는 최강의 패도지존이기 때문이다.

"으음."

제갈휘가 나직한 신음을 흘렸다. 서문숭은 그의 이마를 가로지른 흉터가 가늘게 경련하는 것을 발견할 수 있었다.

"자네가 문과 백도의 공존을 위해 얼마나 노력했는지는 나 또한 잘 알고 있네. 하지만 작금의 정세는 결코 수성을 위한 공존의 방식으로는 해결할 수 없어."

서문숭은 제갈휘를 향해 힘 있는 목소리로 말을 맺었다.

"나는 교와 문의 미래를 현재의 피로써 다지고자 하네."

제갈휘는 시선을 들어 서문숭을 마주 보았다. 그의 얼굴에 머물던 경련은 이미 자취를 감춘 뒤였다.

"사부께서 작년에 돌아가셨지요. 절반은 저 때문이요, 절반은 군자인 체하는 백도인들의 강압 때문이었습니다. 저는 더 이상 문주님의 뜻을 거스르지 않겠습니다."

서문숭은 활짝 웃었다.

"자네가 내 뜻에 따라 준다니, 이야말로 백만의 원군을 얻은 듯한 기분이 드는군!"

서문숭의 패도에 질려 있던 육건도 이즈음에 이르러서는 정신을 차린 듯했다.

"좋아요, 좋아. 교주께서 정 그러시겠다면 이 늙은이도 더 이상 말리지 않겠습니다. 백도 아이들이 그냥 모이도록 놔두지요. 하지만 비각 아이들에 대해서는 약간의 전략이 필요합니다. 주씨朱氏의 녹봉을 받아먹는 놈들이라 그런지 백도 아이들과는 달리 하는 짓이 여간 교활한 게 아니어서요. 그 건에 관해서만큼은 이 늙은이에게 맡겨 주시길 바랍니다만……."

이 말에 기분이 상한 서문숭은 다시 한 번 엄숙한 표정을 지었다.

그러나 상대는 그의 똥오줌을 치워 주던 육건이었다. 육건은, '네가 아무리 그렇게 쳐다본다 한들 내가 꿈쩍이나 할 것 같으냐?'는 눈빛으로 서문숭을 마주 보고 있었다.

결국 서문숭은, 백련교의 늙은이들이 이마에 파인 주름살만큼이나 골 깊은 고집의 소유자임을 다시 한 번 깨닫게 되었다.

유쾌하다고는 할 수 없는 일이지만, 그렇다고 새삼스러운 일도 아니었다. 그래서 서문숭은, "장로께선 비각에 대항할 무슨 신기묘산이라도 있으신가 보군요."라며 육건의 체면을 세워 줄 수밖에 없었다.

육건은 득의양양한 미소를 지으며 대답했다.

"비각 아이들의 명치에다가 한 방 제대로 먹여 줄 만한 계획을 세워 보았습니다. 우리로서는 제법 수지맞는 일이기도 하고요."

"수지가 맞는다고요?"

서문숭이 의아해하자 육건은 싱글거리며 덧붙였다.

"저는 이번 기회에 위장 큰 손님에게 밀린 밥값이나 받아 내볼까 합니다."

(2)

고통

차라리 왼손이 없었으면.

그렇게 생각했다.

장심에서 시작되어 팔뚝을 따라 서서히 올라오는 기운은 지옥에서나 만날 법한 끔찍한 독사 같았다.

독사는 그의 왼손을 철저히 파괴하고 싶어 하는 것 같았다. 근육을 헤집고 혈관을 터뜨리며 뼈마디를 으스러뜨리고 싶어 하는 것 같았다.

그러나 그것은 단지 생각일 뿐, 그의 왼손은 파괴되지 않았다. 아니, 그의 왼손은 독사 같은 기운에 잠식당할 때마다 오히려 강해지고 있었다.

하지만, 하지만 고통스러웠다. 강해지기 위해 지불해야 하는 대가로 여기기에 왼손의 고통은 너무나도 지독한 것이었다.

기절하고 싶다! 죽고 싶다! 이 고통에서 벗어날 수만 있다면 무엇이든 감내할 수 있다!

고통의 반대급부로 일어난 유혹이 그의 영혼 속으로 파고들었다. 그는 그 유혹에 매몰된 채 서서히 의식을 잃어 가고 있었다. 어쩌면 바라던 바일지도 모른다.

그러나 어디선가 매서운 외침이 울려 퍼졌다.

ー안 되오!

외침보다 더 매서운 채찍이 그의 등판에 퍼부어졌다. 살갗이 갈라지고 핏물이 튀어 올랐다. 그의 입에서 비명이 터져 나왔다. 자신의 비명을 들으며, 꺼져 가던 그의 의식은 지긋지긋한 현실로 돌아왔다.

ー소주, 참으시오! 지금 의식을 잃으면 마기를 다스릴 수 없소!

채찍을 날린 한로는 피를 토하듯 외치고 있었다.

ー이제 첫 번째 공功이 이루어지려고 하고 있소! 어서 구결에 따라 혈옥수의 마기를 십이중루十二重樓로 인도하시오!

하지만 그는 모든 것을 포기하고 싶었다. 일단공一段功의 고통이 이러할진대, 남은 일곱 단공의 고통은 오죽하겠는가!

그가 머뭇거리자 채찍이 다시 날아들었다.

ー멈춰선 아니 되오! 여기서 중지하면 마기가 뇌문을 침범하게 되오!

왼손에 스멀거리는 기운은 물론 무서웠다. 그러나 한로의 채찍은 더욱 무서웠다. 채찍에 맞지 않으려면 구결을 암송해야만 했다.

그는 미친 듯이 구결을 암송했다. 열 장의 붉은 잎사귀에 적혀 있던 구결이었다.

구결을 암송하자, 독사 같은 기운이 때를 만난 듯 호호탕탕하게 혈맥을 누비기 시작했다. 고통은 더욱 심해졌다. 왼손뿐 아니라 몸뚱이 전체가 고통에 먹혀 버린 것 같았다.

고통은 그의 의식을 간단없이 위협했다. 하지만 의식의 끈이 느슨해지는 기미를 보일 때마다 한로의 채찍은 추호의 사정도 없이 날아들었다.

구결을 세 번이나 암송하자 왼손에서 시작된 기운은 마침내 그의 전신을 지배하게 되었다.

단전이 열탕처럼 끓어올랐다. 몸뚱이는 초열지옥에 떨어진 것 같은데, 요악스러운 혈옥수의 마기는 섬뜩한 냉기를 뿜으며 그의 내부를 무자비하게 질주하고 있었다.

왼손이 달아오르는 것 같았다. 아니, 그의 왼손은 실제로 붉게 변하고 있었다. 그것은 마광魔光이었다. 혈옥수의 마기가 왼손 피부를 뚫고 밖으로 내비치고 있었다.

어느 순간, 거짓말처럼 고통이 멎었다.

우웅 하는 소리가 들렸다. 이명인 것 같았다.

황폐해진 시신경 속으로 이상하게 변해 버린 왼손이 들어왔다.

예쁘다…….

왼손 주위에 일렁이는 요사스러운 붉은 빛이 예쁘다고 생각한 순간, 머릿속에서 무언가가 폭발했다.

콰앙!

슬픔

폭음이 멀어졌다. 이명도 멎었다.

―아원아…….

그는 따뜻한 음성을 들을 수 있었다. 고개를 들어 보니, 계피
학발의 노도인과 마주앉은 그의 모습이 있었다.

노도인은 자애로운 눈빛으로 그를 바라보고 있었다. 그 눈빛
은 마치 고향 집에 돌아온 것 같은 푸근함을 안겨 주었다. 그러
나 슬펐다. 왠지 모르게 눈물이 나올 것 같았다.

―이제 이 할아비는 떠날 시간이 됐단다.

노도인은 이렇게 말하며 웃었다. 새하얀 수염이 허허롭게 흔
들렸다.

그의 눈에서 눈물이 흘러내렸다. 노도인과 마주앉은 그가 우
는 것인지, 아니면 그 광경을 바라보고 있는 또 하나의 그가 우
는 것인지 종잡을 수 없었다.

―슬퍼하지 말거라.

노도인이 손을 내밀어 이미 자신보다 훌쩍 높아져 버린 그의
머리를 쓰다듬었다.

―무無는 천지의 시작이요, 유有는 만물의 모태라. 무와 유는
이름만 다를 뿐 근원은 같은 것이니 이것이 바로 현묘玄妙의
도道란다.

하지만 할아버지께서 떠나시면 저는…… 저는…….

그는 노도인의 눈을 보면서 울었다. 어린아이처럼 울었다.
그러나 노도인의 눈은 옛날이야기 속의 어떤 우물처럼 깊기만
할 뿐이었다.

―삶이란 애당초 티끌 같은 것. 오욕칠정의 멍에를 짊어진 채

멀고 험한 길을 걸어가야 하는 나그네와 같은 것. 나는 이제 일절의 탁한 기운을 벗어 버리고, 그동안 닦아 온 진공眞空을 완전함으로써 새로운 존재로 탈바꿈하고자 한다.

노도인은 잠시 말을 멈추었다. 그 우물 같은 눈이 잠시 흔들렸다.

-한 가지 마음에 걸리는 것은 네게 지워진 무거운 짐이구나. 하늘이 내게 십 년의 수명만 더 베풀어 주었던들, 나는 결코 이 일을 네게 맡기려 하지 않았을 것을…….

노도인은 그를 후계자로 선택했다. 그래서 그로 하여금 자신이 처리하지 못한 일을 처리하도록 안배했다. 운명의 안배는 무엇보다도 위압적인 강요였지만, 그는 결코 노도인을 원망하지 않았다.

노도인의 일생은 가시밭길의 연속이었다. 그 속에서 노도인은 배신자가 되었고, 반역자가 되었으며, 불제자가 되었고, 도인이 되었고, 대마인이 되었다. 이 모든 화신化身은 각각 하나의 올가미가 되어 노도인의 목을 졸랐다. 하지만 노도인은 그 속에서도 최선을 다했다. 모든 고통을 감내하며, 비틀린 것을 바로잡기 위해 세상 사람들이 모르는 시공 속에서 노력해 왔다.

그래서 그는 결코 노도인을 원망할 수 없었다.

-아원아.

노도인이 다시 그의 이름을 불렀다.

이제 노도인과 마주 앉은, 혹은 그 광경을 바라보는 그의 눈에서는 두 줄기 눈물이 봇물처럼 흘러내리고 있었다.

-시간이 없구나. 내가 마지막으로 너에게 물려줄 것은 천지간에 가득한 크고도 맑은 기운, 지난 사십여 년 동안 쌓아 온 선도仙道의 결정이다. 네 안에 흐르는 마기는 언젠가 반드시 너

를 곤경에 빠뜨릴지니, 너는 네 속에 있는 하나의 커다란 진리를 깨우칠 때까지 그 마기를 억눌러야 할 것이다.

　노도인의 전신에서 은은한 광채가 피어올랐다. 그 광채는 그가 바라볼 수 있는 모든 세계를 부드럽게 감싸 안았다. 노도인의 손이 얹힌 정수리가 불에 덴 듯 뜨거웠다.

　눈물이 방울져 떨어지듯 그의 의식은 조금씩 흩어졌다.

　─마지막으로 게언偈言 하나를 일러 주마. 이 게언이 실현되는 날, 너는 네 운명에 드리운 모든 업으로부터 자유로워질 것이다.

　한 가닥 부여잡고 있는 의식의 끈 위로 노도인의 목소리가 잔잔하게 울려 퍼졌다.

　─문은 벽이 아닌 공 가운데 있으니[門非在壁在空中]…….

　─앞을 다투는 세상이란 뜬구름 같도다[爭先之界若浮雲].

　다시 의식이 멀어졌다.

공포

　뇌수까지 얼어붙게 만들 듯한 얼음장 같은 돌바닥의 감촉이 그를 깨웠다.

　그러나 눈을 뜨고 싶지 않았다. 눈을 뜨면 끔찍한 광경이 기다리고 있기 때문이다.

　그러나 그는 눈을 떴다. 언제나 그랬다. 뜨지 않으려고 아무리 애를 써도 그의 두 눈은, 마치 태초부터 예정되어 있었던 것처럼 그렇게 떠지는 것이다.

　그는 한 쌍의 신을 보았다. 여인들이 신는 자주색 당혜였다. 당혜에 수놓인 운문雲文은, 진짜 구름이라도 되는 것처럼 가볍게 흔들리고 있었다.

하나 흔들리는 것은 문양이 아니었다. 흔들리는 것은 당혜, 그 당혜를 신은 여인의 발이었다.

그의 시선이 조금씩, 심장을 터뜨릴 것 같은 두려움에 사로잡힌 채, 조금씩 위로 올라갔다.

건들거리는 다리, 눈에 익은 남빛 나군에 감싸인 몸, 그리고…….

-악!

그는 비명을 질렀다.

빼어 문 혓바닥을 본 것이다.

튀어나온 눈알을 본 것이다.

뇌옥의 대들보에 매달린 채 보랏빛으로 변색된 여인의 얼굴을, 평소 자신을 향해 포근히 웃어 주던 때와는 너무나도 다른 그 얼굴을 본 것이다.

또 보고 만 것이다.

-으아아악!

그는 목이 터져라 비명을 질렀다. 비명이라도 지르지 않으면 그 자리에서 미쳐 버릴 것만 같았다.

그러다가 갑자기, 정말로 갑자기 아무것도 보이지 않았다. 자신도 모르게 눈을 감아 버린 것일까? 아니면 이 불명확한 세계를 지배하는 어떤 보이지 않는 격벽이 그의 시야를 앗아 간 것일까?

그때 누군가 귓전에 대고 속삭였다.

-눈떠.

그러고는 싸늘한 무엇인가가 얼굴을 쓰다듬었다. 그 감촉이 기이하리만치 생생하게 느껴졌다.

—눈뜨란 말이야!

그는 그 말을 따르고 싶지 않았다. 눈을 뜨면 다시 여인의 빼어 문 혓바닥을, 튀어나온 눈알을, 보랏빛으로 변색된 얼굴을 볼 것 같았다.

그는 마음속으로 외쳤다.

또다시 그 끔찍한 광경을 볼 수는 없어! 안 돼!

"안 돼!"

석대원은 고함을 지르며 상체를 벌떡 일으켰다. 천지가 개벽한 것처럼 사위가 일순간에 밝아지고, 모든 경물들이 마치 달려들 것처럼 또렷해졌다.

"헉! 헉!"

석대원은 거친 숨을 헐떡거렸다. 식은땀이 송송히 맺힌 그의 목덜미에는 지렁이 같은 힘줄들이 살갗을 뚫고 나올 것처럼 불끈거리고 있었다. 그러나 그의 체내에서 더욱 불끈거리고 있는 것은 정제되지 않은 격렬한 감정들, 마치 다른 세계에서 넘어온 것 같은 고통과 슬픔과 공포였다. 그 격렬한 감정들이 그의 목을 조르고, 그의 영혼을 혼몽의 소용돌이로 자꾸만 끌고 가려고 하고 있었다.

시간이 조금 흐르고 거칠어졌던 호흡이 어느 정도 진정되자, 석대원은 선뜻함을 느꼈다. 몸뚱이를 흠뻑 적신 땀이 증발하면서 그의 체온을 앗아 가고 있었다.

그러고 보니 방문도 절반쯤 열려 있었다. 사월의 서늘한 아침 공기가 그 문을 통해 흘러들어 오고 있었다. 대체 누가 방문을 연 것일까?

바로 그때였다.

"아이고, 머리야."

몽계夢界와 현실 세계 사이에 가로놓인 미망의 가교 위에 있던 석대원을 현실 세계 쪽으로 완전히 넘어오게 만든 앙증맞은 신음이 침상 아래에서 울려 나왔다.

이어, 침상 아래로부터 참외만 한 머리통 하나가 쑥 올라왔다. 이마가 훤히 드러나도록 뒤로 당겨 묶은 머리 모양이 앙증맞은 꼬마 계집애 하나가 조그만 얼굴 가득 불만을 담고 석대원을 노려보고 있었다.

석대원은 그 조그만 얼굴을 보며 눈을 끔뻑이다가 물었다.

"너, 왜 거기서 나오니?"

"왜 거기서 나오냐고? 관아가 누구 때문에 넘어졌는데!"

한 발이나 튀어나온 입으로 투덜거리는 꼬마 계집애는 무양문주 서문숭의 손녀인 서문관아였다.

석대원은 눈을 끔뻑이며 다시 물었다.

"누구 때문에 넘어졌는데?"

"누구긴 누구야! 상숙象叔 때문이지!"

"나 때문이라고?"

"빨리 일으켜 줘! 힘들단 말이야!"

석대원은 아차 하며 침대보에 매달려 있다시피 한 관아를 번쩍 안아 일으켜 주었다. 참으로 잔인하고도 가련한 일이지만 관아는 혼자 힘으론 일어설 수 없는 불구였다. 침대보를 붙잡고 매달리는 일조차도 버거운 것이다.

그렇게 일으켜 침대 가장자리에 앉히자, 관아는 자두만 한 주먹으로 석대원의 가슴을 팡팡 쥐어박았다.

"나빠! 잠꼬대를 심하게 하기에 깨워 주려고 흔들었더니 넘어뜨리기나 하고! 관아 머리가 얼마나 아팠는지 알아?"

석대원은 그제야 일의 전모를 파악할 수 있었다. 이미 이때에는 잠 깰 무렵 그를 지배하던 격렬한 감정들에서 거의 벗어난 뒤였다.

"이 일을 어째? 코끼리 아저씨가 잠꼬대를 하다가 우리 예쁜 토끼의 머리를 아프게 만들었구나."

석대원이 관아의 머리를 쓰다듬으려 하자, 관아는 그의 손을 홱 뿌리치며 입술을 삐쭉였다.

"몰라! 하여튼 나빴어!"

"큰일 났군. 우리 예쁜 토끼가 화나고 말았어."

석대원은 껄껄 웃더니 관아를 와락 끌어안았다. 그는 칠 척이 넘는 거한이요, 관아는 사 척도 안 되는 꼬마였다. 거한이 꼬마를 끌어안자 꼬마의 모습은 보이지도 않게 되었다.

"냄새! 땀 냄새 난단 말이야!"

관아가 품 안에서 빽빽거렸지만 석대원은 포옹을 풀지 않았다.

"용서해 주면 풀어 주지."

"엉터리! 이런 사과가 어디 있어!"

"용서 안 해 주면 하루 종일 이러고 있을 거다."

"정말 상숙은…… 순전히…… 에이!"

결국 관아는 석대원을 용서해 줄 수밖에 없었다. 당연한 일이었다. 관아에게는, 뒤통수에 난 조그만 혹 하나 때문에 상숙과의 사이가 안 좋아지는 것은 말도 안 되는 일이기 때문이었다.

일단 "알았어, 용서해 줄게."라고 말하자, 석대원은 코끼리처럼 큼직한 웃음을 머금으며 포옹을 풀었고, 관아는 금방 예전처럼 살갑게 굴기 시작했다.

관아는 소매 안에서 꺼낸 앙증맞은 손수건으로 석대원의 벗은 상체를 닦아 주며 물었다.

"아유, 이 땀 좀 봐! 근데 무슨 꿈을 그렇게 힘들게 꿔?"

"내가 힘들어했니?"

"응. 고개를 이리저리 돌리면서 끙끙거리고…… 꼭 울 것 같은 얼굴이었어."

석대원은 마음 한구석이 뜨끔했다. 상숙에게는 상숙에 걸맞은 체면이 필요했다. 개처럼 끙끙거리거나 계집애처럼 우는 것은 집채만 한 덩치를 가진 상숙에겐 어울리지 않는 일인 것이다. 그래서 그는 적당한 핑계를 궁리해야만 했고, 다행히 곧 생각해 낼 수 있었다.

"그건 말이다, 관아 할아버지한테 맞은 자리가 아파서 그런 거야."

관아의 눈이 옷에 달린 단추처럼 똥그래졌다.

"할아버지한테 맞았어?"

"관아 할아버지는 광명전 지하에 있는 방에 누굴 데리고 들어가서 문을 걸어 잠그고 때리는 걸 좋아하지. 관아는 그거 몰랐구나?"

"정말이야?"

"내가 어제 그걸 당했단다. 밤새 맞은 데가 아파서 혼났어."

관아의 발그레한 볼이 장마철 개구리 배처럼 실룩거렸다.

"할아버지는 너무해! 상숙이 때릴 데가 어디 있다고!"

맞을 데로 말하자면 보통 사람보다 몇 배는 더 가지고 있는 석대원은 터져 나오는 웃음을 가까스로 참았다.

"누가 아니라니? 관아 할아버지는 너무 난폭하지."

"화난다! 정말 화나! 관아는 절대로 그냥 있지 않을 거야!"

"그래, 관아가 상숙 대신 할아버지를 혼내 주렴."

"응. 나만 믿어."

이때 방문 밖에서 나직한 기침 소리가 들렸다.

"아 참, 밖에 목 이모도 와 있는데……."

"그래?"

석대원은 반쯤 열린 방문 쪽으로 고개를 들었다. 저 밖에 그녀가 와 있다는 것은 이미 알고 있었다. 아이의 기분을 풀어 주는 데 급급한 나머지 한참 동안 문밖에 세워 두는 결례를 범한 것이다. 그는 빠른 손길로 의복을 갖춘 뒤 방문 쪽을 향해 말했다.

"들어오시지요, 목 소저."

그러자 백색 경장을 단정하게 차려입은 목연이 조신한 걸음걸이로 방 안으로 들어섰다.

"기다리시게 해서 미안합니다."

석대원이 포권으로 사과했다. 목연은 조금 굳은 표정으로 말했다.

"어제의 무위관 연무로 석 공자께서 그렇게 고생하셨다면, 광명전에는 아마도 의원이 불려 갔겠지요. 손님 된 처지로 주인을 중상모략하다니, 주인이 이 일을 알면 과연 어떤 표정을 지을까요?"

광명전은 무양문의 주인 서문숭의 처소였다. 무양문의 손님 석대원은 난처한 표정을 지었다.

"아무래도 웃진 않겠죠?"

"하지만 제 입이 무거우니 석 공자는 안심하세요."

목연은 굳은 얼굴을 풀며 방긋 웃었다. 그녀가 웃자 총각 냄새 퀴퀴한 방 안에 한 가닥 그윽한 향기가 피어오르는 듯했다.

"그나저나 어제의 대련이 무척 힘드셨나 봐요, 이렇게 늦잠을 주무신 것을 보면."

목연이 바닥에 떨어진 관아의 목발을 집어 들며 말했다.

"문주께선 나이답지 않게 강하십니다. 그렇게 강한 분과 정신없이 싸웠으니 곯아떨어진 것도 무리가 아니죠."

석대원의 대답이었다. 목연은 석대원을 잠시 바라보다가 눈을 반짝이며 말했다.

"석 공자는 참 특이한 분이에요."

"제가요?"

"문주님을 가리켜, '나이답지 않게 강하십니다.'라는 식으로 말한 사람은 이제껏 없었거든요. 사람들은 누구나 문주님 앞에 서면 전신이 오그라들고 말지요. 마치 뱀을 만난 개구리처럼 말이에요. 하지만 석 공자는 달라요. 천하의 무양문주를 상대하면서도 결코 자신이 부족하다고는 생각하지 않는 것 같군요."

석대원은 얼굴을 조금 붉혔다.

"제가 건방져 보인 모양이군요."

"아, 그런 뜻은 아니었어요. 실제로 문주님을 일대일로 상대할 만큼 강하시잖아요? 교단의 어른들께서도 석 공자의 능력에 대해선 높이 평가하고 계시죠. 어쩌면 오직 석 공자만이 그런 자신감을 지닐 자격이 있을지도 모르죠."

목연은 석대원이 무안해할 것을 염려했는지 그를 위해 열심히 변론했다. 그녀의 장점은 바로 이런 것이었다. 상대보다 한발 앞서 상대를 배려해 주기 때문에, 그녀를 상대할 때면 언제나 고향에 돌아온 듯한 편안함을 느끼게 되는 것이다.

"뭐야, 난 쏙 빼놓고 이모랑 상숙만 놀기야?"

두 사람의 대화가 길어질 기미를 보이자 침대에 걸터앉은 관아가 골난 얼굴로 소리쳤다.

"그럴 리가 있나? 자, 상숙이 안아 주마!"

석대원은 관아를 번쩍 안아 한쪽 어깨에 올려놓았다. 그 모습을 본 목연이 버들가지처럼 가늘고 긴 눈썹을 살짝 찌푸렸다.

"공자께서는 관아에게 너무 잘해 주시는 것 같아요. 안 그래도 요즘 버릇이 나빠져서 걱정인데."

그러자 관아가 목연을 내려다보며 쏘아붙였다.

"이모는 항상 관아 욕만 해! 관아는 요즘 양치도 혼자 하고 세수도 혼자 한단 말이야!"

"하지만 오늘 아침에도 약을 안 먹었잖아. 먹는 척하고 입안에 물고 있다가 양칫물에 풀어 뱉은 걸 누가 모를 줄 아니?"

목연이 엄하게 말하자 관아는 찔끔 고개를 움츠렸다. 하지만 금방 고개를 발딱 세우며 목연을 향해 말했다.

"이모가 상숙 앞에서 자꾸 관아를 깎아내리면 관아도 가만있지 않을 거야!"

"가만있지 않으면?"

"흥! 이모가 아침에 관아에게 말한 거 상숙한테 일러바쳐야지!"

신기하게도 관아의 이 말은 목연이 이제껏 견지하던 침착함을 한순간에 무너뜨린 것 같았다.

"너, 너 정말로……."

목연이 당황한 얼굴로 말리려 했지만, 관아는 벌써 석대원의 귓전에 대고 빠르게 속살거리고 있었다.

"아침에 이모가 관아한테 말했는데, 오늘 이모가 차茶 사러 나갈 건데, 관아더러 시장 구경하고 싶다고 상숙을 조르라고 했어. 그러면 관아도 함께 바깥에 나갈 수 있다고. 근데 이모는 자기 얘기는 쏙 빼놓고 관아가 생각해서 말한 것처럼 하라고 그랬어."

"관아야!"

목연이 빨개진 얼굴로 소리쳤다. 그러나 석대원은 이미 관아의 고자질을 다 들은 뒤였다. 마음의 준비 없이 듣기엔 얄궂은 이야기임이 분명한지라 석대원의 얼굴 또한 목연의 그것처럼 불그스름해졌다.

"저…… 그러니까 관아가 한 말은…… 저는 석 공자께서 너무 문파 안에만 계시는 것 같아서…… 그래서…… 가끔은 바깥바람을 쐬는 것도 기분 전환에 좋으실 것 같아서……."

목연이 기어들어 가는 목소리로 변명을 늘어놓았다. 남을 변론할 때에는 그토록 조리 있더니, 자신을 변론할 때에는 서툴기 그지없었다.

덩달아 기분이 이상해진 석대원은 목연 못지않은 서툰 말투로 대답했다.

"아…… 그게…… 에…… 저도 마침 적적했던 참인데…… 그러니까 오늘…… 음…… 소저만 괜찮다면 차를 사는 일을 도와드리고 싶은데…… 물론 관아와 함께……."

"저는 상관없지만…… 괜히 귀한 시간을 뺏는 건 아닐지 걱정이 돼서……."

"시간이야 뭐…… 여기 있어 봤자 별달리 할 일도 없는데다……."

의기양양한 얼굴로 두 사람의 대화를 듣던 관아가 갑자기 무슨 생각이 들었는지 고개를 갸웃거렸다.

"어? 그렇게 관아랑 상숙이랑 이모랑 셋이 차 사러 나가면, 그게 바로 이모가 원하는 거잖아. 이건 이상해!"

그러다가 목연의 매서운 눈초리를 대한 관아는 다시 고개를 움츠렸다. 관아는 석대원의 커다란 머리 뒤로 숨으며 입술을 삐죽였다.

"칫, 이모 나빠! 관아 덕에 일이 다 됐으면서 관아만 미워해!"

(3)

광동 제민장의 젊은 장주 역의관은 해가 중천에 떠오른 시간까지 객방 침대에 누워 있었다.

허리는 뻐근했고 장딴지도 묵직했다.

호북과 복건 사이의 수천 리 길을 마편을 재촉해 달려온 여독이 아직 풀리지 않은 탓도 있겠지만, 더 큰 이유는 고환의 밑바닥에 고여 있던 정액의 찌꺼기까지 몽땅 쏟아 버린 지난밤의 정사 때문이었다.

상대는 곁에 잠들어 있는 천심泉深이라는 이름의 유녀.

천심은 비싼 화대만큼이나 화려한 기교를 지니고 있었다. 피부는 고무처럼 탱탱했고, 사지는 빨판처럼 끈끈했으며, 입으로는 남자의 간장을 녹아들게 만드는 간드러진 교성을 쉼 없이 토해 냈다.

덕분에 역의관은 동녘이 훤해질 때까지 그녀의 몸을 탐닉했고, 마침내 골수가 빠져나가는 듯한 현기증과 함께 봉긋한 가슴 사이에 얼굴을 묻고 말았다. 그다음은 죽음처럼 깊은 잠. 그리고 지금, 정오가 지난 시간이 되어서야 눈을 뜬 것이다.

무당파 장문인이 분배해 준 은자는 분명히 공금이었다. 그것도 국고에서 나온 소중한 공금이었다. 그런 공금의 일부를 유녀를 사는 데 썼다면 이는 너무도 명백한 횡령이지만, 역의관은 한 점 거리낌 없이 그러한 횡령을 자행했다.

이십 대 후반의 건장한 몸뚱이는 시도 때도 없이 왕성한 성욕을 발산하지만, 그것을 제민장에서 기다리고 있을 아내에게 풀 의도는 눈곱만큼도 없었다. 그는 아내에게서 어떠한 성적 매력도 느끼지 못했다. 하지만 그것을 빌미 삼아 아내를 버릴 수는 없었다. 언감생심 첩실을 거느릴 수도 없었다. 왜냐하면 그는 데릴사위, 성姓을 바꿔 다른 가통을 이은 남자였기 때문이다.

아내는 그를 우습게 보았다. 수하들도 그를 진정한 주인으로 여기지 않았다.

물론 이따위 후줄근한 삶으로부터 벗어나고 싶었다. 그의 현재를 초라하게 만드는 모든 질곡으로부터 자유로워지려면, 광동 제민장이라는 문파에 앞서 소룡검 역의관이라는 개인이 더욱 부각될 필요가 있었다. 아내가 그를 우습게 보는 것도, 수하들이 그를 진정한 주인으로 여기지 않는 것도, 모두 그를 애송이로 여겼기 때문이다. 제민장의 후광이 없으면 아무것도 할 수 없는 괴뢰로 여겼기 때문이다. 개방의 방주 우근이 무당파 상청궁에서 뭇 군웅들이 보는 앞에서 그에게 준 모욕은, 어쩌면 강호 전체의 객관적인 시선을 대변한 것인지도 모른다.

그는 주목받고 싶었다. 무양문을 치기 위해 조만간 결성될 새로운 회맹會盟에서는 반드시 높은 직위를 차지하고 싶었다.

그러나 불행히도 소룡검 역의관은 아직 애송이요, 괴뢰였다. 그는 그 이유가 경력에 있다고 믿었다. 무공에 대한 성취, 일을 처리하는 능력, 세상을 바라보는 안목 등 모든 면이 이미 갖춰져 있다고 믿었기에 자신에게 부족한 것은 오직 경력, 자신의 진정한 실체를 널리 드러낼 만한 적당한 경력뿐이라고 생각했다. 간단히 말해, 회맹에서 높은 직위를 요구할 만한 객관적

상숙 39

인 공적이 없었던 것이다.

그래서 역의관은 무당산의 회합이 파한 뒤, 광동의 제민장으로 귀환하는 대신 심복 십여 명을 거느리고 이곳 복건 땅으로 왔다.

복건성 복주.

바로 이 복주에는 백련교의 마귀들이 모여 있는 무양문이 있었다. 역의관은 위험을 무릅쓰고 무양문 주위에 머물며, 모든 이들에게 자랑할 가치가 있는 커다란 공을 세워 볼 작정이었다.

한 가지 다행스러운 점은, 역의관과 그의 심복들은 복건의 문물에 매우 밝다는 것이었다. 비록 우근에게 '광동 꼬마'라고 조롱당하긴 했지만, 그는 제민장의 데릴사위가 되기 전까지는 엄연히 복건 사람이었고 그의 심복이라 할 만한 사람들 또한 그 점에 있어선 마찬가지였다.

"으응……."

곁에 누워 있던 천심의 입에서 가는 신음이 흘러나왔다. 도자기처럼 아리따운 어깨선이 알에서 갓 나온 애벌레처럼 부드럽게 꿈틀거렸다. 아마도 잠에서 깨어나려는 모양이었다.

역의관은 그녀의 몸뚱이를 덮고 있는 얇은 홑이불 속으로 손을 집어넣었다. 그녀의 사타구니는 건조했고, 손가락 끝으로 느껴지는 거웃에는 지난밤 정사의 흔적들이 살비듬처럼 말라붙어 있었다. 아직 잠에서 깨어나지 않은 여인의 은밀한 부위를 만지는 것은 매우 음란하고도 자극적인 일이었다. 그의 입가에 음충맞은 웃음이 맺혔다.

방문 밖에서 누군가의 목소리가 울린 것은 그때였다.

"장횡莊橫입니다. 들어가도 되겠습니까?"

음란하고도 자극적인 시간을 방해받은 역의관은 당연히 짜증이 났다. 그러나 장횡으로 말할 것 같으면 몇 안 되는 그의 심복 가운데서도 가장 능력 있는 사람, 기분 내키는 대로 대해서는 안 되는 존재였다.

역의관은 천심의 수혈睡穴을 짚어 다시금 잠에 빠뜨린 뒤, 이불을 끌어 올려 그녀의 벌거벗은 몸을 완전히 덮어 버렸다. 그러고는 장횡을 방 안으로 불러들였다.

역의관보다 두 살 연상인 장횡은, 구십 년쯤 고생을 하며 살아온 노파를 연상케 하는 울상의 소유자였다. 무슨 이유인지는 모르지만 그 울상이 지금 이 순간만큼은 붉게 상기되어 있었다.

역의관은 이를 의아하게 여기며 장횡에게 물었다.

"무슨 일이라도 있는가?"

장횡은 얼굴처럼 상기된 음성으로 대답했다.

"행운이 찾아왔습니다!"

"행운이라니?"

"서문숭의 손녀가 무양문을 벗어났다고 합니다! 그것도 한 명의 호위만 거느린 채로요!"

역의관은 자신이 벌거숭이인 것도 잊은 채 벌떡 몸을 일으켰다.

"그게 사실인가?"

"그렇습니다. 오늘 아침 양梁 다섯째가 무양문 정문을 나서는 우차 다섯 대를 보았는데, 맨 앞 수레에 서문숭의 손녀가 타고 있었다고 합니다. 구경하던 백련교도로부터 확인까지 받았다고 하니, 사실이 분명할 겁니다."

역의관은 반색을 하다가 갑자기 고개를 갸우뚱거렸다.

"하지만 이상하지 않은가? 다른 사람도 아닌 서문숭의 손녀가 행차하는데 호위가 하나뿐이라니, 그게 말이 되는 소리인가?"

"저도 그렇게 생각했습니다. 하지만 양 다섯째의 전서에 의하면 각각의 우차들마다 두 명씩의 짐꾼들이 타고 있을 뿐, 무공을 익힌 듯한 사람은 안 보였다고 합니다. 오직 한 사람, 소마귀를 어깨에 태우고 있는 자만이 무공을 익힌 것 같다고 하던데, 체격은 대단하지만 처음 보는 얼굴이라고 하니 대단한 인물은 아닌 듯합니다."

"처음 보는 얼굴이라……."

역의관의 입가에 미소가 떠올랐다.

양 다섯째, 양척梁陟은 한때 무양문 밥을 먹은 적이 있는 사내였다. 백련교에 대한 신앙심 때문은 아니고, 무양문의 무공을 배워 한몫 챙겨 보려는 속셈에서였다. 하지만 무양문은 정식 백련교도에 오르지 않은 자에게 비전의 무공을 전수하지 않기에, 신앙심이 부족하고 끈기가 없는 그에게 돌아간 것은 너저분한 잡일뿐이었다.

결국 양척은 중도에서 포기하고 무양문으로부터 달아났다. 정식 교도가 아니었던 탓인지 특별한 추급은 받지 않았다.

재미있는 것은 그 뒤에 벌어진 일이었다. 양척은 혹시 있을지도 모르는 무양문의 추급을 모면해 보고자 형처럼 따르던 역의관과 함께 광동으로 거처를 옮겼는데, 막상 역의관이 제민장의 젊은 장주가 되고 또 이번 회맹의 일원으로 참가하게 되니, 헛되이 소비했다고 후회하던 무양문에서의 세월이 마침내 진가를 발휘하기 시작한 것이다. 무양문의 동정을 살피는 데 있어서 한때 그곳에 몸담았던 사람보다 뛰어난 세작細作을 세상 어디에서 찾을 수 있겠는가?

"양척의 말이라면 믿을 수 있지. 암, 믿을 수 있고말고."

역의관은 침대 모서리에 걸쳐 있는 의복을 입기 시작했다.

허리에는 옥장식이 달린 요대, 머리에는 비취가 박힌 영웅건을 두른 그는 침대 발치에 기대 두었던 장검을 등에 묶으며 장횡에게 물었다.

"소마귀의 행적은 파악해 두었겠지?"

"물론입니다."

"남 형님이 보내 준 사람들은 지금 무엇을 하는가?"

역의관이 말한 남 형님이란, 무당산 회맹에 참가했던 상산 팔극문의 문주인 옥면수사 남립이었다. 남립은 역의관이 상청궁에서 보인 기개를 높이 평가한다면서 형제의 교분을 맺기를 원했다. 인맥의 필요성을 절실히 느끼던 역의관으로서는 바라마지않던 일인지라 그 자리에서 승낙했고, 두 사람은 서로의 피를 입술에 발라 형제의 연을 맺게 된 것이었다. 역의관의 이번 복건행에 남립이 상산 팔극문의 일급 고수 두 사람을 딸려 보내 준 것은, 새로 얻은 의동생에 대한 정표라고도 할 수 있었다.

장횡은 머뭇거리다가 대답했다.

"올라오면서 보니 아래층에서 점심을 시키는 것 같더군요."

역의관은 인상을 확 구기더니 사납게 소리를 질렀다.

"옥구슬이 눈앞에 굴러다니는 판국에 밥 먹을 시간이 어디 있다고! 당장 움직일 채비를 갖추라고 전하게. 상대는 마귀 대왕의 손녀야. 그 계집을 잡기만 하면, 우리는 싸움이 시작되기도 전에 마귀들의 손발을 묶어 버리는 대공을 세우는 거라고!"

역의관의 두 눈은 어젯밤 천심의 몸을 탐할 때처럼 어떤 종류의 갈망으로 이글거리고 있었다.

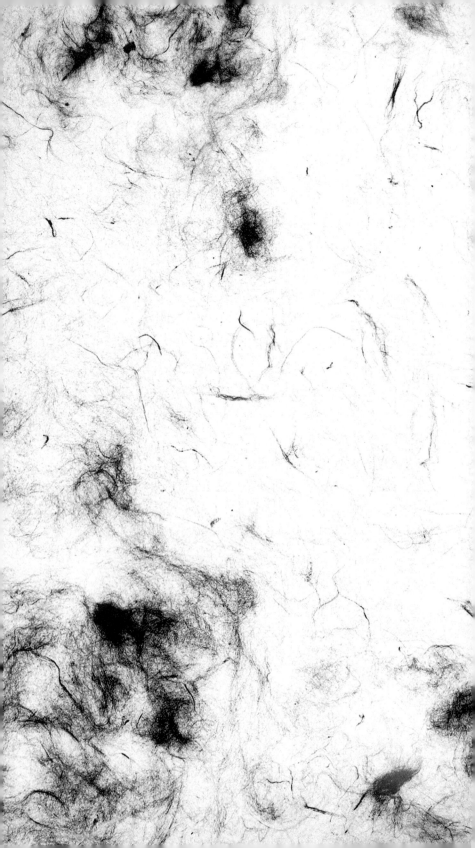

차시茶市

(1)

편작扁鵲이 부친을 모신 묘에서 돋았다고도 하고, 또 달마達摩가 던진 눈시울이 변해 자랐다고도 하는 차.

중국의 차 문화는 매우 오래전부터 민간에까지 널리 유포되어 있었다. 가정에서는 항시 찻주전자를 탁자에 놓아두었으며, 음식점에서는 싸구려 만두 몇 개를 팔 때에도 반드시 차를 곁들여 내왔다. 기름진 음식을 입에 달고 사는 중국인들이 좀처럼 소화불량에 걸리지 않는 것도 모두 차의 공덕, 소위 차덕茶德이라 할 터였다. 그러니, '춘추를 연구하고 하도에 달통하는 것이 차 한 수레분을 싣고 오는 것만 못하다[窮春秋演河圖 不如載茗一車].'라는 말이 나온 것도 무리가 아니었다.

중국의 차를 이야기하려면, 차의 성지인 무이산武夷山을 빼놓을 수 없을 것이다.

차는 고온 다습한 기후에서 자라는 열대성, 혹은 아열대성 식물이다. 복건과 강서의 경계 위에 병풍처럼 가로 놓인 무이산은 건조한 대륙풍을 막아 주고 온난한 해풍을 머물게 함으로써 차가 생장할 수 있는 최적의 조건을 제공해 주었다. 덕분에 무이산 동쪽으로 발달된 몇 개의 군소 도시들은 차를 주산물로 삼는 차시茶市가 될 수 있었다. 영화寧化도 그러한 차시 중 하나였다.

바로 그 영화에 올 들어 첫 번째 차 시장이 열렸다.

곡우를 지난 지 십수 일이요, 그사이 햇볕도 좋았던 덕에, 올해 시장에 나온 차들은 유달리 향기가 짙었다. 참새 혓바닥처럼 뾰족한 이파리엔 선명한 비취빛이 감돌았다.

차 향기에 끌려 자신도 모르게 자꾸만 숨을 들이마시던 서문관아는, 잠시 후 새빨개진 얼굴로 "파아!" 하며 큰 숨을 터뜨리고 말았다.

"왜 그러니? 어디 불편하니?"

관아를 무동 태우고 있던 석대원이 고개를 위로 치켜들며 물었다. 관아는 강아지처럼 할딱거리면서 대답했다.

"너, 너무 오랫동안 숨을 안 쉬었던 것 같아."

"저런, 우리 귀여운 토끼가 햇차 향기에 취해 질식할 뻔했구나."

"질식이 뭔데?"

"숨을 못 쉬는 게 질식이지."

"에이 참! 상숙은 말도 못 알아들어? 못 쉰 게 아니라 안 쉰 거랬잖아!"

석대원은 그게 그거라고 생각할지도 모르지만, 관아는 두 가지가 분명히 다르다고 생각했다.

예를 들어 밥을 못 먹는 것과 밥을 안 먹는 것은 분명히 달랐다. 밥을 못 먹으면 아빠는 물론이거니와 할아버지까지 찾아와 걱정해 주지만, 밥을 안 먹으면 기다리는 것은 목 이모의 매운 꿀밤밖에 없었다.

신기한 것은 목 이모의 눈썰미였다. 안 먹든 못 먹든 밥 남은 모양은 똑같건만, 무슨 재주로 그리 귀신같이 알아차리는지.

그 귀신같은 목연은 지금 화복을 입은 노인 한 사람과 열심히 흥정을 벌이고 있었다. 안색이 불그레하고 아랫배가 빵빵한 노인은 이곳 영화에서 제일 큰 차 도매상, 무이다원武夷茶園의 주인 곽郭 노대老大였다.

늙은 상인과 젊은 살림꾼의 찻값 흥정은, 마치 노강호와 소년 영웅의 비무처럼 진지했다. 곽 노대는 작년의 찻값을 고집했고, 목연은 풍작을 이유로 들어 한 관에 반 냥씩 깎으려 했다.

관에 반 냥이면 사실 그리 큰돈이 아니었다. 사람 좋은 곽 노대라면 젊은 처녀와 말싸움을 벌이느니 속 편하게 깎아 줄 수도 있는 액수였다. 그러나 목연이 구입하려는 양은 자그마치 일천 관. 올 한 해 무양문의 전체 제자들이 마실 차였다. 그러니 곽 노대도 신중해지지 않을 수 없었다. 공금을 운용할 때만큼은 세상에서 가장 지독한 깍쟁이가 되어 버리는 목연이야 말할 필요도 없을 테고.

석대원은 흥정에 한창 열을 올리는 늙고 젊은 두 사람을 덤덤한 눈길로 지켜보았다. 생각해 보면 그는 유달리 흥정에 약했다. 과거, 동네 아이들에게 속아서 꼬리 달린 개구리며 알록달록한 달팽이, 예쁜 조개껍데기 따위를 은그릇 같은 값비싼 가물과 맞바꾸었다가 어머니께 호된 꾸지람을 들은 철부지가 바로 그였다.

이렇게 지난날을 떠올리던 석대원은 어느 순간 쓸쓸히 웃고 말았다. 유년의 기억, 그나마 단편적일 수밖에 없는 유년의 기억은 그에게 있어서 고문이나 마찬가지였다. 모든 기억이 한 장면으로 귀결되기 때문이었다.

뇌옥 천장에 매달려 대롱거리던 여인. 숨도 못 쉴 것 같던 열네 살의 두려움. 그래서 더욱 슬픈 어머니…….

잊을 수만 있다면 잊고 싶었다.

그러나 추억은 좀처럼 사라지지 않는다. 아픈 추억일수록 더욱 그렇다. 그래서 추억으로부터 달아나기 위해 애쓰던 사람도 어느 순간 그것이 불가능하다는 것을 깨닫게 되면 결국 포기라는 두 글자를 배우게 되고, 그 추억이 가져다주는 아픔 속에서 한 조각의 즐거움이라도 찾으려 버둥거리다가 마침내 삶이란 다 그런 거겠지라며 자조와 노회가 적당히 버무려진 웃음을 떠올리고 만다. 어떤 종류의 추억은 이처럼 한 사람의 일생을 끈질기게 괴롭히는 것이다.

석대원은 결코 그렇게 되고 싶지 않았다. 하지만 미망의 차꼬는 너무도 단단하게 그의 발목을 틀어잡고 있었다. 그는 언제쯤 이 차꼬로부터 풀려날 수 있을까?

"상숙."

어깨에 올라앉은 관아가 석대원의 귓바퀴를 쥐고 흔들었다. 슬쩍 올려다보니 관아는 볼멘 표정을 짓고 있었다.

"왜? 심심하니?"

관아는 뒷다리를 잡힌 방아깨비처럼 고개를 위아래로 빠르게 까딱거렸다.

"상숙이 시장 구경 시켜 줄까?"

관아의 표정이 금방 환해졌다.

"응! 관아는 구경하는 거 아주아주 좋아해."

석대원은 찻값 흥정에 여념이 없는 목연을 슬쩍 돌아본 뒤 관아에게 말했다.

"이모가 일을 다 마치려면 아무래도 조금 시간이 걸릴 것 같구나. 우리끼리 가자꾸나. 상숙이랑 관아랑 둘이."

"히히, 상숙이랑 관아랑! 상숙이랑 관아랑!"

관아는 석대원의 말을 앵무새처럼 흉내 내며 즐거워했다.

석대원과 관아의 모습이 인파 속으로 사라질 즈음, 목연은 어디선가 날아온 가느다란 전음을 들을 수 있었다.

ㅡ석 공자가 아기씨를 모시고 시장 중심 쪽으로 가고 있소. 뒤따르겠소.

목연은 그제야 석대원이 사라진 것을 알 수 있었다. 그녀는 아랫입술을 꼭 깨물었다. 가면 간다, 오면 온다 한마디 말이라도 해 줄 수 있었을 텐데…….

그러나 목연은 이내 섭섭한 마음을 떨쳐 버렸다.

석대원은 비록 자상하지만, 유정한 사람은 아니었다. 어린 관아는 그로 인해 기뻐하지만, 성숙한 목연은 그로 인해 한숨을 짓는다.

석대원은 그런 남자였다. 목연은 이미 그런 사실을 알고 있었다.

그러나…… 그래도 야속했다.

(2)

고풍갑顧楓甲은 무공을 익혀 자객이 되었다.

대가를 받고 사람을 죽이는, 그래서 많은 이들로부터 손가락질당하는 저열한 자객이 되었다.

　자객으로서 그의 자질은 매우 뛰어난 것이었다.

　그는 바람처럼 빠른 신법과 번갯불을 방불케 하는 일 초의 무정한 검법으로 각계 요인들을 삼십여 명이나 암살할 수 있었고, 덕분에 몸값이 중원에서 다섯 손가락 안에 꼽히는 일류 자객이 될 수 있었다.

　자신과 타인의 생명을 담보로 한 자객업은 그를 부유하게 만들어 주었다. 자객의 두건을 쓴 그는 고양이 무리 속에 던져진 생쥐처럼 무수히 많은 사선을 넘나들어야 했지만, 자객의 두건을 벗은 그는 한 여인의 남편으로서, 또 두 자식의 아버지로서 남부럽지 않은 삶을 누릴 수 있었다.

　그러나 육 년 전의 어느 날, 남부럽지 않던 그의 인생은 철저히 파괴되었다. 과거 그를 사주했던 정객政客 중 하나가 붕당朋黨의 화를 입어 숙청되는 과정에서 그 자객행의 전모가 드러난 것이다.

　체포령이 떨어졌다. 살기등등한 관병들이 그의 집으로 들이닥쳤다.

　사방에서 쳐들어오는 무수한 창칼 속에서도 그는 살아남을 수 있었다. 언제나 그를 구해 주었던 바람 같은 신법과 번갯불 같은 검법이 또 한 번 그의 목숨을 구해 준 것이다. 그러나 구함을 받은 것은 오직 그 한 사람뿐이었다.

　주범을 놓친 관병은 흉포해졌다. 지붕 위로 뛰어올라 달아날 방향을 모색하는 그의 시선 속으로 개돼지 취급을 당하며 오라에 묶이는 아내와 자식들의 모습이 들어왔다. 관병은 가족의 목숨을 볼모로 그의 투항을 종용했다.

이때 그는 투항했던가?

아니었다. 그래서 그의 아내와 자식들은 관병의 무자비한 창칼 아래 목숨을 잃고 말았다. 돌이켜 보면 후회스럽기 짝이 없는 일이지만, 당시의 그는 오랜 자객행으로 인해 습성처럼 굳어져 버린 생존 본능에 지배당하고 있었다. 그래서 그는 투항 대신 도주를 택했다. 가족의 주검을 뒤로한 채, 제 목숨 하나만을 건지기 위해 달아났던 것이다.

추격이 시작되었다.

강남 지방의 이름난 포두들이 그를 잡기 위해 체포장을 들고 관할 구역을 떠났다. 모든 나루와 모든 관문에 그의 인상착의가 기재된 용모파기가 배포되었다.

그는 달아나고, 달아나고, 또 달아났다. 그러나 관의 추격은 너무나도 집요했고, 그는 마침내 남쪽 바다가 바라보이는 외딴 절벽 위에서 몇 명의 이름난 포두들에게 둘러싸이게 되었다. 그때 그는 오랜 도주로 인한 피로와 부상에 시달리고 있었고, 엎친 데 덮친 격으로 몸을 지켜 주던 검마저 잃어버린 뒤였다.

몇 발짝 뒤에는 보기만 해도 아찔한 낭떠러지가 놓여 있었고, 그 아래로 시퍼런 바닷물이 넘실거렸다. 도주로는 완벽히 차단되었다. 포두들은 흰 이를 드러내며 득의한 웃음을 떠올렸고, 생포당할 마음은 추호도 없었던 그는 최후의 일전을 위해 주위에 굴러다니는 뾰족한 돌멩이 하나를 집어 들었다.

그런데 돌멩이를 움켜쥔 순간, 신비하리만치 차가운 광물체의 질감이 손가락에 휘감긴 순간, 그는 평생 단 한 번도 느껴 보지 못한 거대한 회의감에 사로잡혔다.

나는 왜 이렇게 악착같이 살아남으려고 하는 것일까?

돌이켜 보면 그는 살인을 즐기는 사람이 아니었다. 단지 가족을 사랑했을 뿐이다. 그래서 그는 도도屠刀를 쥐었고, 자객으로서 받아야 할 모든 죄의식은 가족을 부양한다는 명제 아래 합리화되었다. 그에게 있어서 가족은 그만큼 절대적인 가치를 지니고 있었다. 그러니까…… 돌이켜 보면 말이다.

그런데 그의 가족은 이미 사라졌다. 세상 어디에서도 찾을 수 없었다. 그가 살아남은들 무슨 즐거움이 있겠는가?

회심回心.

불현듯 마음이 홀가분해졌다. 그는 움켜쥔 돌멩이를 던져 버린 뒤 한바탕 웃음을 터뜨렸다. 그러고는 낭떠러지 아래 넘실거리는 푸른 바닷물로 훌쩍 몸을 던졌다. 마지막으로 망막에 담긴 포두들의 당황한 얼굴이 그렇게 통쾌할 수 없었다.

가족을 위해 자객이 된 고풍갑은 가족을 잃은 뒤 그렇게 죽음을 택한 것이다.

그로부터 나흘이 지난 뒤, 복건 해안에서 오 리쯤 떨어진 작은 섬에 살던 늙은 어부 공孔 씨氏는 낡은 그물을 둘러메고 자신의 고깃배로 나가던 중 백사장에 엎어져 있는 송장 한 구를 발견했다.

공 씨는 재수 옴 붙었다며 투덜거리다가 깜짝 놀랐다. 송장이 꿈틀거렸기 때문이다.

공 씨는 착한 사람이었다. 그는 송장을 집으로 옮겨 놓고는, 굳은 팔다리를 주무르고 몸뚱이를 씻겨 주었다. 싱싱한 조개와 금싸라기 같은 쌀로 미음을 끓여 송장의 입에 조금씩 흘려 넣었고, 매일 밤 송장의 회복을 위한 기원을 올렸다.

그 지성에 감동한 것일까? 아니면 본디 죽을 팔자가 아니었던 것일까?

금방이라도 죽을 것만 같던 송장은 조금씩 되살아났다. 닷새가 지난 뒤에는 마침내 의식을 회복할 수 있었다.

눈을 뜬 송장은 아무 말도 하지 않았다. 소금물에 불어 흉측하게 변해 버린 얼굴은 돌멩이처럼 무표정하기만 했다. 하지만 공 씨는 상관하지 않았다. 그저, '고생했군.'이라고 송장을 다독여 준 뒤, 자신의 기원을 들어준 신에게 감사의 기도를 드렸다.

송장은 그러고도 한 달을 누워 있어야 했다. 마치 말하는 법을 잊어버린 듯, 누워 있는 내내 벙어리처럼 지냈다. 그러나 공 씨는 불쾌하게 생각하지 않았다. 무엇을 알려고 하지도 않았다. 그는 묵묵히 송장의 수발을 들었다. 매일 밤 송장의 쾌유를 바라는 기도를 드리면서.

송장이 처음으로 입을 연 것은 공 씨가 그를 발견한 날부터 한 달하고도 닷새가 지난 때였다.

ㅡ왜 나를 죽게 내버려 두지 않았습니까?

공 씨는 송장이 회복한 것이 단지 육신에 불과하다는 것을 알았다. 생기라고는 한 점도 담겨 있지 않은 메마른 목소리가 그 증거였다.

ㅡ모든 것은 명존의 뜻이라네.

공 씨는 송장에게 신상 하나를 보여 주었다. 그가 매일 밤 송장의 쾌유를 빌며 머리를 조아리던 그 신상은, 백련교도들이 관의 눈을 피해 신주神主 뒤에 숨겨 놓고 기원을 드리는 명존 상이었다.

송장은 입을 다물었다. 묵묵히 명존 상을 바라볼 뿐이었다.

그날 이후, 공 씨는 무언가를 생각하는 송장의 모습을 종종 볼 수 있었다.

며칠 뒤, 송장이 다시 입을 열었다.

-명존께서는 왜 나를 살렸을까요?

　-명존의 뜻은 아무도 모르네. 너무 크기 때문이지. 하지만 결국에는 누구나 알게 된다네. 너무 선하기 때문이지.

　송장은 신상을 어루만지다가 고개를 들고 공 씨에게 다시 물었다.

　-나는 생과 사를 모두 보았습니다. 슬픔으로 이룩한 기쁨과 기쁨 속에 도사린 슬픔을 함께 겪었습니다. 잔인함으로 가장의 위엄을 유지하고, 비겁함으로 가장의 도리를 버렸습니다. 나는…… 이제부터 무엇을 해야 할지 모르겠습니다.

　공 씨는 아무 대답 없이 웃더니, 밖으로 나가 밥을 지었다. 그러고는 송장에게 거칠지만 뜨끈뜨끈한 보리밥이 듬뿍 담긴 공기를 건네며 말했다.

　-먹게. 그리고 푹 자게. 마음이 조급할 때는 어깨를 늘어뜨리고 잠시 쉬게. 다만 간구하는 마음만은 잊지 말게. 명존께서 반드시 해답을 주실 걸세.

　송장은 공 씨의 말대로 밥을 먹었다. 그리고 신상을 머리맡에 놓고 잠을 청했다.

　그날 밤, 송장은 꿈을 꾸었다. 신상이 하나의 불덩어리가 되어 자신의 몸을 송두리째 태우는 꿈이었다.

　잠에서 깬 송장은 자신도 모르게 눈물을 흘렸다. 멈추려고 해 보았지만 무슨 영문인지 눈물은 점점 더 많이 나왔다. 잠시 후, 그는 어머니의 자궁에서 처음 나온 아기처럼 목 놓아 울고 있는 자신을 발견할 수 있었다.

　누군가 등을 두드렸다. 공 씨였다. 송장은 울먹이는 목소리로 물었다.

　-살아오면서 이런 슬픔을 느낀 적은 없었습니다. 눈앞에서

아내와 자식들이 죽을 때에도 이렇게 슬프지 않았습니다. 그런데 지금은 너무 슬픕니다. 명존은 이런 고통을 주기 위해 나를 되살려 낸 걸까요?

공 씨는 고개를 저었다.

－나는 모르네. 하지만 명존께서는 한 가지 해답을 자네에게 내려 주신 모양이군. 자네 스스로 해답을 찾아야 한다는 해답 말일세.

송장은 공 씨의 품에 안겨 목 놓아 울부짖었다. 공 씨는 그의 등을 토닥거려 주었다.

삶이란 절망의 반복이다.

오랜 세월에 걸쳐 이룩해 놓은 욕망의 산물을 일시에 상실한다면, 인간은 누구나 절망하게 된다. 하지만 자신을 떠날 수 있는 모든 것들은 언젠가 결국 자신을 떠나고 만다는 체념의 진리를 깨닫게 되는 순간, 절망은 사라진다. 욕망과 절망이 동시에 떠난 빈 자리는 물론 슬플 수밖에 없지만, 그러한 슬픔도 잠깐에 불과하다.

이런 과정을 모두 경험한 사람은 다른 사람에게 조언을 들려줄 수 있는 좋은 길잡이가 된다. 마치 공 씨처럼.

다음 날 새벽, 공 씨는 송장을 배에 태우고 복건으로 들어갔다. 송장은 결코 평범한 사람이 아니었다. 인적 없는 고도에서 칠 벗겨진 신상이나 받들며 살아가는 것은 자신 같은 늙은 어부에게나 어울리는 삶이었다.

부두에는 안개가 자욱했다.

부두에 선 송장의 뒷모습은 이제 막 모험을 떠난 청년을 닮아 있었다. 그 뒷모습이 안개 속으로 천천히 사라지고 있었다.

공 씨가 안개를 향해 소리쳤다.

―나는 아직 자네의 이름도 모르는군! 이름이 뭔가?

안개 속에서 대답이 돌아왔다.

―중생重生. 오늘부터 내 이름은 고중생입니다.

공 씨는 그 이름이 매우 잘 어울린다는 생각이 들어 빙긋 웃었다. 송장은 이제부터 명존을 위한 두 번째 삶을 살아갈 것이기 때문이다.

고중생은 그날 부두에서 그랬던 것처럼 빠르지도 느리지도 않은 속도로 걸음을 옮기고 있었다.

한 손에 쥔 다섯 자 길이의 나무 지팡이로 땅을 툭툭 짚어 나가는 그의 걸음걸이는 매우 자연스러워 보였다. 걸음을 내딛는 곳이 고관대작의 벽돌 길이든 걸인의 진창길이든, 촌부의 논두렁이든 강호인의 전장이든, 그곳이 사람을 위한 길이고 또 그 위로 걸어가는 사람이 있다면, 그의 걸음걸이는 어떤 길 위에서라도 조금도 어색해 보이지 않을 것 같았다.

고중생이 이런 걸음걸이를 익힌 까닭은 본디 사람을 죽이기 위함이었다. 자연스러운 걸음걸이는 그 주인의 존재감을 감춰 주는 데 큰 도움이 되기 때문이다. 그러나 지금의 그는 사람을 보호하기 위해 이렇게 걷는다. 가장 밝은 빛은 가장 짙은 어둠 뒤에 오듯, 그는 뛰어난 자객이었기에 뛰어난 보표가 될 수 있었다.

고중생은 지금 한 남자의 등을 보며 걷고 있었다. 그 등은 관아에서 내거는 방문榜文만큼이나 큼직했다. 그래서 그런지 길을 지나는 많은 사람들은 방문을 보듯 그 등을 힐끔거리고 있었다. 하지만 고중생은 그들과 다른 이유로 그 남자의 등에서 눈을 떼지 않고 있었다. 그가 보호하려는 아기씨가 그 남자의 어깨에 앉아 있기 때문이었다.

좀처럼 찾아보기 힘든 저 큼직한 등을 지닌 남자의 이름은 석대원이라고 했다. 그리고 석대원은 백련교주 서문숭과 일대일로 상대할 수 있는 극강의 고수라고 했다. 그러니 분명 고중생보다는 강할 터였다.

하지만 고중생은 그가 보호하려는 아기씨, 서문관아에 대한 경호를 석대원에게만 맡겨 놓을 수 없었다. 경호란 여러모로 저격과 비슷한 점이 많았다. 자신보다 고강한 무인을 여럿 저격한 경험이 있는 고중생이기에, 엄청나게 강하긴 해도 경호에 대해서는 문외한일 수밖에 없는 석대원을 전적으로 신임할 수 없는 것이다.

방금만 해도 그랬다.

석대원은 상인 차림의 두 사내 사이를 지나가기 위해 몸을 옆으로 돌리는 과정에서 잠시 허점을 드러냈다. 물론 그 허점이란 것이, 석대원 본인을 치는 데엔 별다른 도움이 되지 못할 것이다. 석대원은 그런 허점 정도는 충분히 극복할 만큼 강하기 때문이다. 하지만 저격하고자 하는 대상이 석대원이 아닌 관아라면 얘기가 달라진다.

방금처럼 석대원이 두 손을 모두 사용해 관아의 두 다리를 잡으며 허리를 왼쪽으로 튼 사이 우측 후방의 사각으로부터 암습자가 빠르게 달려든다면, 석대원은 역동작에 걸려 관아를 보호할 수 없게 되는 것이다.

오늘 무양문을 나선 이후, 석대원은 저런 식의 허점을 아홉

차례나 드러냈다. 그때마다 고중생은 긴장할 수밖에 없었고, 석대원에게 사각이 되는 방위를 살핌으로써 혹시 있을지 모르는 암습자의 출현에 대비해야만 했다.

이런 식의 원거리 경호는 근거리 경호보다 훨씬 피곤했다. 그래도 할 수 없었다. 고중생은 관아에게 모습을 드러낼 수 없는 입장이기 때문이었다.

경호 대상이 전혀 눈치채지 못하는 암중 보표.

손녀를 끔찍이 위하는 백련교주 서문숭은 새로운 교도가 된 고중생에게 그것을 요구했고, 고중생은 두 번째 삶의 주인인 명존의 이름을 걸고 그것을 약속했던 것이다.

그래서 고중생은 지난 육 년 동안 아기씨의 그림자가 되었다. 늙은 어부 공 씨의 충고대로 명존께 간구하는 마음을 버리지 않은 채.

"신인神人의 신기神氣는 보는 것만으로 눈이 밝아지고, 듣는 것만으로 귀가 밝아지며, 들이마시는 것만으로 오장육부가 깨끗해진다네!"

사람의 마음을 솔깃하게 만드는 높은 음조의 변설이 들려온 것은, 석대원이 차 시장 중앙에 세워진 시세방時勢榜 아래를 지날 무렵이었다.

"한 줄기 푸른 기운 창공을 가르며 솟구치니, 개 짖는 변방, 물새 우는 남해, 그 어디라도 신인의 영험함이 미치지 않는 곳 없어라!"

삘릴리, 취라吹螺 소리가 한바탕 요란히 울려 퍼지고, 다시 변설이 이어졌다.

"웨에이! 동방성신東方聖神 태호太昊의 정기를 이어받아 복되고 복된 봉래도蓬萊島에서 선로仙露와 영지靈芝를 벗 삼아 신술을 닦으신 동천대왕東天大王 납시오! 웨에이!"

관아가 석대원의 귓바퀴를 잡아당기며 변설이 울린 방향을 가리키는 모습이 고중생의 시선에 잡혔다. 동천대왕인지 뭔지를 구경하고 싶다고 조르는 모양이었다. 석대원이 관아를 올려다보며 뭐라 말하더니 그 요구대로 방향을 바꾸었다.

'고약하게 됐군.'

고중생은 눈살을 찌푸렸다. 사람이 많은 장소는 주위가 어수선할 수밖에 없고, 주위가 어수선하면 경호가 어려워지는 것은 당연했다. 그는 지팡이를 쥔 손에 한차례 힘을 준 뒤 석대원이 향하는 곳으로 발길을 돌렸다.

동천대왕은 과연 비범한 외모를 지니고 있었다. 그런데 그 비범함이란 것이 변설자가 광고한 신기와는 거리가 멀었다.

네모반듯한 얼굴은 반반한 부위를 찾기 힘들 정도로 박박 얽었고, 양쪽 눈두덩에는 큼직한 담녹색 모반이 있는 데다 치렁치렁한 머리카락은 핏물에라도 몇 번 담근 듯 검붉은 빛깔이니, 신인이라기보다는 악수惡獸라고 소개하는 편이 더 어울렸다.

"이보게, 변설자! 동천대왕 낯짝이 어쩌다 저 모양이 되셨는가?"

구경꾼 틈에서 사내 하나가 큰 소리로 물었다. 우락부락한 얼굴에 장난기가 가득한 것으로 보아 인근에 사는 왈패가 아닌가 싶었다.

동천대왕과 짝을 이루는 변설자는, 체구가 보통 사람의 절반밖에 되지 않는 꼽추였다. 꼽추는 짜부라진 눈을 한껏 치켜뜨며 물음을 던진 사내를 흘겨보더니, 돌연 장탄식을 터뜨렸다.

"슬프도다! 분하도다! 방정맞은 속물의 잡스러운 침방울이 우리 대왕의 공덕을 더럽히는구나! 우리 대왕께선 본디 주유周瑜가 혀를 내두르고 두목지杜牧之도 고개를 떨굴 만큼 절륜한 용모를 지니셨도다! 하나, 남방에서 깨어난 창귀瘡鬼를 잡아 죽이다가 역병의 독기에 피부를 상하셨고, 북변에서 얼어 죽은 강시殭屍를 돌려보내다가 명부의 음기에 눈자위를 상하셨도다! 뿐이랴! 동해의 못된 풍랑, 더러운 악룡惡龍의 목을 삼 척 보검으로 뎅겅 자르시니, 그 피를 머리에 뒤집어써서 저렇게 적발이 되셨구나! 웨에이! 영험하도다, 동천대왕! 웨에이! 무량하도다, 동천대왕!"

꼽추는 남들보다 짧은 팔과 다리를 과장스럽게 놀려 가며 동천대왕의 공덕을 칭송했다.

"하하! 그 친구 입담 한번 좋구먼!"

"말 한마디 잘못 꺼냈다가는 본전도 못 건지겠는걸."

사람들은 저마다 한 소리씩 외치며 박수를 보냈다.

지극히 당연한 얘기지만, 꼽추의 말은 새빨간 거짓이었다. 역용술에 일가견이 있는 고중생은 잠깐 사이에도 꼽추의 말이 거짓임을 입증할 증거를 여럿 댈 수 있었다.

얽은 얼굴이야 보나 마나 마맛자국이요, 눈두덩의 담황색 모반은 황반黃礬을 되게 이겨 발라 놓은 것이며, 붉은 머리카락은 주사와 종이 태운 재를 잿물에 개어 염색한 것이었다. 고중생은 한눈에 그런 것까지 알아볼 수 있었지만, 그것을 지적할 생각은 전혀 없었다. 약을 파는 데에는 마맛자국보다 창귀가 낫고, 황반보다 강시가 그럴듯하며, 염료보다 악룡이 멋있다. 그래서 꼽추는 한바탕 입담을 풀어놓은 것이고, 사람들 모두 그런 사실을 잘 알기에 허황되고 과장될수록 오히려 갈채를 보내는 것이다.

하지만 구경꾼들 중에서 오직 한 사람, 꼽추의 말을 믿는 순둥이가 있었다. 칠 척 거한의 어깨에 올라탄 조그만 계집아이, 서문관아가 바로 그 순둥이였다.

"상숙, 저 대왕이 용도 죽였대!"

이 천진난만한 목소리는 주위 사람들의 웃음을 자아냈다. 사막의 모래처럼 감정이 메말라 버린 고중생마저도 입가에 엷은 미소를 머금을 정도였으니…….

하지만 그 미소는 금방 사라졌다. 이처럼 어수선한 장소에서 주의력을 분산시키는 것은 매우 위험한 일이었다.

이렇듯 고중생이 경계심의 끈을 새롭게 졸라맬 즈음, 꼽추의 취라가 다시 한 번 높은 가락을 뽑아내고 동천대왕은 본격적으로 공력을 뽐내기 시작했다.

창귀를 잡아 죽이는 것도 아니요, 강시를 돌려보내는 것도 아니며, 악룡의 목을 뎅겅 자르는 것도 아니지만, 동천대왕의 공력은 그런대로 봐줄 만한 것이었다.

외가 수련에 쓰이는 천왕추天王鎚. 모두부를 확대해 놓은 것 같은 네모반듯한 쇳덩이 위에 손잡이를 붙인 물건으로, 상체의 근력을 기르는 데 사용되는 도구였다. 그 무게는 만들기 나름인데, 지금 허공에서 횡횡 돌아가는 세 개의 천왕추는 각각의 무게가 족히 백수십 근은 나갈 것 같았다.

"흐압! 어헛! 으라랏!"

천왕추를 던지고 또 받을 때마다 동천대왕의 입에서는 우렁찬 기합이 쉴 새 없이 터져 나오고 있었다. 괴상하게 꾸민 얼굴은 우는 듯 웃는 듯하니, 그것 또한 보기 힘든 구경거리임에 분명했다.

이렇게 한참 동안 재주를 부리던 동천대왕은 어느 순간, 세 개의 천왕추를 가지런히 포개어 지면에 쿵쿵쿵 내리꽂더니 그 위에 성큼 올라섰다.

꼽추가 취라를 멈추고 소리 높여 외쳤다.

"아! 성스럽도다! 대왕께서는 어두운 땅, 축축한 늪, 더러운 펄에 사는 몹쓸 귀신들을 한 다리로 찍어 누르시니, 땅 귀신, 늪 귀신, 펄 귀신이 발붙일 곳을 잃어 지기地氣가 순해지고 올한 해 오곡이 무르익도다!"

꼽추의 변설이 끝나자, 동천대왕은 포개진 세 개의 천왕추위에서 금계독립金鷄獨立의 자세로써 한 다리를 치켜들었다. 그동작이 자못 위엄 있어 마치 귀신을 찍어 누르는 천왕상을 보는 듯했다.

이때, 동천대왕의 용모를 문제 삼았던 우락부락한 사내가 또 끼어들었다.

"헤헤, 보기는 제법 좋다만, 귀신은커녕 메뚜기 한 마리 눌러 죽일 힘도 없어 보이는구먼."

꼽추가 어찌 가만히 있겠는가.

"반골이로다! 하늘의 뜻을 외면하고 땅의 덕을 거역하는 반골이로다! 속된 자여, 어찌하여 대왕님의 공력을 믿지 못하는가!"

"힝! 툭 밀기만 해도 자빠질 텐데 공력은 무슨 공력?"

"슬프도다! 분하도다! 방자한 자여, 그렇다면 왜 직접 대왕님의 공력을 시험해보지 않는가?"

그러자 우락부락한 사내가 웃통을 풀어 헤치며 성큼성큼 걸어 나왔다.

동천대왕은 그 사내에게 눈길조차 주지 않았다. 금계독립의 자세를 굳건히 유지한 채 그저 먼 하늘을 바라보고 있을 따름이었다.

"이거야 원, 남들 앞에서 힘자랑을 하려니 여간 쑥스러운 게 아니군."

말은 점잖지만 막상 사내가 보인 행동은 그렇지 않았다. 일
장의 거리를 두고 걸음을 멈추더니, 온몸을 던지다시피 날려 동
천대왕의 가슴팍을 어깨로 들이받은 것이다.

하지만 퉁, 소리와 함께 엉덩방아를 찧은 것은 오히려 사내
쪽이었다. 천왕추 손잡이 위에서 한 발로 중심을 잡는 것만 해
도 보통 어려운 일이 아닐진대, 동천대왕은 사내의 몸통 공격을
받고도 꼼짝하지 않는 신통력을 보여 준 것이다.

"우와아!"

"잘한다, 잘해!"

박수갈채가 터져 나왔다. 중인환시에 엉덩방아를 찧은 사내
는 벌게진 얼굴로 재차 삼차 달려들었지만, 그런 족족 나가떨어
지기만 할 뿐 동천대왕을 움직이게 만들지는 못했다.

꼽추가 득의양양한 목소리로 외쳤다.

"의심 말라! 의심 말라! 대왕님의 공력을 의심 말라! 만일 아
직 의심을 버리지 못한 속된 자가 있거든 속히 앞으로 나와 겨
자씨처럼 미소한 자신을 깨닫도록 하라!"

그런데 아직 의심을 버리지 않은 사람이 있었다. 관아가
기다렸다는 듯이 소리친 것이다.

"동천대왕님은 기다려라! 우리 상숙이 나간다!"

"음?"

관아의 외침은 석대원에게도 의외였던 모양이다. 난색을 띠
며 관아를 올려다보는 얼굴이 그런 심중을 대변하고 있었다. 그
러나 주위의 시선은 이미 그를 향해 쏟아지고 있었다.

"옳거니! 저 젊은이라면 힘 좀 쓰겠군."

"이보오, 젊은이. 자네가 한번 대왕의 공력을 시험해 보게나."

보기만 해도 입이 딱 벌어지는 체격에 호기심이 인 것일까? 몇몇 사람들이 석대원을 부추기고 나섰다.

"아니, 저는 별로 그럴 마음이⋯⋯."

석대원이 몇 마디 더듬거리며 사양하려 했지만, 관아가 "상숙, 빨리 나가 봐. 동천대왕님이 진짜인지 알아보게."라며 귓바퀴를 잡아당기자, 별수 없다는 표정을 지으며 앞으로 나서게 되었다.

바로 그때였다.

고중생은 놀이판을 둘러싼 흥겨운 분위기 속으로 뭔가 은밀하고도 이질적인 기운이 끼어든 것을 감지했다.

'이건⋯⋯.'

고중생은 모든 감각을 곤두세워 주위를 살폈다. 사방 구석구석을 칼날처럼 짚어 가는 그의 시선 속으로 수상한 기파를 품은 몇몇 얼굴들이 들어왔다. 공터를 향해 걸어 나오는 석대원을 긴장과 적개심에 찬 눈으로 주시하는 사내들. 그들은 분명히 강호인, 그것도 상당한 경지에 오른 고수였다.

하지만 석대원은 그들의 출현을 전혀 눈치채지 못한 것 같았다. 싱글거리는 얼굴이며 태연한 말투가 그 증거였다.

"관아야, 잠깐만 기다려 줄래? 상숙은 지금부터 힘 좀 써야 할 것 같으니까."

아무것도 모르는 관아는 그저 즐거울 뿐.

"응. 관아는 기다리는 거 잘해."

석대원은 어깨에 태운 관아를 번쩍 들어 내렸다. 그러고는 두리번거리는 품이 주위의 누구에게 관아를 맡길 모양이었다.

'위험하다!'

고중생의 발달된 감각이 날카로운 경고성을 발했다.

만일 구경꾼 틈으로 숨어든 강호인들이 고중생의 예측대로 관아를 노리고 있다면, 지금 석대원의 행동은 그들에게 더할 나위 없이 훌륭한 기회를 제공해 주는 셈이었다. 고중생은 내심 석대원의 부주의를 질책하며, 만약의 경우 자신이 어떻게 행동해야 하는가에 대해 고심해야만 했다.

그런데 그때, 고중생으로선 전혀 예상치 못한 일이 벌어졌다. 친근한 느낌을 주는 중저음의 목소리가 고중생의 코앞에서 울린 것이다.

"이 아이를 잠깐만 맡아 주시겠습니까? 울거나 보채진 않으니 그리 귀찮지는 않을 겁니다."

예닐곱 걸음 떨어져 있던 석대원이 어느새 고중생의 앞에 불쑥 나타나 관아를 내밀고 있었다.

고중생의 눈은 본디 가는 편이지만 이 순간만큼은 휘둥그레지지 않을 수 없었다. 비단 그것은 이 장이라는 거리—그것도 사람들이 빽빽이 서 있는—를 삽시간에 단축해 버린 석대원의 놀라운 몸놀림 때문만은 아니었다.

이 많은 사람들 중에서 왜 하필이면 나란 말인가?

"이 할아버지 무서운데……."

고중생의 얼굴을 힐끔 쳐다본 관아가 입술을 삐쭉였다. 그의 얼굴에는 소금물에 팅팅 불었던 육 년 전의 흔적이 그대로 남아 있었다. 그 송장 같은 안색이 아이 눈에 싫게 비쳤던 모양이다.

하지만 석대원은 "괜찮아. 무서운 분 아니니까."라고 타이르며 그 가볍고 자그마한 몸뚱이를 고중생의 품에 떠넘기다시피 안겨 주었다.

"부탁드립니다."

부탁드리나 마나 관아는 이미 고중생의 품 안에 들어 있었다.

"이보게, 젊은이!"

고중생이 다급히 뭐라 말하려 했지만, 거절할 기회는 이미 지나가 버린 것 같았다. 석대원은 종마의 뒷다리처럼 굵고 튼튼한 다리를 놀려 어느새 꼽추 변설자에게로 가 버렸기 때문이다.

"이, 이보라고!"

고중생이 재차 소리쳐 부르려는데, 누군가 그의 귓바퀴를 잡아당기는 것이었다. 시선을 내려 보니 품 안에 안긴 관아가 그를 올려다보고 있었다.

관아가 말했다.

"괜찮아요."

누가, 그리고 뭐가 괜찮다는 것일까?

반짝이는 아이의 눈을 내려다보는 고중생은 자신이 지금 어이없어 하는 것인지, 아니면 화를 내는 것인지 분간할 수 없게 되어 버렸다.

고중생이 그러고 있는 동안, 석대원은 꼽추의 앞에 몸을 우뚝 세웠다.

"이 몸이 동천대왕의 공력을 시험해 봐도 되겠소?"

꼽추는 선뜻 응낙하지 못하고 마른침만 꿀꺽 삼켰다.

조금 전 고중생에게 다가갈 때 보여 주었던 표홀한 신법은 접어 둔다고 치자. 이건 보통 사람이 의자에 올라선 것보다도 한 뼘은 더 큰 어마어마한 거구가 아닌가! 거구라 하여 반드시 장사는 아니겠지만, 그릇이 커야 밥을 많이 담을 수 있는 법. 눈동냥으로 익힌 동천대왕의 외가공부로 감당하기에는 벅찬 감이 있었다. 그러니 꼽추는 내심, '드디어 임자를 만났구나!'라고 생각했을지도 모른다.

그러나 물러설 수는 없었다. 왜냐하면 동천대왕이 동천대왕다운 뭔가를 보여 주어야만 두 사람의 밥줄이 달린 고약이 팔리기 때문이다.

"그, 그러시오."

꼽추는 입속에서만 자꾸 맴도는 목소리에 억지로 자신감을 실어 내뱉었고, 석대원은 씩 웃은 뒤 금계독립의 자세를 여전히 지키고 있는 동천대왕 앞으로 나아갔다.

저렇게 허리를 쭉 펴니 석대원은 한층 더 장대해진 것 같았다. 천왕추 세 개를 포개 놓은 것 위에 올라선 동천대왕이건만, 그 키는 석대원보다 오히려 작아 보였다.

"그럼 실례하겠소."

석대원이 오른쪽 주먹을 들어 올렸다. 으드득 소리가 울리며, 권심에 맺힌 근육이 살가죽을 찢고 튀어나올 정도로 부풀어 올랐다.

동천대왕은 여전히 먼 하늘을 바라보고 있어서 자신의 신통력을 철석같이 믿는 듯했다. 그렇다면, 콧등에 송골송골한 저 땀방울은 그저 따가운 햇살 때문일까?

동천대왕의 물기 어린 코를 본 석대원은 그만이 알 수 있는 미소를 떠올리더니, 들어 올린 주먹으로 동천대왕의 아랫배를 세차게 내질렀다.

꽝!

꼽추는 자신도 모르게 두 눈을 꽉 감아 버렸다. 인간의 주먹과 인간의 배가 만난 소리치고는 너무 우렁찼던 것이다.

'고약 몇 봉지 팔아먹으려다가 불쌍한 아우 하나 잡는구나!'

꼽추는 동천대왕—생김새는 흉신악살을 닮았지만 자신의 말이라면 섶을 지고 불로 뛰어들라고 해도 그대로 실행하는 약간 모자란 아우—의 안위를 걱정하지 않을 수 없었다.

꽝!

또 한 번 굉음이 울렸다. 꼽추는 마치 제가 맞은 듯한 아찔한 기분을 느끼며 어깨를 부르르 떨렸다.

'아이쿠! 저 괴물 같은 놈이 정말로 사람 잡을 작정인가 보다!'

그런데 눈을 꽉 감고 있던 꼽추의 귓전으로 뜻밖의 갈채가 흘러들어 오는 것이 아닌가.

"철벽이구나, 철벽!"

"저 덩치로도 안 된다면 정말 보통 공력이 아닌데!"

꼽추는 조심스럽게 눈을 떴다. 그의 눈에 가장 먼저 들어온 것은 두 볼따구니에 한껏 바람을 집어넣은 채 입술을 꾹 다물고 있는 아우, 동천대왕의 얼굴이었다.

그러나 동천대왕은 놀랍게도 천왕추 위에 여전히 버티고 서 있었다. 저 괴물 같은 작자의 주먹을 견딘 것이다!

꼽추는 쏟아질 것 같은 눈물을 가까스로 억누르며 목청껏 외쳤다.

"웨에이! 위대하시다, 동천대왕의 공력! 웨에이! 누가 훼손할쏜가, 동천대왕의 공력!"

다시 한 번 요란한 박수가 터져 나왔다.

박수를 치는 사람들 속에는 석대원을 내보낸 관아도 있었다. 아이의 마음에는 석대원의 실패가 더욱 즐거웠던 모양이다.

"아하하! 상숙은 바보야! 웨에이! 동천대왕 만세! 하하!"

관아로부터, 뒤집은 쌀자루에서 쌀알이 흘러나오듯 짤랑거리는 웃음이 쉴 새 없어 쏟아져 나왔다.

그러나 관아를 안고 있던 고중생은 웃지 않았다. 웃을 수 없었다.

놈들이 마침내 움직였기 때문이다!

"아이를 확보해라!"

어디선가 카랑카랑한 외침이 울린 순간, 동천대왕을 둘러싼 인간 장벽의 한 귀퉁이가 와르르 허물어졌다. 마치 거센 격류에 제방이 터진 듯. 그와 함께 빠르고 저돌적인 두 줄기 움직임이 사람들 사이를 가르고 달리기 시작했다.

그 하나는 성난 파도처럼 석대원을 덮쳤고, 다른 하나는 거대한 쐐기처럼 고중생을 외부로부터 격리시켰다.

"뭐, 뭐야?"

"아이쿠!"

일대는 순식간에 아수라장이 되었지만, 그 아수라장을 연출한 자들의 행동은 일사불란하기 그지없었다. 구성원 개개의 동선이 사전에 치밀히 계획된 것 같았다.

펑! 퍼펑!

요란한 격타음이 터져 나오고, 고중생의 주위에 서 있던 구경꾼들이 비명을 지르며 나가떨어졌다. 순간, 그들의 몸뚱이를 타고 넘으며 전후좌우로 네 개의 인영이 솟구쳐 올랐다.

고중생의 눈동자 속에서 새파란 섬광이 번뜩였다. 팽팽하게 당겨 놓은 살기가 한순간에 발산된 것이다.

"갈!"

고중생은 암향표暗香飄의 신법으로 몸을 여섯 자 좌측으로 옮김으로써 전방과 후방 그리고 우방에서 날아든 기세를 흘려버렸다. 같은 시각, 그의 지팡이는 독사찬심毒蛇鑽心의 수법으로 좌방에서 달려드는 암습자를 찔러 가고 있었다.

"엇?"

좌방으로부터 달려들던 암습자의 얼굴에 경악한 표정이 떠올랐다. 평범한 구경꾼으로 여긴 고중생이 이처럼 무서운 기세로 반격해 올 줄 몰랐기 때문이다. 하지만 고중생은 평범한 구경꾼이 절대 아니었다. 자신보다 강한 고수를 여럿 죽인 경험이 있는 뛰어난 자객이었다.

빡!

결국 그 암습자는 뛰어난 자객의 최초 일격이 얼마나 무서운 것인지를 미간 한복판에 새기게 되었다, 그것도 아주 선명하게.

"방심하지 마라! 놈도 한패다!"

평범해 보이는 나무 지팡이에 의해 동료의 미간이 꿰뚫리는 광경을 목격한 세 명의 암습자는, 날카로운 경호성을 발하며 고중생을 향해 병기를 휘둘렀다. 그들의 병기는 검이었다. 성난 멧돼지처럼 일직선으로 치고 들어오는 세 줄기 검초는 대륙의 남부에서는 꽤나 유명세를 얻은 것이었다. 덕분에 고중생은 그들의 내력을 한눈에 알아볼 수 있었다.

"사일검법射日劍法? 광동의 쥐새끼들이구나!"

고중생은 노성을 터뜨리며 지팡이를 추풍소엽秋風掃葉의 수법으로 크게 휘둘러 세 자루 장검을 세차게 후려쳤다. 부르릉, 소리와 함께 지팡이에서 일어난 사나운 경파가 장검의 주인들을 휘청거리게 만들었다.

한 수의 위맹한 수법으로 암습자들을 격퇴시킨 고중생이지만, 상대의 허점을 보고도 공세로 전환하려 하지 않았다. 그의 목적은 살인이 아니었다. 아기씨를 보호하는 것이었다.

'장소가 좋지 않다!'

이곳은 누구를 보호하기엔 사방이 너무 트여 있었다. 게다가

술 취한 원숭이 떼처럼 우왕좌왕 날뛰는 군중들은 고중생의 주의력을 분산시키고 있었다.

생각과 행동은 거의 동시에 이루어졌다. 고중생은 아기씨를 가슴에 바싹 끌어안은 뒤, 포위의 주체가 죽어 버린 좌방을 향해 몸을 날렸다. 십여 장 떨어진 상점가까지만 이동할 수 있다면, 이 일대에서 복잡하기로 소문난 다루 골목으로 피신할 수 있기 때문이다.

물론 그 과정이 순조롭지 않으리라는 점은 짐작하고 있었다. 아니나 다를까.

"어딜!"

전방을 맡았던 암습자가 빠르게 따라붙으며 고중생의 얼굴을 향해 일 검을 찔러 냈다. 검이 공기를 가르자, 마치 달아오른 쇠를 물에 담갔을 때처럼 치이익 하는 소리가 울려 나왔다. 금방이라도 울음을 터뜨릴 것 같은 얼굴과는 딴판으로 살벌하기 그지없는 검초였다.

고중생은 울상 사내의 실력이 만만치 않음에 안색을 찌푸리면서도 지팡이를 똑바로 세워 얼굴을 방호했다.

탁!

뾰족한 검봉이 지팡이의 상단을 두 치가량 관통했다. 매의 부리가 독사의 주둥이를 찍은 형국이니, 일견 병기를 봉쇄당한 고중생이 궁지에 몰린 듯했다. 울상 사내의 얼굴에 득의한 빛이 떠오른 것도 바로 그 이유일 터였다.

하지만 고중생은 조금도 당황하지 않았다. 독사의 진짜 이빨이 다른 곳에 감춰져 있음을 알기 때문이었다.

철컥.

작은 소리와 함께 지팡이가 두 개로 분리되었다. 울상 사내의 검봉에 꿰인 껍데기는 그대로 있는데, 그 아래로 새파란 광채가 뽑혀 나온 것이다.

껍데기가 제거된 지팡이는 더 이상 지팡이가 아니었다. 그것은 날의 길이가 다섯 뼘이나 되는 협봉검狹鋒劍이었다.

광채가 번득이고……

"끄읍!"

본의 아니게 검집을 잡아 주게 된 울상 사내는 비명도 아니고 신음도 아닌 괴상한 소리를 흘리며 고개를 모로 꼬았다. 그의 목 왼쪽에서 분수 같은 핏물이 터져 나오고 있었다. 고중생이 자랑하는 일 초의 무정한 검법, 신루혈蜃樓血이 이름에 걸맞은 환상적인 속도로 그의 목을 훑고 지나간 것이다.

그러나 울상 사내의 죽음이 그저 헛되었던 것만은 아니었다. 아무리 빠른 손을 자랑하는 검수라도 검을 뽑아 적을 해치우는 데에는 전력을 기울일 필요가 있기 때문이었다. 딱 한 호흡. 고중생이 울상 사내를 죽이기 위해 그 호흡을 허비한 틈을 놓치지 않고 새로운 암습자가 등장했다. 고중생에게 있어서 그 암습자는 처음 네 명을 합친 것보다 더욱 위험한 존재였다.

"늙은이, 아이를 내놓아라!"

새로운 암습자, 유달리 매부리진 코가 강퍅한 인상을 주는 청년이 호통을 치며 고중생을 향해 달려들었다. 그가 두른 영웅건 한복판에 박힌 큼직한 비취 위에 햇살이 부서지는가 싶더니, 비취빛을 닮은 시퍼런 검기 한 가닥이 고중생의 인중을 향해 폭사되어 왔다. 방금 목숨을 잃은 울상 사내의 것과 같은 사일검법. 하지만 위력만큼은 비교할 수 없을 만큼 무서웠다.

까각!

검과 검이 순간적으로 얽혔다가 떨어졌다. 그 공간 사이로 새파란 불똥이 튀었다.

고중생은 손목이 시큰거리는 느낌에 하마터면 지팡이 검을 놓칠 뻔했다. 흐트러진 호흡을 회복하기 전에 날아든 공격인 탓에 전력을 싣지 못한 까닭이었다.

그러나 매부리코 청년의 검은, 설령 고중생이 최상의 상태에서 겨루었다 해도 승리를 쉽게 장담할 수 없을 만큼 빠르고 날카로웠다. 그는 광동 제민장이 자랑하는 사일검법의 정수를 이미 깨우친 듯했다.

"백련교의 개! 죽엇!"

파파팍!

살기등등한 외침과 함께 이번에는 삼 검이 부챗살처럼 화려하게 퍼지며 고중생의 목과 두 어깨의 요혈을 노려 왔다. 각각의 검로가 기이하도록 선명하여 허상과 실체를 일시지간에 구분해 내기란 불가능해 보였다.

관아로 인해 운신이 부자유한 고중생은 감히 맞상대할 생각을 못 하고 몸놀림을 최대한 가볍게 하여 매부리코 청년의 검초를 피할 수밖에 없었다. 하지만 보법의 묘로 만회하기엔 상황이 이미 안 좋았다.

쉭! 쉬쉭!

두 자루 장검이 고중생의 하체를 노리며 날아들었다. 처음의 암습자 중 살아남은 두 명이 매부리코 청년의 공격에 보조를 맞춰 고중생을 핍박해 온 것이다.

이를 기다렸다는 듯 고중생의 미간을 재차 찔러 오는 매부리코 청년의 일 검!

'지독한 놈들!'

체면을 따질 경황이 아니었다. 고중생은 땅 위로 몸을 굴려,

숨 쉴 틈 없이 날아드는 사일검법의 살초들을 피해 냈다. 몸을 굴리는 것도 쉬운 일이 아니었다. 아기씨의 몸에 상처가 나지 않도록 아기씨를 안은 왼팔만은 필사적으로 버텨야 했기 때문이다.

"제민장의 훌륭한 솜씨, 잘 구경했소이다! 이제 노부가 땅바닥을 구르는 늙은 당나귀를 어떻게 잡는지 구경하시오!"

해소라도 앓는 듯한 컬컬한 목소리와 함께, 붉은 그림자 하나가 매부리코 청년의 머리를 넘어 날아왔다. 몸에는 포대처럼 헐렁한 붉은 장포, 머리에는 작고 둥근 화모花帽를 쓴 깡마른 노인이었다.

"이얍!"

적포 노인이 호통과 함께 좌수를 떨치자, 사슬이 달린 철구鐵球 한 정이 비사飛蛇처럼 허공을 가르며 고중생의 뇌문을 공격해 왔다.

하나 고중생이 어떤 사람인데 쉽사리 뇌문을 허용하겠는가. 그는 우수의 검을 짧게 휘둘러 철구를 후려쳤다. 그의 검은 비록 단금절옥斷金切玉의 보검은 아니지만, 무쇠로 만든 공 하나를 튕겨 내기에는 충분할 만큼 튼튼한 것이었다.

그런데 놀라운 일이 벌어졌다. 검과 철구가 부딪치기 직전 철구의 전면에서 강조鋼爪 세 개가 불쑥 튀어나오더니, 쩔껑 소리와 함께 검신을 물어 버린 것이다. 어린아이 주먹만 한 철구는, 사실은 내부에 강조를 장치한 용아비조龍牙飛爪였던 것이다.

"으하하! 용아龍牙는 도도屠刀를 묶고, 금구金鉤는 마졸魔卒을 가둔다!"

적포 노인은 용아비조의 사슬을 움켜쥔 왼손을 힘껏 낚아채며, 동시에 우수를 힘차게 뿌렸다. 그러자 적포의 오른쪽 소맷자락에서 거대한 그물 하나가 툭 튀어나와 하늘을 가릴 듯한 기세로 고중생을 덮어씌웠다.

이러한 연속 공격은 절묘하기 이를 데 없었다. 용아비조에 검이 물린 고중생은 검을 빼앗기지 않기 위해 반사적으로 중심을 하체로 옮길 수밖에 없었는데, 바로 그 순간에 투망이 날아들었으니 두 눈을 멀뚱멀뚱 뜨고도 피할 수 없었던 것이다.

'당했구나!'

그물코마다 달린 금빛 갈고리들의 광채가 고중생의 망막을 아프게 찔러 왔다. 이 시점에서 그가 할 수 있는 일이라고는, 아기씨를 더욱 깊이 감싸 안음으로써 날카로운 갈고리의 위협으로부터 그 여린 살갗을 보호하는 것뿐이었다.

하지만 고중생과 고중생이 목숨보다 소중하게 여기는 아기씨는 갈고리로 인해 어떠한 피해도 당하지 않았다. 어디선가 나타난 솥뚜껑 같은 손이 고중생을 덮쳐 가던 투망을 덥석 낚아챘기 때문이다.

솥뚜껑 같은 손의 주인이 한 일은 단지 그것만이 아니었다. 그는 다른 손을 한번 휩쓸어 용아비조에 달린 사슬을 움켜잡더니, 사슬을 기운차게 휘돌려 사슬의 반대편 끝을 잡고 있던 적포 노인을 도리깨질하듯 땅바닥에 패대기쳐 버린 것이다.

쫙!

경쾌한 소리와 함께, 조금 전만 해도 도도와 마졸을 기세 좋게 외치던 적포 노인은 악동의 손에 걸린 개구리처럼 땅바닥과 한 몸이 되고 말았다.

그때 고중생은 똑똑히 보았다, 그가 한나절 내내 주시해 온 큼직한 등이 그의 앞을 철벽처럼 가로막고 있는 광경을.

솥뚜껑 같은 손과 커다란 등을 소유한 남자, 석대원은 한 손을 놀려 고중생의 협봉검을 물고 있던 용아비조를 풀어낸 뒤, 손아귀 안에 움켜쥐고 한차례 힘을 주었다.

까드득.

이 소리로 그만이었다. 그토록 견고해 보이던 용아비조가 허무하리만치 간단하게 폐물로 변해 버린 것이다.

석대원이 고중생을 돌아보며 물었다.

"다친 곳은 없습니까?"

이 말에 화들짝 놀란 고중생은 끌어안고 있던 아기씨의 전신을 다급히 살펴보았다. 다행히 아기씨는 크게 놀랐을 뿐, 손톱만큼도 다치지 않았다. 세 번이나 거듭하여 아기씨를 살핀 그는 안도의 탄성을 터뜨렸다.

"말짱해! 정말 다행이군!"

그 대답을 들은 석대원은 빙긋 웃었다. 그가 물은 것은 고중생의 안위였건만, 정작 고중생은 관아의 안위에만 온 정신이 쏠린 것이다. 고중생이 이토록 관아에게 집착하는 까닭이 어디에 있는지, 그는 물론 짐작하고 있었다.

"관아야, 괜찮니?"

석대원은 부드러운 목소리로 관아에게 말을 건넸다. 관아는 그제야 비로소 고중생의 가슴에 파묻고 있던 고개를 치켜들었다.

"상숙……."

관아의 눈에는 눈물이 그렁그렁했다.

이때까지만 해도 석대원은 특유의 여유 있는 웃음을 짓고 있었다. 그러나 관아의 눈물을 보자 그는 더 이상 웃을 수 없었다.

관아는 떨고 있었다.

조금 전까지만 해도 "동천대왕님 만세!"를 외치며 즐거워하던 아이가, 흉흉한 병장기와 탐욕스러운 눈동자에 둘러싸여 한 마리 상처 입은 어린 새처럼 오들오들 떨고 있는 것이다.

가슴 밑바닥에서 솟구쳐 오른 용암처럼 뜨거운 기운이 석대원의 어금니를 맞물리게 만들었다. 드득! 구레나룻 숭숭한 귀 아래로 굵은 힘줄이 돋아 오르며 섬뜩한 음향이 울려 나왔다. 그와 함께 거목 밑동처럼 우람한 석대원의 목이 암습자들이 포진하고 있는 전면으로 천천히 돌아갔다.

석대원의 눈길이 얼굴 위를 지나칠 때마다 암습자들은 자신도 모르게 어깨를 부르르 떨었다. 그 눈을 대한 순간, 마치 인적 없는 숲속에서 거대한 맹수와 무방비로 마주한 듯한 느낌을 받은 것이다.

석대원은 한 손에 움켜쥐고 있던 투망을 들어 보였다.

"비세록이란 책이 있지. 오지랖 넓기로 유명한 어떤 노인이 쓴 책이야. 그 책에 의하면, 상산에 있는 어떤 문파에는 용아비조와 대라금구망大羅金鉤網을 병기로 쓰는 백도 명숙이 한 사람 있다더군. 백도 명숙…… 대충 어떤 사람에게 붙는 말인지 알지? 그 백도 명숙이 다리 불편한 꼬마 계집아이 하나를 잡기 위해 이름만 들어도 소름이 끼치는 그런 기문병기들을 사용할 리가 없지. 그러니 아까 내가 부순 고철 덩이도, 그리고 이 투망도 겉보기엔 제법 그럴싸하지만 가짜임에 틀림없지 않겠어?"

석대원은 이렇게 말하는 동안에도 들고 있던 투망을 손가락으로 툭툭 잡아 끊고 있었다. 그러나 그가 부순 고철 덩이도, 또 지금 끊어 대는 저 투망도 가짜가 아니었다. 그러므로 적포노인도 가짜가 아니었다. 적포 노인은 상산팔극문의 호법 중 한 사람인 동시에 상산 일대에 혁혁한 명성을 날린 바 있는 포박노인捕縛老人 사운독查雲篤 본인이 분명했다.

쓰라린 뱃가죽을 움켜쥐고 간신히 몸을 일으키던 사운독은, 수족처럼 아끼던 병기가 망가진 것에 대한 분노에 앞서 자신이 지금 헛것을 보고 있는 게 아닌가 하는 불신에 빠졌다. 천 근의 무게도 버틸 수 있다는 천산록天山鹿의 힘줄, 그것을 무려 아홉 겹이나 꼬아 만든 물건이 바로 대라금구망이었다. 그런데 보라! 그 대라금구망이 썩은 동아줄처럼 잡아당기는 족족 끊어지고 있지 않은가!

대라금구망이라는 기병 하나를 이 세상에서 완전히 말소해 버린 석대원은 흙장난이라도 한 아이처럼 손바닥을 툭툭 털었다.

"너희들이 누군지 알고 싶지도 않아. 너희들에게 도덕을 가르칠 생각도 없어. 하지만 생전 처음 맛보는 자유로운 바깥나들이에 정신이 팔린 아이에게서 즐거움을 앗아 간 대가는 톡톡히 치르게 해 주마. 저기 있는 네 동료들처럼."

석대원의 손가락이 가리키는 곳에는, 처음 석대원을 관아로부터 격리시키기 위해 달려든 다섯 명이 널브러져 있었다. 다섯 명 모두 사지 관절이 기괴한 각도로 꺾인 것으로 미루어, 본래의 상태로 돌아오는 데엔 꽤 오랜 시일이 필요할 것 같았다.

놀라운 것은, 사운독과 함께 상산팔극문의 호법 자리를 차지하고 있던 상산초부湘山樵夫 호혁胡赫마저 그들 틈에 끼여 있다는 사실이었다. 호혁이 늘 자랑하던 백이십 근 오금철부烏金鐵斧는 수백 개의 쇳조각들로 변한 채 주인의 곁에 널려 있었다.

"호 아우, 괜찮나?"

호혁과 의형제의 교분을 맺은 사운독은 안색이 하얗게 변해 외쳤다. 하지만 그가 들을 수 있는 것은 석대원의 싸늘한 코웃음뿐이었다.

"갈비뼈가 모두 어긋났으니 대답을 들으려면 며칠 지나야 할 거야. 하지만 염려 말라고. 그 곁에 누워 대답을 기다릴 수 있도록 해 줄 테니까."

"이…… 이 무례한 놈! 네 눈에는 존장도 안 보이느냐!"

막내아들뻘도 안 되는 젊은이에게 꼬박꼬박 반말을 들은 사운독이 분노로 전신을 와들와들 떨었다.

"난 무식해서 아는 게 그리 많지 않아. 하지만 최소한 사람과 짐승은 구분할 줄 알지. 오래 산 사람은 존장이지만, 오래 산 짐승은 그저 늙은 짐승일 뿐이야."

석대원이 차갑게 대꾸했다.

이때 매부리코 청년, 광동 제민장의 젊은 장주 역의관이 노한 표정으로 한 발짝 나서며 외쳤다.

"이름을 대라! 파사현정破邪顯正의 검을 무명잡배에게 쓰고 싶지 않다!"

그러자 남은 심복 둘도 검을 똑바로 겨눈 채 역의관의 양옆으로 벌려 포진했다.

그 모습을 본 석대원은 아주 잠깐 웃었다. 그리고 그 웃음이 사라졌을 때, 그의 거대한 몸뚱이는 유령처럼 역의관의 전면에서 솟아오르고 있었다. 마치 둘 사이에 존재하던 사 장이란 거리를 비웃기라도 하는 양.

"이, 이런!"

대경실색한 역의관은 제민장의 반진도보反進跳步로써 신형을 빠르게 후방으로 물렸다. 그러나 어깨를 나란히 하고 있던 심복 둘의 대응 속도는 그의 것에 비해 훨씬 느렸다. 두 사람은 커다란 그림자 하나가 눈앞에 어른거리는 것을 본 순간 외마디 비명을 지르며 나가떨어지고 말았다.

단숨에 두 사람을 처리한 석대원은 질풍 같은 속도로 역의관을 따라붙었다. 몸을 약간 숙인 채 전진하는 그의 거구는 기이하리만치 불명해 보였다. 묽은 먹으로 대충 그려 놓은 듯 그 윤곽이 또렷하지 않았다.

"이익!"

역의관의 검법은 세간에 알려진 것보다 훌륭했다. 그는 뒷걸음질을 치는 불안정한 자세에서도 사일검법의 절초인 삼화취생三和取生을 평소와 거의 다름없이 펼쳐 낼 수 있었다.

촤앙!

청아한 검명과 함께 세 송이 검화가 눈부시게 피어나며 일직선으로 달려드는 석대원을 무찔러 갔다. 창졸간에 일으킨 검기가 이렇게 빠르고 매서우니, 역의관이 젊은 나이로 명문 세가의 주인 자리에 오른 것도 결코 운 때문만은 아님을 알 수 있다.

그러나 석대원의 몸놀림은 역의관이 예상할 수 있는 범주를 몇 단계 뛰어넘고 있었다.

"그것이 파사현정의 검인가?"

석대원의 입술 사이로 낮고 차가운 목소리가 흘러나온 순간, 역의관은 삼화취생의 세 송이 검화가 텅 빈 공간을 허무하게 가르고 지나갔음을 알아차릴 수 있었다. 목표로 삼은 석대원의 요혈 세 군데를 분명히 관통했건만, 다음 순간에는 괴이하게도 그 요혈이 허공으로 변해 있었던 것이다.

이러한 상황은 역의관을 혼란에 빠뜨렸다. 검을 익힐 때 가장 먼저 수련하는 과정이 바로 안법이었다. 눈을 검으로 만들고, 발을 검으로 만든 연후에야 비로소 검을 검으로 만들 수 있는 것이다. 그러므로 사일검법을 완성한 그의 안법은 이미 상승 경지에 올랐다고 볼 수 있었다. 그런데 그의 안법이 좋지 못하는 경인할 몸놀림이라니!

혼란에 빠진 역의관의 면전으로, 실과 허를 구분하기 어려운 흐릿한 거구가 훅 밀려들었다. 언뜻 보이는 선이 굵은 얼굴, 그 두툼한 입술에 맺힌 것은 명백한 조소였다.

'이럴 수는 없다!'

이럴 수는 없었다!

역의관은 한 여인의 남편이요, 한 장원의 장주요, 백도의 당당한 청년 기협이었다. 그러나 아내는 그를 남편으로 여기지 않았고, 가신들은 그를 장주로 여기지 않았으며, 강호인들은 그를 백도의 청년 기협으로 여기지 않았다. 그 울분을 마음속으로 삭이며 살아온 것도 억울한데, 이제 처음 만난 곰 같은 놈에게까지 조롱당해야 한단 말인가?

그것만큼은 용납할 수 없었다!

그 순간, 반진도보로 후퇴하던 두 발이 한자리에 우뚝 버텨지고, 곧바로 전방을 향한 짧고 격렬한 도약이 전개되었다. 이른바 격보擊步.

"찻!"

아내와 가신들과 강호인들과 그리고 저 곰 같은 놈을 향한 거센 분노가 송곳 같은 기합으로 표출되었다. 수많은 낮과 밤을 역의관과 함께해 온 한 자루 청강검이 일절의 변화를 배제한 한 줄기 직선을 그리며 석대원의 심장을 향해 쏘아 나갔다. 제민장에서 가르치는 모든 검법의 기초인 직지사일直指射日, 역의관으로서는 젓가락질보다도 손에 익은 수법이었다.

익숙한 수법에 기세마저 흉맹하니, 그 위력은 실로 살인적이라고밖에 형용할 수 없었다.

그러나 불행히도 역의관은 한 가지 중대한 사실을 모르고 있었다.

석대원은, 비록 오늘은 한 차례도 선보인 적이 없지만, 남송의 대검호 좌천량의 수십 년 각고가 탄생시킨 천하제일의 마검법, 혈랑검법의 전승자였다. 그 혈랑검법의 출발 또한 사일검법과 같은 직지세에서 비롯되니, 역의관은 결국 자신의 작은 장점으로 상대의 큰 장점을 공격한 셈이었다.

석대원의 오른손이 자신의 심장을 향해 날아오는 청강검을 정면으로 마주쳐 갔다. 그러나 검봉과 손바닥이 접촉한 것은 아니었다. 팔을 이루는 각 부위의 관절이 교묘히 비틀리자, 그의 손은 상대의 예기가 응축된 검봉을 비끼며 마치 한 마리 뱀처럼 검신을 타고 주르륵 올라간 것이다.

어처구니없는 일이지만, 역의관의 거센 분노로부터 피어난 직지사일의 예기는 이미 소멸된 뒤였다. 석대원의 오른손이 청강검을 휘감은 순간 그 무섭던 검기는 바람에 날리는 꽃씨처럼 어디론가 사라져 버렸고, 제민장이 자랑하는 직지사일은 더 이상 직지사일이 아니게 되어 버린 것이다.

그러나 역의관에게는 그 변화를 감지할 만한 여유가 없었다. 수중의 검자루가 무서운 힘으로 진동했기 때문이다. 그 이면에는 석대원의 술수가 있는 것이 분명한데, 구체적으로 무슨 수법을 사용한 것인지는 알 길이 없었다.

"크윽!"

급기야 오른손 호구에서 시뻘건 핏물이 터져 나오며 역의관의 청강검은 주인의 손아귀에서 벗어나 허공으로 솟구쳐 올랐다. 바로 다음 순간, 역의관은 다 자란 수박만큼이나 큼직해 보이는 주먹이 자신의 얼굴을 향해 맹렬히 날아오는 것을 목격할 수 있었다.

빠악!

살아온 스물아홉 해를 통틀어 가장 극렬한 고통이 역의관의 얼굴에서 피어났다. 그는 비명조차 제대로 지르지 못하고 뒤로 쭉 날아갔다. 이빨은 온전히 달린 것을 찾기 어려웠고 콧날도 움푹 꺼져 인중과 같은 높이가 되어 버렸으니, 숫제 얼굴이라고 부르기조차 힘들었다.

석대원의 주먹, 돌팔이 약장수에게 쓸 때에는 솜뭉치였던 그 주먹이 역의관에게 쓸 때에는 갑자기 쇠망치로 변해 버린 것일까?

그러나 역의관이 치러야 할 대가는 거기서 끝난 것이 아니었다. 석대원은 뒤로 날아가는 역의관을 계속 따라붙었고, 역의관은 얼굴이 엉망으로 변해 버린 고통에서 채 헤어 나오기도 전, 오른쪽 어깨를 후비고 들어오는 섬뜩한 느낌에 너덜너덜해진 입을 딱 벌리고 말았다. 허공으로 튕겨 오른 그의 청강검이 정체를 알 수 없는 힘에 이끌려 그의 쇄골과 견갑골 사이의 근육을 여지없이 관통해 버린 것이다.

석대원은 그러고서야 비로소 추격을 멈췄다. 하지만 그렇다고 해서 싸움까지 멈춘 것은 아니었다. 그는 추호의 주저함도 없이 새로운 목표를 향해 몸을 날렸다. 그의 새로운 목표는 역의관의 허망한 패퇴를 망연히 구경만 하고 있던 포박노인 사운독이었다.

"젊은 놈이 참으로 잔인하구나!"

만일 사운독이 단지 기문병기의 장점만 의존해 온 사람이었다면, 그의 이름이 그렇게까지 유명하지는 않았을 것이다. 사운독에게는 병기의 묘용에 버금가는 본신의 절학이 있었다. 그의 몸은 제비처럼 날렵했고, 그의 장력은 거목을 부러뜨릴 수 있었다. 그렇기 때문에 그는 자신에게 날아오는 석대원을 향해 당당히 쌍장을 휘두를 수 있었다.

그러나 상대는 석대원, 당대 최강이라 알려진 서문숭조차 쩔 쩔매게 만든 비상식의 존재였다.

펑!

첫 번째 접장接掌에 사운독은 두 팔이 떨어져 나갈 듯한 고통을 느꼈다.

펑!

두 번째 접장에 사운독은 중심을 유지하지 못하고 뒤뚱거리며 뒤로 밀려나갔다. 목구멍이 간질거렸다. 뜨겁고 비릿한 뭔가가 여린 목살을 비집으며 역류해 나오려는 것 같았다.

그런 사운독과는 달리, 석대원은 그 두 차례의 접장을 통해 아무런 손해도 입지 않은 것 같았다.

"어린아이나 괴롭히는 놈들이 무슨 파사현정이고 무슨 백도 명숙이란 말이냐!"

중인의 귓전을 쩌렁 울리는 노성과 함께 칠 척이 넘는 거구가 두 팔을 활짝 펼친 채 사운독을 덮쳐 갔다. 신묘한 포박술로 명성을 얻은 사운독이 더욱 크고 더욱 질긴 그물에 갇힌 것이다.

"오, 오지 마라……. 오지 마!"

그 기세에 눌린 사운독은 주춤주춤 뒷걸음질을 치며 두 팔을 내저었다. 무공이라기보다는 발악에 가까운 동작인데, 그따위엔 아랑곳하지 않는다는 듯 석대원의 오른손이 허공에 기이한 호선을 그렸다.

"헉!"

사운독은 두 팔이 자신의 의도와는 무관하게 팔꿈치 부근에서 서로 꼬이는 것을 느꼈다. 눈알이 튀어나오도록 놀란 그는 내공을 끌어 올려 꼬인 팔을 풀어 보려고 했지만, 팔을 옭아맨 기운은 일면 텅 빈 듯하고 일면 가득 찬 듯하여 그 안에 감춰진 실체를 감지할 수 없었다.

실체가 없는 미증유의 거력에 어찌 대항할 수 있겠는가!

사운독의 두 팔이 서로 꼬인 채 한 바퀴 돌아갔다.

뿌드득!

사람의 팔이 다절충多節蟲처럼 유연하지 않은 이상, 두 팔이 꼬인 채 한 바퀴 돌아가면 부러지는 것이 당연했다.

"으악!"

뼈가 으스러지는 고통은 백도 명숙의 체면으로도 참기 힘든 것이었나 보다. 사운독은 비명을 지르며 그 자리에 털썩 무릎 꿇고 말았다. 그 복부에 황소라도 일격에 때려죽일 만한 무지막지한 발길질이 날아들었다.

퍽!

사운독은 역의관과 마찬가지로 비명조차 지르지 못한 채 뒤로 쭉 날아가고 말았다. 백전노장임을 자부하던 상산팔극문의 호법마저도 석대원의 손 속 아래 다섯 초를 버티지 못한 것이다.

사운독이 서 있던 자리에 석대원이 우뚝 몸을 세웠다. 관전자들의 눈에 이제껏 뿌연 잔상처럼만 보이던 거구가 비로소 선명한 실체를 드러낸 것이다. 그가 역의관과 사운독을 해치우는 데 걸린 시간은 숨 몇 번 고를 정도에 지나지 않을 만큼 짧았다. 실로 일진광풍 같은 기세라 아니할 수 없었다.

이제 아이를 납치하려던 자들 중 무사한 사람은 아무도 없었다. 그러나 목숨을 잃은 자는 고중생에게 당한 둘이 전부였다. 석대원에게 당한 아홉은, 비록 두 번 다시 병기를 잡지 못할 사람도 있겠지만, 그래도 목숨을 부지하는 데엔 큰 지장이 없었다.

"이쯤에서 끝내겠다. 아이의 깨끗한 눈에 더 이상 더러운 피를 보이고 싶지 않기 때문이다."

짧막하게 종전을 선언한 석대원은 몸을 돌려 고중생에게로 다가갔다.

고중생은 평소의 냉정 무심함과 어울리지 않게 입을 반쯤 벌리고 있었다. 석대원이 교주와도 일대일로 대적할 만한 강자라는 사실은 이미 알던 바이나, 그래도 이 정도일 줄은 몰랐던 것이다.

그런 고중생에게 석대원이 정중히 포권을 올렸다.

"몸을 돌보지 않고 아이를 보호해 주신 점, 뭐라고 감사드려야 할지 모르겠군요."

암습자들을 파죽의 기세로 연파하던 살벌한 패도는 이미 자취를 감춘 뒤였다.

"나는……."

고중생은 뭐라고 말을 꺼내려다가 입을 다물었다.

석대원이 고중생으로 하여금 관아를 보호하게 한 것은 결코 우연이 아니었다. 아마도 그는 고중생과 거의 비슷한 시기에 암습자들의 출현을 알아차렸을 것이다. 그래서 짐짓 허점을 드러내 암습자들의 도발을 유인한 뒤, 빠른 시간 안에 제압해 버림으로써 이른바 일망타진의 효과를 얻고자 한 것이다.

그런데 이런 추론에는 한 가지 조건이 전제되어야 한다. 석대원이 암중 보표로서의 고중생의 존재를 눈치채고 있어야 한다는 점이다.

생각이 이 지점에 이르자 고중생은 쓰게 웃고 말았다.

자객의 예리한 감각도 세월이 흐르면 무뎌지는 것일까?

자신의 미행을 눈치채지 못하리라고 그토록 자부했건만, 정작 모든 상황을 주관한 것은 석대원이었고 자신은 석대원이 원하는 대로 움직여 준 꼭두각시에 불과했다. 게다가 석대원은 한술 더 떠, 암중 보표라는 자신의 신분을 보장해 주기 위해 지금 아기씨 앞에서 연극까지 하고 있는 것이다.

석대원이라는 저 남자, 거대한 덩치와는 어울리지 않게 영민한 안목과 빠른 판단 그리고 섬세한 배려심의 소유자인 모양이었다.

고중생은 옷에 묻은 흙먼지를 툭툭 털며 자리에서 일어섰다. 물론 자존심은 상했지만, 기이하게도 미운 마음은 생기지 않았다. 그래서 고중생은 석대원의 배려를 순순히 받아들이기로 작정했다.

"당연한 일을 했을 뿐이네. 덕분에 목숨을 건졌으니 감사야 오히려 내가 해야겠지."

고중생이 이렇게 말하며 품에 안고 있던 관아를 넘기자, 석대원은 흰 이를 드러내며 씩 웃었다.

"진정 그렇게 생각하신다면 이다음에 소생의 체면을 한 번만 세워 주십시오."

고중생은 어리둥절해졌다. 다시금 암중 보표로 돌아가려는 자신에게 다음이란 언제이며, 또 무슨 체면을 세워 달라는 말일까?

하지만 석대원은 그에 대한 자세한 언급을 피하고 관아를 받아 들었다. 기다렸다는 듯이 관아가 석대원의 목을 끌어안으며 울먹였다.

"무서웠어, 상숙!"

"무섭긴 뭐가 무서워. 상숙이 아니라도 동천대왕이 돌봐 주실 텐데. 동천대왕은 상숙보다 훨씬 세잖아."

석대원은 관아의 엉덩이를 토닥거리며 달랬다.

"어? 맞아! 동천대왕님은 어떻게 됐어?"

관아는 그제야 생각난 듯 고개를 들고 동천대왕을 찾아보았다.

동천대왕은 구경꾼들이 모두 달아난 공터 한가운데에 우뚝 서 있었다. 아직까지 금계독립, 장소는 세 겹으로 포개 놓은 천왕추 위였다. 그렇다고 해서 무슨 무쇠 같은 간담을 지녔기로, 칼바람이 난무하는 아수라장으로부터 달아나고 싶은 마음이 왜 없었겠는가. 그래도 그는 천왕추 위에서 내려오지 않고 있었다. 내려오라는 말이 없었기 때문이다.

동천대왕을 천왕추에서 내려오게 만들 수 있는 유일한 사람인 꼽추는 지금 이 순간 입을 벌려 말할 수 있는 형편이 아니었다. 가뜩이나 작은 몸을 잔뜩 웅크린 채 눈밭의 꿩처럼 머리를 땅바닥에 틀어박고 있는 사람이 무슨 말을 할 수 있겠는가.

석대원은 관아를 무동 태운 뒤 두 사람을 향해 다가갔다.

"환자들이 저리도 많이 생겼는데 그냥 보고만 있을 작정이오?"

이 말에 고개를 들던 꼽추는 자신의 앞에 서 있는 석대원을 바라보더니 기겁을 하고 다시 고개를 처박았다.

"말귀를 못 알아듣는 사람이군."

석대원은 꼽추의 뒷덜미를 잡고 번쩍 들어 올렸다. 허공에 대롱대롱 매달리게 된 꼽추는 석대원을 향해 손바닥을 싹싹 빌었다.

"제발! 제발 목숨만 살려 주십시오! 쇤네들은 천하고 불쌍한 떠돌이 약장수에 불과합니다."

석대원은 픽 웃었다.

"누가 당신들 목숨을 어쩐다고 했소? 환자가 생겼으니 약을 달라지 않소."

"약이라고요?"

꼽추의 얼굴에 떠오른 절망적인 기색이 그제야 조금 가시는 듯했다. 석대원은 꼽추를 땅에 내려놓으며 짐짓 눈을 부라렸다.

"빨리 약을 안 주면 화를 낼지도 모르오."

"드리지요! 드리고말고요!"

화들짝 놀란 꼽추가 공터 한쪽으로 급히 달려갔다. 그러고는 자루 하나를 안고 돌아오는데, 주둥이를 풀지도 않은 채로 내미는 품이 석대원을 염라전 저승사자쯤으로 여기는 것이 분명해 보였다.

"얼마요?"

석대원이 자루를 받으며 물었다.

"예?"

꼽추가 못 들을 소리라도 들은 사람처럼 석대원을 올려다보았다.

"얼마냐고 묻지 않소. 이거 파는 물건 아니오?"

석대원이 다시 한 번 눈을 부라리자 꼽추가 더듬더듬 대답했다.

"하, 한 봉지에 백 문인데…… 하지만 안 주셔도 되는데……."

"쯧쯧, 장사하는 사람이 이렇게 헤퍼서야……."

석대원은 답답하다는 듯 혀를 찬 뒤, 삼 장쯤 떨어진 곳에서 비틀거리며 몸을 일으키는 역의관에게 다가갔다.

역의관은 훌륭한 요대를 차고 있었다. 화려한 옥 장식 때문이기도 했지만, 요대를 정작 훌륭하게 만들어 주는 것은 양쪽에 매달린 묵직한 가죽 주머니들이었다. 돈 냄새를 맡을 줄 아는 사람이라면 그 주머니들 안에 무엇이 들었는지 금방 짐작할 수 있을 터. 그리고 사실 그 안에는 무당파 장문인이 광동 제민장의 몫으로 나눠 준 황금이 들어 있기도 했다.

뻔뻔스럽게도 석대원은 그 귀한 주머니들을 주인의 허락도 없이 가볍게 빼앗았다. 그러고는 꼽추에게 휙 던져 주며 말했다.

"얼마나 들어 있는지는 모르지만 약값은 될 거요. 여기 더 있어 봐야 좋은 꼴 보기 힘들 테니, 그것을 가지고 속히 떠나도록 하시오."

꼽추로서는 다만 황송할 뿐이었다.

"감사합니다, 나리! 감사합니다!"

꼽추는 이마와 무릎이 하나가 되도록 고개를 연거푸 숙인 뒤, 한 손으로는 바닥에 떨어진 묵직한 주머니들을 움켜쥐고, 다른 손으로는 아직도 천왕추 위에 서서 멀뚱거리는 동천대왕을 잡아끌며 공터를 떠났다.

꼽추와 동천대왕이 시야에서 완전히 사라지자, 석대원은 들고 있던 약 자루를 역의관의 발치에 툭 던졌다.

"나는 너무 마음이 약해서 다친 사람을 보고 도저히 그냥 가지 못하겠다. 하지만 나는 너무 가난해서 약을 사 줄 수도 없구나. 해서, 네 돈으로 네가 쓸 약을 산 것이니 고마워할 필요는 없다."

역의관은 두 눈을 부릅뜬 채로, 오십 냥에 가까운 황금이 한 자루의 엉터리 고약으로 바뀌는 과정을 지켜보았다. 분한 마음이야 여북하겠느냐만 그는 꼼짝도 할 수 없었다. 그의 오른쪽 어깨를 관통한 검은 실로 절묘한 상태로 뼈와 뼈 사이에 걸쳐 있었다. 만약 함부로 움직인다면, 그는 내일부터 좌수검左手劍을 익혀야 할지도 모른다.

이 괴상한 거래를 끝까지 지켜본 고중생은 석대원으로부터 또 하나의 미덕 하나를 발견할 수 있었다.

돈이 필요한 자에게는 돈을, 약이 필요한 자에게는 약을.

거래의 정당성에 대해선 약간의 이견이 나올지도 모르지만, 어쨌거나 물건을 받은 사람들로부터 한마디 불평도 나오지 않고 있으니 석대원은 상리商理를 읽을 줄 아는 능숙한 중개인임에 틀림없었다.

'그나저나……'

대체 무슨 체면을 세워 달라는 것일까?

고중생은 그 속내가 못내 궁금했다.

(3)

다성茶聖으로 추앙 받는 육우陸羽는 저서 〈다경茶經〉을 통해 차의 아홉 가지 어려움에 대해 설파했는데, 그중 마지막 어려움이 바로 마시는 법이었다.

유종의 미라고 마지막이란 항상 중요하다. 재배하고, 감별하고, 그릇을 마련하고, 불을 지피고, 물을 준비하고, 굽고, 가루 내고, 달이는 과정이 한가지로 중요하지만, 정작 마시는 법을 그르치면 모든 공이 일거에 무너지고 마는 것이다.

한데 이 세상에는 그 마지막을 그르침으로써 모든 공을 일거에 무너뜨리는 몰상식한 인간도 있었다. 석대원이 바로 그런 인간 중 하나였다.

목연은 석대원의 왼손을 바라보았다. 다른 사람의 두 배는 됨 직한 그 손은 투박하게 빚어진 찻잔 하나를 쥐고 있었다. 그 찻잔 안에는 따른 지 제법 오래되어 이제는 미지근하게 식었을 한 잔 분량의 차가 담겨 있었다.

석대원의 왼손이 약간 부자연스러운 포물선을 그리며 올라갔다가 다시 내려왔다. 이때에는 이미 찻잔이 비어 있었다. 석대원의 악어처럼 큼직한 입은 그 안의 내용물을 단번에 비운 것이다.

"차 맛이 좋군요."

석대원이 말했다. 그러나 그의 얼굴은 결코 차 맛이 좋지 않다고 말하고 있었다. 뭐랄까, 식초와 맹물을 절반씩 섞어 놓은 것을 들이켠 사람의 얼굴 같다고나 할까.

그렇다면 석대원이 마신 차는 못된 장사치들이 파는 싸구려 하품이었을까? 하지만 목연은 그렇지 않다는 사실을 잘 알고 있었다. 지금 두 사람이 마시는 차는 영화 차시에서도 가장 차 맛이 좋다는 등선다관登仙茶館, 그 팔십 년 전통이 자랑하는 진품 용정龍井이었다. 이 용정차는 복건의 특산물로 진상되어 구중궁궐에서도 즐긴다 하니, 그야말로 천하일품에 다중진미라 할 만했다. 그런데도 석대원은 저런 얼굴이 되어 버린 것이다. 그러므로 문제는 석대원의 촌스러운 혓바닥에 있다고 할 터였다.

사실 차를 미지근해질 때까지 식히는 것도, 왼손으로 찻잔을 잡는 것도, 그리고 단번에 잔을 비우는 것도, 모두 다도와는 거리가 먼 행동이었다. 만일 육우가 살아 돌아와 저 꼴을 보았다면 너무도 화가 난 나머지 찻주전자로 석대원의 머리통을 내리쳤을지도 모른다.

다행히도 석대원이 마주한 사람은 육우가 아닌 목연이었다. 그리고 목연으로 말할 것 같으면, 석대원의 저런 점을 조금도 문제 삼고 싶지 않은 사람이었다. 다도란 다인에게나 필요한 덕목, 석대원처럼 야인 기질이 강한 남자에게는 애당초 어울리지 않았다.

목연이 말했다.

"이 다루는 본디 술을 취급하지 않지만, 오직 명대초주名戴草酒만큼은 예외로 친답니다. 공자께선 그 이름을 들어 보셨는지요?"

"명대초주라고요? 저로선 금시초문인데요."

술 이야기가 나오자 석대원은 금방 관심을 드러내며 얼굴을 탁자 너머 목연에게로 바짝 갖다 댔다. 예상했던 반응이었다.

"한번 맛보시겠어요?"

석대원은 목젖을 크게 한 번 꺼덕이는 것으로 대답을 대신했고, 목연은 다루의 종업원을 불러 명대초주 한 근과 간단한 건포를 청했다.

한결 밝아진 표정으로 종업원의 뒷모습을 바라보는 석대원에게 목연이 다시 말을 걸었다.

"명대초주는 무이산이 아니면 맛볼 수 없는 특산품이죠. 그 재료가 무엇인지 아시겠어요?"

"명대초주라…… 명대초……."

그 이름을 몇 번 뇌까리던 석대원이 이내 빙긋 웃으며 말했다.

"이름[名]이 풀[艸]을 머리에 이고 있으니[戴], 그것은 바로 명茗이라! 명대초주라 하면 필시 차 싹으로 담근 술이겠구려."

"공자께선 파자수적破字誰的도 잘하시네요."

목연은 웃으며 석대원을 칭찬했다. 파자수적이란 깨진 글자를 맞추거나 온전한 글자를 깨뜨려 전혀 다른 말을 만들어 내는 놀이였다.

석대원은 어린아이처럼 어깨를 으쓱거렸다.

"어릴 적, 글 선생 되는 노인네께서 이 파자수적을 무척 즐기셨지요. 덕분에 책으로 배운 글자보다 파자수적으로 배운 글자가 더 많았습니다."

목연의 두 눈이 반짝 빛났다. 그녀가 석대원과 보낸 시간도 어느덧 사 개월, 결코 짧다고 할 수는 없었다. 하지만 석대원 스스로가 신상에 관한 이야기를 꺼낸 것은 이번이 처음이었다. 그녀는 석대원의 이야기를 더 듣고 싶었다. 석대원만 괜찮다면 언제까지라도 들어 줄 수 있었다. 그래서 조심스럽게 미끼를 던졌다.

"글 선생께서 참 소탈하셨나 봐요?"

석대원은 금방 입질을 했다.

"그래도 그 시절엔 무서웠습니다. 그 앙상한 손에 회초리가 쥐일 때마다 흡사 사방에서 먹구름이 몰려오는 듯했지요. 여든 가까운 노인네가 뭔 기운이 그리도 좋은지……."

고개를 절레절레 흔드는 석대원에게 목연이 생글거리며 추임새를 붙여 갔다.

"석 공자야 틀림없이 말 잘 듣는 아이였을 테니 귀여움도 많이 받으셨겠죠?"

"제가요? 하하!"

석대원은 눈을 둥그렇게 뜨고, 크게 한 번 웃더니, 터무니없다는 표정을 지었다.

"목 소저가 저를 잘못 보셔도 단단히 잘못 보셨군요. 저는 어떻게 하면 글 선생의 눈을 속이고 바깥으로 나돌아 다닐까만 궁리하던 못된 아이였습니다. 말 잘 듣기로 말하면 아전이 최고였고, 글 잘 깨치기로 말하면 소란이 최고였죠. 걔들에 비하면 저는 그야말로 악동, 오죽하면 글 선생이 저 때문에 대머리가 되었겠습니까."

이 말에 목연도 웃었다. 석대원이 말 잘 듣는 아이가 아니었으리라는 것은 그녀도 짐작한 바이나, 글 선생을 대머리로 만들 정도일 줄은 몰랐던 것이다.

"재미있네요."

목연이 이렇게 말할 때까지만 해도 정말로 분위기가 좋았다. 하지만 목연이 뒷말을 이은 순간, 그 좋던 분위기는 순식간에 깨져 버렸다.

"그런데 아전과 소란이 누구죠? 형제분들인가요?"

석대원의 표정이 변했다. 배를 세게 맞은 사람처럼 움찔하더니, 이윽고 꿈이라도 되새기듯 아련해졌다.

"형제……."

석대원의 시선이 목연의 머리 너머로 올라갔다. 하지만 그의 눈은 다루의 천장이 아니라, 마치 넓은 호수를 바라보는 것 같았다. 돌아갈 수 없는 과거의 영상들이 저녁놀처럼 비낀 호수를.

잠시 후 석대원의 입에서는 조금 전과 다른, 약간 몽롱하게 들리는 음성이 흘러나왔다.

"아전은 착했지요. 목검을 쥐는 것보다 꽃밭 가꾸기를 훨씬 좋아하는 그런 아이였어요. 소란은 똑똑했지요. 그리고……."

석대원은 시선을 천천히 내려 자신의 무릎을 베고 잠들어 있는 관아의 얼굴을 바라보았다.

"커다란 눈을 하고 있었지요. 꼭 이 아이처럼."

관아의 얼굴에 머물던 석대원의 시선이 이제 목연에게로 옮아왔다. 그의 눈 속에는 여전히 호수가 담겨 있었다. 하지만 호수에 비낀 저녁놀은 이미 사라지고, 그 위에는 적막하고 쓸쓸한 어둠만이 감돌고 있었다.

그리고 목연은 그 어둠 위로 슬픔의 그림자가 떠오르는 것을 보았다.

"그들이 형제냐고요? 그래요. 저는 그들을 형제라고 생각합니다. 하지만 그들은, 그들은……."

아주 잠깐 동안의 일이지만, 석대원의 눈동자가 경련을 일으켰다. 그리고 그 경련이 사라졌을 때…… 눈동자는 텅 비어 있었다. 호수도, 어둠도, 그리고 보는 이의 마음을 아프게 하는 슬픔의 그림자도, 짧고 가냘픈 경련에 실려 어디론가 사라진 것 같았다.

눈은 마음의 창. 공허하게 변해 버린 마음을 다른 사람에게 보여 주고 싶지 않아서인지, 석대원은 고개를 돌려 다루의 창 너머로 보이는 무이산의 푸른 산자락에 시선을 주었다.

목연은 후회했다. 괜한 호기심으로 석대원의 상처를 건드렸다고 생각했다. 그에 대해 궁금한 것이야 물론 많았다. 아니, 이전보다 더 궁금해졌다는 표현이 옳으리라. 하지만 그녀는 더 이상 묻지 않고, 그저 창 너머 무이산의 푸른 산자락 위로 자신의 시선을 돌렸다. 석대원이 그러듯이.

이때 주방으로 갔던 종업원이 술과 안주를 내왔다. 명대초주의 향기는 죽엽청竹葉淸만큼이나 달콤했다. 다만 코끝에 와 닿는 싸한 기운이 조금 더 짙을 뿐이었다.

명주의 향기는 두 남녀의 마음을 더욱 감상적으로 만들었다.

"술이 나왔어요."

목연이 작은 목소리로 말했다.

"그렇군요."

석대원이 잠긴 목소리로 대답했다.

목연은 손을 내밀어 술병을 잡았고, 석대원 또한 손을 내밀어 잔을 잡았다.

조롱. 조롱. 조롱.

병목을 타고 흘러나오는 첫 술의 소리는 계곡의 작은 바위틈을 흐르는 물소리처럼 듣기 좋았다.

"미안해요."

"미안하오."

녹색의 액체가 찰랑거리는 술잔을 바라보며, 목연과 석대원은 거의 동시에 같은 말을 꺼냈다. 그러고는 둘 다 입을 다물었다.

두 사람은 상대가 왜 자신에게 미안하다고 말했는지 알 수 있을 것 같았다. 하지만 무슨 말로 대화를 이어 가야 할지는 알지 못했다. 그들은 남을 배려할 만큼 따뜻했지만, 서먹한 분위기를 매끄럽게 만들 만큼 사교적이지는 못했다. 두 사람의 침묵은 오래갈 수밖에 없었다.

두 사람에게는 매우 다행스러운 일이지만, 그 무렵 관아가 잠에서 깼다.

상체를 일으키고도 한동안 잠투정을 옹알거리던 관아는 잘 안 떠지는 눈을 비비며 목연에게 물었다.

"어? 이모잖아? 언제 왔어?"

관아의 이 물음은 잘못된 것이었다. 온 사람은 목연이 아니라 관아였다. 목연이 일천 관의 차와 그 밖에 몇 가지 생필품들을 우거에 싣고 있을 때 관아를 안은 석대원이 돌아왔다. 관아가 그 점을 모르는 것은, 그때에는 이미 잠들어 있었기 때문이다.

목연은 싱긋 웃더니 길고 하얀 손가락을 뻗어 관아의 눈곱을 떼어 주었다.

"요 까불이야. 이모만 쏙 빼놓고 둘이서 얼마나 정신없이 놀았기에 그렇게 세상모르고 자는 거니?"

관아는 입술을 삐죽였다.

"치! 이모는 관아가 얼마나 힘들었는지 하나도 모르면서."

"네가 힘쓸 일이 뭐 있다고? 힘이야 널 태우고 다닌 상숙이 썼겠지."

하지만 관아는 목연의 핀잔에 승복하지 않았다.

"관아도 힘들었다고! 휙휙 뛰어다니고, 칼도 피하고, 또 땅바닥을 막 굴러다니고, 그랬단 말이야!"

철부지 아이의 말이라고 흘려버리기엔 그 내용이 몹시 심상치 않은지라, 목연은 자초지종을 석대원에게 물을 수밖에 없었다.

"저건 또 무슨 얘기죠?"

석대원은 대수롭지 않다는 듯 어깨를 으쓱거렸다.

"시장을 구경하다가 조그만 말썽이 있었지요. 이미 끝난 일입니다."

"조그만 말썽 아니야! 관아는 하마터면 다시는 이모를 만나지 못할 뻔했다고!"

관아가 화를 내며 석대원의 귓바퀴를 쥐고 흔들었다. 목연은 안색을 엄숙히 하여 석대원에게 말했다.

"저는 관아의 보모예요. 관아에게 무슨 일이 일어났는지 알고 있어야 할 의무가 있지요."

"그러니까 그게……."

결국 석대원은 아까 시장에서 벌어진 일에 관해 이야기할 수밖에 없었다. 중간 과정 대부분이 생략된 그 이야기는 매우 짧았지만, 그것만으로도 목연의 안색을 파랗게 질리도록 만들기에 충분했다.

"……뭐 그렇게 된 겁니다."

석대원이 이야기를 마치자, 목연의 입에서 경악과 분노가 뒤섞인 탄식이 터져 나왔다.

"세상에! 백도를 자처하는 자들이 아무것도 모르는 어린아이를 납치하려 들다니!"

관아가 짐짓 어른스러운 체 고개를 끄덕였다.

"아무것도 모르진 않지만 관아는 분명히 어린아이가 맞지."

목연은 관아의 말을 무시하고 차가운 안색으로 말했다.

"가벼운 일이 아니군요. 교주님께서는 이번 일을 결코 좌시하지 않으실 거예요."

석대원이 난처한 표정으로 목연을 바라보았다.

"어려운 청입니다만, 제 얘기를 안 들은 것으로 해 주실 수 없겠습니까?"

"뭐라고요?"

목연이 어이없어하며 되묻자 석대원이 차분한 목소리로 덧붙였다.

"앞서도 말했지만 이미 끝난 일입니다. 그자들에 대한 징치는 소생이 나름대로 처리했고요."

"하지만……."

석대원은 목연의 항변을 자르며 할 말을 마저 했다.

"만일 문주께서 이 일을 아신다면 주모자에 대한 보복을 감행하실 게 분명합니다. 그러면 강호는 또 한 번 어지러워지겠지요. 용봉단에 대한 토벌만으로도 강호 공론이 뒤숭숭한 이때에 또 다른 분란이 야기되는 것은, 무양문으로서도 바람직한 일이 아닐 겁니다. 소저께서도 조금 더 넓은 안목으로 판단해 주시기 바랍니다."

목연은 아미를 찡그렸지만, 석대원의 말을 존중하여 조금 더 넓은 안목으로 판단하려고 노력해 보았다. 그동안 석대원은 자신의 앞에 놓인 술을 마셨다.

한 근의 명대초주가 석대원의 배 속으로 거의 사라졌을 즈음, 목연이 다시 말문을 열었다.

"석 공자의 말씀도 일리가 있군요. 일의 심각성은 다대하지만 몇 사람의 과오가 불필요하게 확대되는 것은 우리에게도 도움이 되지 않겠죠."

"지당한 말씀입니다."

한 근에 가까운 독주를 들이켜고도 얼굴색 하나 변하지 않은 석대원이 목연의 말에 반색을 하고 나섰다. 그러나 목연은 어쩔 수 없다는 표정으로 고개를 흔들 수밖에 없었다.

"하지만 제가 입 다물고 있더라도 이번 일은 광명전으로 흘러들어 가게 되어 있어요."

그러자 대화에 끼지 못해 골이 난 관아가 재빨리 종알거렸다.

"맞아. 관아가 가만있지 않을 거야. 할아버지는 관아의 말이라면 뭐든지 다 들어주거든. 집에 돌아가면 할아버지한테 꼭 졸라야지. 그 나쁜 아저씨들을 혼내 주라고."

이번에는 석대원이 관아의 말을 무시했다.

"그분께서도 입을 다물어 주시리라 믿습니다."

목연은 놀란 눈으로 석대원을 바라보았다.

"그분이라면……?"

"아까 보니 어떤 마음씨 좋은 행인 한 분이 관아의 안위에 대해 각별히 신경을 쓰시더군요. 혹시 그분이 이 말을 듣는다면, 소생의 체면을 한 번쯤 세워 주시리라 믿습니다. 그렇게 약속했거든요."

석대원은 '혹시'라고 했지만, 그것은 '분명히'라고 했어야 옳았다. 목연은 어디선가 이 대화를 듣고 있을 고중생이 지금 어떤 표정을 짓고 있을지 궁금했다.

"관아가 말한다니까! 관아가 말할 거야!"

두 사람이 자기 얘기에 귀 기울여 주지 않자 관아는 드디어 떼를 쓰기 시작했다.

석대원이 빙긋 웃으며 관아의 머리를 쓰다듬었다.

"그래, 관아가 말하렴. 그러면 할아버지는 그 나쁜 아저씨들을 분명히 혼내 주실 거야. 그리고 관아가 두 번 다시 바깥에 나오지 못하도록 하시겠지. 바깥은 위험하니까 말이야. 하지만 그게 뭐 큰 문제겠어? 관아는 바깥 구경 하는 걸 별로 안 좋아하니까 그래도 상관없지?"

관아의 눈이 휘둥그레졌고 목연은 자신도 모르게 풋 웃고 말았다. 세상 무서운 것 없는 관아가 유독 석대원에게만은 꼼짝 못 하는 이유를 알 것 같았기 때문이다.

"음, 음…… 관아는 머리가 나빠서 자꾸만 잊어먹는데…… 글자도 잘 잊어먹고, 약 먹는 것도 자꾸 잊어먹고…… 그래서…… 어쩌면 아까 일도 잊어먹을지도 모르는데…….."

"저런, 우리 관아가 건망증이 있는 줄 몰랐구나. 그럼 상숙이 관아 할아버지께 대신 말해 줄까?"

석대원의 말에 관아는 깜짝 놀라며 고개를 마구 저었다.

"안 돼! 말하면 큰일 나! 관아도 입 꼭 다물고 있을 테니까 상
숙도 절대 말하면 안 돼!"

석대원은 껄껄 웃었다.

"오냐, 상숙도 안 하마."

천진한 아이가 능청스러운 어른에게 이렇게 휘둘리고 있을
때, 목연의 귓전으로 가느다란 전음이 흘러들어 왔다.

─덩치는 곰인데 속에 든 건 여우로군.

전음을 보낸 사람은 물론 고중생이었다. 그가 있는 위치를
알지 못해 목연이 가만히 있으니, 전음이 다시 들려왔다.

─나는 벌써 거절할 수 없는 입장이 되어 버렸소. 오늘 일에
관해서는 목 소저가 알아서 하시오.

목연은 한숨을 쉬었다. 무슨 재주를 부렸는지 알 수 없지만,
석대원은 관아뿐 아니라 고중생 같은 목석마저 구워삶아 버린
것이다. 그녀는 실로 복잡한 감정이 담긴 눈빛으로 석대원을 바
라보며 말했다.

"좋아요. 그렇다면 저도 오늘 일에 관해서는 더 이상 거론하
지 않겠어요. 하지만 보는 눈이 여럿 있었을 테니 시간이 흐르
면 결국 교주님께도 알려질 거예요."

"나중 일은 나중 문제겠지요. 어쨌거나 고맙습니다."

석대원은 두 주먹을 모아 목연을 향해 흔들어 보였다.

그때 계단 쪽에서 발소리가 울리더니 붉은 옷을 입은 청년 한
사람이 석대원과 목연이 있는 다루 이 층으로 올라왔다. 이 층
실내를 잠시 두리번거리던 홍의 청년이 목연을 보고 반색을
했다.

"여기 계셨군요. 한참 찾았습니다."

목연은 그 청년을 알고 있었다. 청년은 무양문 삼당 중 순찰당에 소속된 전령으로서, 두뇌가 영민하고 임기응변에 능해 윗사람들로부터 신임을 받는 인재였다.

잰걸음으로 탁자 앞에 당도한 홍의 청년이 우선 관아를 향해 고개를 숙였다.

"아기씨, 바깥구경은 재미있으셨는지요?"

이런 종류의 인사에 익숙한 관아는 고개를 한 번 까딱이며, 그저 "응." 하고 대답했다.

"문 내에 무슨 일이 생겼나요?"

목연이 용건을 물었다. 그러자 홍의 청년은 품에서 손바닥만 한 금패金牌 하나를 꺼내더니, 두 손으로 받들어 제미齊眉했다.

"순찰당 이급 전령 왕정王靖이 원훈원元勳院의 영을 전합니다."

목연은 황급히 자리에서 일어서서 옷매무새를 정갈히 했다.

"호공당 부당주 목연이 원훈전령패元勳傳令牌의 하명을 기다립니다."

홍의 청년, 왕정이 제미한 금패는 무양문에서 실로 높은 권위를 지닌 신물이었다. 백련교의 원로들로 구성된 무양문 최고의 배분을 자랑하는 원훈원, 그곳의 전령패가 바로 저 금패였던 것이다. 원훈원에서 전령패를 쓸 수 있는 사람은 오직 세 사람. 무양문의 세 장로인 육건, 하만, 손삼기뿐이었다. 세 사람은 목연의 부친인 목군평보다도 오히려 높은 배분을 지녔으니, 목연이 몸가짐을 삼가는 것은 당연한 일이었다.

"군사님께서 영을 내리셨습니다. 목연 부당주께서는 석대원 공자님을 대동하고 신속히 문파로 귀환하십시오."

"명을 받들겠습니다."

군사라 하면 무양문 세 장로 중 가장 상석인 육건을 지칭한다. 목연은 황감한 마음으로 고개를 숙였다.

목연의 맞은편에 앉아 있던 석대원이 왕정에게 물었다.

"육 군사께서 소생을 보자고 하십니까?"

왕정은 금패를 조심스럽게 품에 갈무리한 뒤 대답했다.

"그렇습니다."

"흐음, 육 군사처럼 공사다망하신 분이 무슨 이유로 소생 같은 한량을 보자고 하실까요?"

왕정의 영리해 보이는 얼굴에 의미심장한 미소가 떠올랐다.

"만일 석 공자께서 궁금해하시면, '빨리 돌아와 밀린 밥값을 치르시게.'라는 말을 전하라고 하셨습니다."

"밀린 밥값?"

석대원은 벙벙한 표정으로 목연을 돌아보았다. 혹시 아는 거라도 있느냐고 묻는 눈빛이었다. 목연은 담담히 웃으며 고개를 저었다.

"그분의 머릿속은 오직 그분만이 아실 따름이죠. 어쨌거나 공자께 급한 용무가 있으신가 보니, 오늘 나들이는 여기서 마쳐야겠네요."

나들이를 주관한 사람의 뜻이 이럴진대 석대원이 어찌 토를 달까. 그런데 어린 마음은 석대원처럼 그냥 넘길 수 없었나 보다.

"육 할아버지 나빠! 관아는 아직 반도 구경하지 못했단 말이야!"

"오늘은 그만 돌아가고 나중에 이모랑 또 나오자꾸나."

달랜 사람은 목연이건만 관아는 석대원을 올려다보았다.

"상숙, 그럼 그때도 무동 태워 줄 거지?"

"태워 주고말고."

석대원이 고개를 크게 끄덕였다.

"약속하는 거다?"

관아는 단풍잎처럼 조그만 손바닥을 석대원을 향해 내밀었다. 그 모습이 너무도 귀여워, 석대원은 껄껄 웃으며 관아의 손바닥에 자신의 커다란 손바닥을 마주 대었다.

"아무렴, 약속하마."

석대원은 대수롭지 않게 내뱉었다.

그러나 어떤 종류의 약속은 그것을 지키는 과정에서 너무도 많은 역경과 희생을 감내해야만 한다. 지금 두 사람이 크고 작은 손바닥을 마주치며 한 이 약속이 바로 그렇다는 사실을, 석대원은 훗날에 가서야 알게 된다.

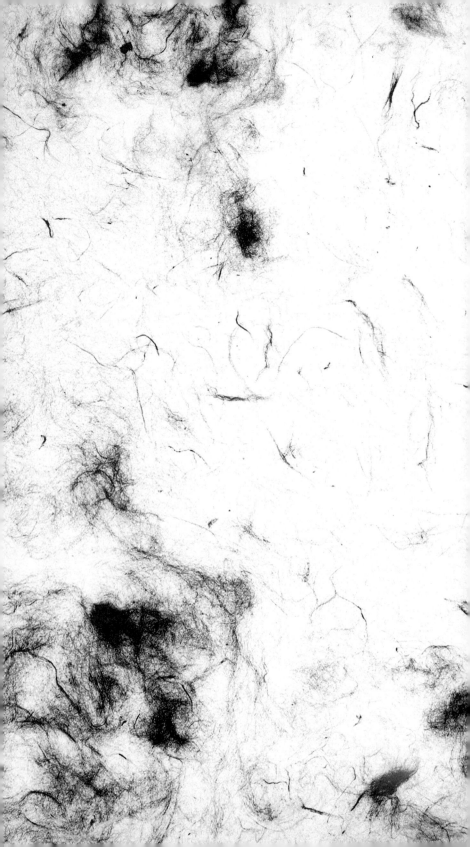

식대食代

(1)

순찰당 전령 왕정이 석대원을 인도한 곳은 미륵봉의 북쪽 능선에 위치한 널찍한 자갈밭이었다. 그 자갈밭은 가파른 능선이 움푹 꺼져 들어간 곳에 자리 잡은 덕에, 사람이 활보하기에 조금도 불편함이 없는 평지를 이루고 있었다.

석대원이 그곳에 도착했을 때, 무양문의 대장로이자 군사인 육건은 검은 유생건과 회흑색 유복 차림을 한 십여 명의 문사들과 더불어 커다란 나무 탁자 하나를 가운데 놓고 무엇인가를 열심히 논의하는 중이었다.

"잠시 기다리십시오. 제가 통보를 올리겠습니다."

왕정은 이렇게 말하고 육건이 있는 곳으로 달려갔다.

우르르!

먼 하늘에서 울리는 마른벼락 소리에 석대원은 고개를 들었다. 노을 저편으로 먹장구름이 일어나는 것이 소나기라도 한바탕 퍼부을 모양이었다. 이런 야지에서 소나기를 만나는 것은 그리 반갑지 않은 일이라 눈살이 절로 찌푸려지는 것은 어쩔 수 없었다.

　'그건 그렇고…….'

　유시酉時(오후 여섯 시 전후)도 거의 끝나 가는 시간이니 결코 이르다 하기는 힘들 텐데, 육건은 무슨 용무로 그를 이 황량한 곳까지 부른 것일까? 지난 넉 달 동안 나눈 대화라고는 연석에서 오간 가벼운 인사가 전부인 노인네가 말이다.

　"여어, 왔는가?"

　늙수그레한 목소리가 석대원의 귓전에 들려왔다. 시선을 돌리니, 쭈글쭈글한 얼굴 가득 헤벌쭉한 웃음을 떠올린 육건이 양팔을 휘적휘적 흔들며 다가오고 있었다.

　뒤통수에 조금 붙은 백발을 자그마한 죽피모竹皮帽 안에 감추고 군데군데 물이 빠지기 시작한 청삼을 왜소한 일신에 걸친 육건은 길가 양지바른 곳에 앉아 해바라기나 하는 촌로처럼 평범해 보였다. 그러나 석대원은 감히 경시하는 기색을 보이지 못하고 두 손을 정중히 모았다.

　"오랜만에 뵙는군요. 그간 무양하셨는지요?"

　"늙은이가 안 죽고 살아 있으면 무양한 거지."

　육건은 싱글거리면서 석대원의 인사를 받았다. 그러더니 오른손에 들고 있던 세 치 길이의 회초리 같은 물건으로 석대원의 가슴을 쿡쿡 찌르며 능글맞은 목소리로 물었다.

　"늙은이가 주책없이 청춘 남녀의 좋은 시간을 뺏은 건 아닌지 모르겠군. 그래, 나들이는 즐거우셨는가? 우리 목연 부당주,

그만하면 괜찮은 규수지?"

석대원의 얼굴이 조금 붉게 변했다.

"저는 단지 차 사는 것을 도와 달라는 청을 받고……."

"아니, 그러면 부당주 쪽에서 먼저 추파를 던졌단 말인가? 허! 요즘 젊은이들은 과연 대담한 면이 있군. 우리 땐 여자 쪽에서 먼저 나서는 것은 생각도 할 수 없었지."

"그게 아니라……."

"사실 요즘 같은 세상에 우리 목연 부당주만 한 규수 찾기가 쉬운 일이 아니라네. 얼굴 곱지, 성정 유순하지, 생각 바르지, 거기에다 야무지기까지 하니, 배필감으로는 최고지. 암, 최고고말고."

사람 말을 사람 말로 듣지 않는 노인네는 그냥 무시해 버리는 것이 상책이리라. 석대원은 안색을 엄숙히 하여 용건을 물었다.

"소생을 보자 하셨다고요. 하교하실 말씀이라도 있으신지요?"

"아차차, 내 정신 좀 보게!"

육건은 왼 손바닥으로 제 이마를 짝 소리 나게 두드린 뒤, 정색을 하고 석대원을 올려다보았다.

"하교랄 것까지는 없고, 자네와 이야기할 게 좀 있어서 불렀지. 접객의 예의를 따지자면 조용한 실내에서 차라도 한 잔 대접하는 것이 마땅하겠지만…… 자네도 알지? 나 바쁜 사람이란 거. 급히 시험할 물건이 있어서 이 황량한 곳까지 오라고 했네. 기분 나쁘게 생각했다면 미리 사과함세."

"저는 괜찮습니다."

"그나저나 어떻게 한다? 아직 일이 다 끝나지 않았거든. 일찍 끝날 줄 알았는데, 막상 벌여 놓고 나니 생각보다 시간이 많이 걸리는군. 그러니 이를 어떻게 한다?"

석대원은 "어떻게 한다?"를 연발하는 육건에게 덤덤한 웃음을 지어 보였다.

"소생은 신경 쓰지 마시고 일을 마저 보십시오. 저녁 공기도 시원하고 하니 저는 여기서 기다리겠습니다."

그런데 육건에게는 다른 꿍꿍이가 있었던 모양이다.

"아니, 아니, 그러면 내 마음이 편치 못할 걸세. 그럴 것이 아니라 우리 같이 가자고. 내가 재미있는 물건을 보여 줄 테니까."

"하지만 군사께서 주관하시는 일이라면 필시 문파 내의 중대사일 텐데 제가 어찌 감히……."

"어허! 자네가 외인인가? 그런 식으로 말하면 섭섭하지."

자신을 어디까지나 무양문의 외인이라고 생각하는 석대원은 그러고도 한 번 더 사양했지만, 육건은 막무가내로 그의 소매를 잡아끄는 것이었다. 결국 석대원은 육건의 강권을 못 이기고 문사들이 모여 있는 탁자 쪽으로 끌려갈 수밖에 없었다.

사실 강호 문파인 무양문에 어울리는 것은 무인이지 문사가 아니었다. 그런 의미로 볼 때, 다른 사람이 접근하는 것도 의식하지 못할 정도로 연구에 열중해 있는 흑건 문사들은 무양문에서 매우 이색적인 존재일 수밖에 없었다.

"소개하지. 무양문의 괴짜, 별수재別秀才들일세."

육건의 말에 석대원은 눈을 빛냈다.

'이들이 바로 별수재였군!'

무양문에서 생활하는 넉 달 동안, 석대원은 별수재에 관한 이야기를 여러 차례 들은 적이 있었다. 별수재는 무양문에서 사용하는 각종 이기들을 고안해 내거나 그 성능을 개량하는, 이를 테면 발명가 집단이었다. 편제상으로는 호공당에 속해 있지만 호공당주를 돌대가리 관리인쯤으로 여기고, 마음이 내키지 않으면 무양문주 서문숭의 명이라 할지라도 콧방귀 한 번으로 무시한다 하니, 괴짜라는 소개도 그리 심한 것은 아니리라.

"자! 자! 여기 좀 보라고. 이 젊은이는 제갈 군장의 귀빈이자 교주님의 귀빈이라네. 당대의 혈랑곡주이기도 하지."

육건이 이번에는 석대원을 소개했다. 하지만 별수재들은 육건이 언급한 '제갈 군장'과 '교주님'과 '혈랑곡주'를 싸잡아 무시하듯 건성으로 고개를 까딱거린 뒤, 시선을 다시 탁자로 집중했다.

석대원은 별수재들의 시선이 집중된 탁자를 내려다보았다. 그 위에는 길이 여덟 자, 직경 두 치의 죽관竹管 두 자루가 놓여 있었다. 한 자루는 온전했지만, 다른 한 자루는 길이 방향으로 쪼개져 그 내부를 환히 들여다볼 수 있게끔 되어 있었다.

석대원으로서는 생전 처음 보는 기이하고 괴상한 도구들을 가지고 두 자루 죽관을 분해, 연구하는 별수재들의 태도는 열정적이라는 표현을 뛰어넘어 숙연하기까지 했다. 눈동자는 광신도들의 것처럼 요사스럽게 번들거렸고, 입으로는 염불과도 비슷한 중얼거림이 쉴 새 없이 흘러나오고 있었다.

"두 번인가?"

"두 번째는 저온인 것 같아."

"매운 냄새가 나! 매운 냄새가 난다고!"

"태운 초醋를 발랐군. 그게 무슨 작용을 하는 거지? 자칫하다간 안에서부터 타 붙을 텐데?"

"모르겠군. 모르겠어. 난 손들었어. 아니지, 제기랄! 꼭 밝히고 말 테다!"

별수재들의 중얼거림에 귀를 기울이던 석대원은 이내 고개를 흔들고 말았다. 무슨 말을 하고 있는지 도무지 알아들을 수가 없었던 것이다. 그런데도 저희끼리는 알아듣는 눈치니, 아니 알아듣는 정도가 아니라 심통心通하기까지 하는 눈치니, 석대원으로선 다른 나라에 온 듯한 기분을 느낄 수밖에 없었다.

"저 물건이 뭔지 아는가?"

육건이 작은 소리로 물었다.

"화창火槍의 일종인 것 같군요."

석대원이 마찬가지로 작은 소리로 대답했다.

화창은 화약을 이용하여 탄환과 화염을 발사하는 관형총포管形銃砲의 일종이었다. 송대에 발명된 죽관 화창은 휴대가 간편하고 제작이 용이하다는 장점 때문에 원나라와 명나라 양대를 거치며 꾸준히 개량되어 오고 있었다.

"맞아, 화창은 화창이지. 하지만 대내의 맹꽁이들이 만든 일반 화창이라 여기면 큰 오산이라네. 이 부분을 잘 보게나."

육건은 회초리를 내밀어 길이 방향으로 쪼개 놓은 죽관의 내부를 가리켰다. 그 내부는 기이하게도 새카만 빛으로 반들거리고 있었다. 광택이 일정한 것으로 미루어 불에 그슬린 자국 같지는 않았다.

"대저 화창이라는 물건은 열 중 서넛이 불발인 데다 그나마 불발이 아닌 것도 한 번 쏘고 나면 다시는 쓰지 못한다는 단점이 있지. 죽관이 화약의 폭압을 견디지 못해 쪼개지기 때문이네. 그런데 이 물건은 달라. 죽관을 강한 불에 몇 차례 구워 연성軟性을 준 뒤, 내벽에 요상한 도료를 칠해 폭압에 대한 저항력을 극대로 끌어올렸다네. 덕분에 세 발까지는 안전하게, 만일 위험을 감수한다면 최대 다섯 발까지도 사용할 수 있지. 어떤가, 이 정도면 이 화창이 얼마나 신통방통한 물건인지 알 수 있겠는가?"

그 화창이 얼마나 신통방통한 물건인지는 모르겠지만, 어느 순간부턴가 탁자를 둘러싼 분위기가 변했다는 것은 알 수 있었다. 염불 같은 중얼거림이 뚝 그쳤고, 번들거리는 눈동자들이 육건의 얼굴로 옮겨 온 것이다. 하지만 육건은, 마치 제 꼬리를 물려고 뱅뱅 맴도는 강아지처럼, 자신의 식견에 흠뻑 도취된 나머지 분위기의 변화를 전혀 눈치채지 못한 것 같았다.

"잘 모르겠다고? 뭐, 상관없겠지. 하지만 이건 알아야 할 걸세. 이 화창 두 자루가 여기 놓이기까지 본 문이 얼마나 큰 대가를 치렀는지를. 돈도 물론 엄청나게 쏟아부었고, 똘똘한 아이들도 자그마치 일곱이나 죽었……."

탁!

갈고리 모양의 쇠막대기로 죽관 내벽에 발린 도료를 채취하고 있던 별수재 하나가 쥐고 있던 쇠막대기를 탁자에 팽개쳤다. 그 서슬에 놀란 육건이 눈길을 주자, 그는 양손을 허리에 척 얹고는 육건을 쏘아보았다.

"군사 영감, 지금 소생들이 누구에게 보여 주기 위해 이 짓을 하는 줄 아십니까?"

이제 갓 서른을 넘겼을까? 턱 밑의 염소수염이 반 뼘도 안 되는 그 별수재는 무엄하게도 무양문의 군사이자 백련교의 대장로인 육건에게 신경질을 부리고 있었다.

한데, 재미있는 것은 육건의 반응이었다. 그처럼 대단한 신분을 지닌 육건이 무슨 천벌 받을 잘못이라도 저지른 죄인처럼 새파란 별수재에게 쩔쩔매는 것이었다.

"어…… 내 목소리가 그렇게 컸던가?"

"목소리뿐만이 아니에요! 머리 뒤에서 그렇게 지켜보고 있으니까 도무지 정신을 집중할 수 없잖습니까! 도료를 분석하는 작업이 얼마나 중요한지는 군사 영감께서도 잘 아시잖아요!"

"미안하네, 미안해. 내가 생각이 모자랐군."

육건은 손짓까지 써 가며 별수재를 달랬다. 그러자 곁에 있던 지긋한 연배의 다른 별수재가 육건에게 말했다.

"발포 시험까지 마친 뒤 오늘 중으로 상세한 보고를 올리겠습니다. 군사 영감께서는 아무 걱정 마시고 손님분과 함께 내려가도록 하시지요."

"내, 내려가라고? 지금?"

"예."

표정도 온화했고 말투도 부드러웠지만 명백한 추방령이었다.

육건이 눈물이라도 흘릴 듯한 얼굴로, "조용히 있으면 안 될까? 그냥 옆에서 보기만 할 테니까."라며 미련을 표해 보았지만, 모든 별수재들이 독 오른 뱀처럼 고개를 발딱 치켜들고 노려보는 데에는 도리가 없었을 것이다.

미륵봉을 거의 다 내려오도록 육건의 쭈그러진 얼굴은 펴지지 않았다. 그 뾰로통한 입에서 다시 말소리가 흘러나온 것은, 머리 위 저 멀리서 화창의 발포성으로 여겨지는 포성 한 발이 울린 다음이었다.

쿵!

육건과 석대원은 고개를 돌렸다. 울창한 송림 너머로 한 줄기 연기가 피어오르고 있었다.

쿵! 쿵!

이어 두 번의 포성이 일정한 시차를 두고 울렸다. 그 화창은 육건의 장담대로 삼 회 연속 발사가 가능했던 것이다.

"젠장, 콱 터져 버리기나 할 것이지!"

육건의 첫마디는 악담이었다. 석대원이 어이가 없어 허허 웃었더니, 육건은 목에 핏대까지 세워 가며 나이와 지위를 개천의 돌멩이처럼 여기는 무리를 비난하기 시작했다.

"저치들은 도무지 글러먹었다고. 머리가 암만 좋으면 뭐하나? 인간성이 개판인걸. 인간이란 본시 신경 써서 대접해 주면 고마워할 줄 알아야 하는 법인데, 저치들은 어떻게 생겨 먹은 종자들인지 날이 갈수록 무례해지기만 하거든. 생각 같아선 모조리 내쫓아 버리고 싶지만…… 에잉!"

"그래도 보기 좋더군요, 새로운 지식을 하나라도 더 알아내기 위해 열중하는 모습들이."

석대원의 견해를 육건은 콧방귀로 일축했다.

"흥! 놈들이 연구한 물건이란 것들, 괜찮은 게 하나면 쓸모없는 게 아홉이라고. 그러면서도 한마디 참견만 하면 거품을 물고 대들기부터 하니……. 좌우간 저렇게 말 안 듣는 놈들은 무산巫山에서 본 원숭이들 말고는 저치들이 처음이야."

이때, 심상치 않게 짙어지던 서편 하늘의 먹장구름이 투둑투둑 시동을 걸더니만, 잠시 후 국숫발 같은 빗줄기를 퍼붓기 시작했다. 빗줄기는 삽시에 뿌연 수막으로 변해 대지를 난타했다.

"잘코사니로구나! 원숭이 같은 놈들, 비나 쫄딱 맞아라!"

제 옷 젖는 것은 아랑곳하지 않고 뛸 듯이 쾌재를 부르는 육건을 바라보며, 석대원은 과연 저 사람이 강호에서 가장 머리가 좋다는 두 책사 중 하나가 맞나 하는 의구심을 품지 않을 수 없었다.

장대비는 두 사람이 '통유각通幽閣'이라는 현액이 걸린 대문 앞에 당도할 때까지도 줄기차게 쏟아졌다.

처음에는 희희낙락하던 육건이었지만, 이때에는 인상을 잔뜩 찡그리고 있었다. 걸음을 옮길 때마다 한 바가지는 족히 될 듯한 물을 줄줄 흘리다 보니, 더 이상 아까의 잘코사니를 외칠 수 없었던 모양이었다.

대문 앞에는 무사 둘이 서 있었다. 육건이 장대비를 뚫고 나타나자 그들은 황급히 백련교의 수결手結을 만들며 고개를 숙였다.

그들의 인사는 본체만체, 육건이 성난 목소리로 물었다.

"양楊 관사 안에 있지?"

무사 중 하나가 즉시 대답했다.

"그렇습니다."

"뭐 해?"

이번 대답은 조금 주저한 뒤 나왔다.

"아마도 식사를……."

"잘한다! 잘해!"

육건은 뒤도 안 돌아보고 대문 안으로 들어갔다. 석대원은 영문도 모른 채 그 뒤를 따를 수밖에 없었다.

흙탕물이 질퍽하게 차오르는 길을 지나 긴 회랑으로 이어진 돌계단을 오르니, 푸른 옷을 입은 사십 대 똥보 하나가 유지油紙로 만든 우산과 커다란 수건을 양손에 나눠 들고 회랑 모퉁이를 돌아 나오는 모습이 보였다.

육건을 발견한 똥보는, "앗!" 하고 소리를 지르며 얼굴빛을 노랗게 물들였다.

"어, 어르신, 지금 막 마중 나가려던 참이었습니다. 잠시 서류를 정리하다 보니 비가 오는 것도 모르고……."

육건은 아무 소리도 하지 않고 뚱보를 향해 성큼성큼 걸어가더니 들고 있던 회초리로 그 어깨를 냅다 후려쳤다. 뚱보는 "아이쿠, 나 죽네!" 엄살을 부리며 그 자리에 주저앉았지만, 그것이 만일 육건의 동정을 살 작정으로 한 행동이라면 잘못 생각해도 단단히 잘못 생각한 것이었다.

주저앉는 바람에 이제는 높이가 적당해진 뚱보의 어깨를 육건이 고수鼓手가 북 두드리듯 쉴 새 없이 내리치며 소리쳤다.

"뭐, 서류를 정리해? 에라 이 돼지 같은 놈아! 그런 거짓말은 턱에 붙은 밥풀이나 떼어 내고서 해라! 상전은 바깥에서 쫄딱 젖는데, 종놈은 집 안에서 밥이나 처먹고 있어? 밥알이 목구멍으로 넘어가디?"

회초리의 왕복 회수가 잦아질수록 뚱보의 굵은 허리가 조금씩 접히더니 급기야 회랑 위에 고슴도치처럼 웅크린 채 꼼짝도 하지 않게 되었다. 그 자세가 제법 숙달돼 보이는 것으로 미루어 과거에도 이런 상황이 여러 번 있었던 모양이었다.

"이놈 저놈 가릴 것 없이 어째 하나같이 이 모양이지? 내가 누구야? 내가 바로 육건이야! 이 통유각의 주인이자, 교단에서는 대장로 소리를 듣는 사람이라고! 남들 앞에서 제발 체면 좀 세워 달라고, 상전 알기를 개똥처럼 여기는 이 망할 놈의 부하들아!"

회초리를 휘두르랴, 소리를 지르랴, 이중으로 지쳐 버린 육건은 돌돌 말린 뚱보의 옆구리를 힘껏 한 번 걷어차는 것으로써 상전 알기를 개똥처럼 여기는 망할 놈의 부하에 대한 징계를 마쳤다.

"꼴 보기도 싫다! 빨리 못 일어나?"

뚱보는 몸뚱이 여기저기를 문지르며 일어났다. 하지만 표정을 보니 엄살이 대부분일 뿐, 그리 고통스러워하는 기색은 아니었다.

뚱보가 육건을 향해 고개를 꾸벅 숙였다.

"송구스럽습니다."

"송구스러운 줄은 아니?"

"두 번 다시 이런 일이 없도록 시정하겠습니다."

육건은 코웃음을 쳤다.

"관둬라, 관둬. 내가 보기엔 너나 나, 둘 중 하나가 죽기 전엔 시정 못 할 것 같으니까 입 발린 소릴랑 집어치우자. 그건 그렇고, 전비展備는 지금 어디 있어?"

"지시하신 대로 동랑東廊의 끝 방에 모셔 두었습니다."

"그러면 빨리 뛰어가 모毛 군장을 데려와. 내가 보자고 한다면 알아서 챙겨 올 거야."

"알겠습니다."

대답을 하고는 회랑 바닥에 떨어진 우산을 주우려는 뚱보를 향해 육건이 쏘아붙였다.

"우산은 두고 가!"

너도 한번 젖어 보라는 뜻이리라.

"알겠습니다."

뚱보는 항변 한마디 못 하고 우산도 없이 장대비 속으로 뛰어나갔다. 육중한 몸 전체로 빗방울을 튀겨 가며 달리는 그 뒷모습에서 위안을 얻은 듯, 육건은 그제야 안색을 풀었다.

"게으른 아랫것들 다스리는 데는 자고로 매가 최고라니까.

너무 이상하게 생각하지 말게."

석대원은 아무 말도 하지 않았다. 그의 침묵에 조금 무안함을 느낀 듯 육건이 화제를 돌렸다.

"참! 제갈 군장에게 듣자 하니 모용풍의 〈비세록〉이 자네에게 갔다고 하던데…… 사실인가?"

석대원은 고개를 끄덕였다.

"그렇습니다."

"흠, 그렇다면 아까 보았던 개량 화창의 출처를 짐작하고 있겠군."

석대원은 잠시 생각한 뒤 대답했다.

"동해의 어떤 고도孤島에 화기를 귀신처럼 다루는 부족이 산다더군요. 그들의 작품이 아닌가 싶습니다만."

"맞아, 바로 금부도錦浮島라는 섬이지. 그곳에 사는 여진의 일족이 그 물건을 만들었다네. 그들이 오랜 세월 축적한 기술은 실로 독보적이어서, 타성에 푹 젖은 대내의 맹꽁이들은 물론이거니와 화기에 관해서라면 천하의 어떤 화문火門, 공방工房에도 뒤질 생각이 없는 우리 무양문조차도 그저 따라가기에 급급한 형편이라네."

석대원은 묵묵히 고개를 끄덕였다.

모용풍은 〈비세록〉을 통해 이렇게 말했다.

―산동과 해동국 사이 동해에는 금부도라는 이름의 작은 섬이 있다. 그 섬에는 화기를 능숙히 다루는 무리가 거주하는데, 금나라가 멸망한 뒤 유랑하던 여진 왕족의 후예라고는 하나 확인되지는 않는다…… 中略 ……이들 금부도 무리의 행적은 지극히 은밀하여 중원에는 거의 알려지지 않는다. 그들을 아는 사람들은 그들을 가리켜

동해뇌문東海雷門, 혹은 그냥 뇌문이라 부른다.

　회랑을 따라 걸음을 옮기던 육건이 뒤따르는 석대원을 슬쩍 돌아보더니 자신의 머리통을 손가락으로 가리키며 말했다.

　"다른 짐승들과 달리 인간에게 천적이 존재하지 않는 것은 바로 요 두뇌 때문이지. 인간은 두뇌를 통해 의심하고, 사고하고, 탐구하고, 진보하지. 두뇌의 위력은 역사의 진행과 더불어 점차 증대하고 있다네. 그리고 그 점에는 강호 또한 예외가 될 수 없지."

　육건은 잠시 멈췄던 걸음을 다시 내디디며 말을 이었다.

　"생각해 보라고. 백 년 전만 해도 강호에서 화기가 횡행한다는 것은 상상하기 힘든 일이었지만, 지금은 달라. 음, 우리 토벌대와 전투 중에 죽었으니 예로 들기에 좀 뭣하긴 하지만, 강호오괴의 일원이었던 화인 이개를 봐도 알 수 있는 일이 아니겠는가. 물론 이개가 강호를 오시할 수 있었던 데엔 일신에 쌓은 출중한 양강공력 덕이라는 점, 부정하진 않겠네. 하지만 사람들이 진실로 두려워한 것은 그의 무공이 아니라 그의 화기술이었지."

　수하들과 노닥거릴 때에는 나잇값 못 하는 늙은이처럼 보이더니만, 지금처럼 목소리를 가다듬고 의견을 피력하니 유세가遊說家 빰치는 설득력이 풍겨 나왔다.

　"얼마의 세월이 더 지나야 할지 모르지만, 두뇌의 힘이 육체의 힘을 종처럼 부리는 시대가 반드시 올 걸세. 그런 점에서 본다면 노부는 너무 일찍 태어난 불행아라고 할 수 있고 자네는 적당한 때에 태어난 행운아라고 할 수 있지. 만일 그 시대에 우리가 만났다면, 아마 자네는 노부 앞에서 머리를 들 수도 없었을 테니까."

여기까지 말한 육건이 갑자기 "이런!" 하며 제 이마를 딱 때리더니, 석대원을 돌아보며 합죽하게 웃었다.

"말이 또 엉뚱한 곳으로 새고 말았군. 항상 이런 식이라니까. 불쾌했다면 사과함세."

"아닙니다."

석대원은 담담히 웃으며 고개를 저었다.

"그러면 다시 본론으로 돌아가자고."

육건은 아이처럼 눈을 빛내며 말했다.

"이 시점에서 가장 큰 문제는 금부도의 뛰어난 화기술이 본 문과 자네, 양자 모두에게 나쁜 방향으로 작용한다는 데에 있다 네. 금부도와 비각이 손을 잡고 있다는 것은 자네도 알지?"

석대원은 고개를 끄덕였다.

"모용 노인은 금부도를 강호육사의 한 곳으로 지목했지요."

"그래, 강호육사! 하지만 육사의 다른 곳과 비교하면, 금부도 는 비각의 영향력이 상대적으로 미약하다고 할 수 있다네. 혈통 이 다른 이민족이라는 이유도 있겠지만, 보다 근본적인 이유는 물리적인 거리에 있을 걸세. 바다 한가운데 있는 금부도는 대륙 의 복판에 위치한 비각으로부터 너무 멀리 떨어져 있거든. 그러 니 둘 사이의 유대감도 자연 빈약할 수밖에."

여기까지 말한 육건이 의미심장한 미소를 지으며 물었다.

"자, 이 시점에서 내가 문제 하나 내지. 만일 자네가 비각의 수뇌라면, 이런 금부도의 존재가 마냥 반갑고 고맙기만 하겠 는가?"

석대원은 이 질문이 지닌 의미를 곰곰이 되씹어 보았다. 이 윽고 그의 머릿속에는 지극히 사나운 이빨과 발톱을 지닌, 하지만 주인과의 유대감이 약해 통제가 어려운 맹견의 형상이 떠올랐다. 비각의 입장에서 본 금부도의 존재가 바로 그런 것이 아닐까?

"그렇진 않을 것 같군요. 만일 금부도가 안면을 바꾸는 날에는 자신들을 해칠지도 모르는 위험한 흉기가 될 수 있으니까요."

"똑똑해! 아주 똑똑한 청년이야!"

육건은 벙긋 웃으며 석대원을 칭찬했다. 그러고는 누가 엿듣기라도 하는 양 목소리를 바싹 낮춰 말했다.

"그래서 비각은 금부도 길들이기에 나섰네. 남을 공격하려면 나부터 돌봐야 하듯, 강호 전면에 모습을 드러내기 전에 자신의 전열을 확실히 정비하겠다는 뜻이겠지."

이 시점에 이르러 석대원은 의혹을 느끼지 않을 수 없었다. 육건은 무슨 재주로 비각의 속사정에 대해 저리 소상히 아는 것일까? 신산이라는 별호처럼, 저 노인에게는 가만히 앉아서 천리 밖의 일을 헤아리는 재주라도 있단 말인가?

"신기한가 보군. 내가 이렇게 많이 아는 것이 말이야."

"그렇습니다."

석대원은 선선히 시인했다. 그러자 육건이 너털웃음을 터뜨리더니 자부심에 찬 목소리로 말했다.

"자네가 본 교에 대해 더 깊이 알게 된다면, 이런 것들이 그리 신기한 일은 아니라는 것을 깨닫게 될 걸세. 강호에 떠도는 북악남패란 말은 외양밖에 볼 줄 모르는 우매한 자들의 헛소리에 불과하다네. 본 교는 수백 년에 걸친 혹독한 탄압 아래에서도 꿋꿋이 살아남았지. 변변한 시련 한번 없이 온실 속에서만 자라난 신무전과는 질적으로 달라. 암, 다르고말고."

"저도 그렇게 생각하고 있습니다."

석대원이 동의하자 육건은 뜻밖이라는 듯 눈을 크게 뜨더니 쭈글쭈글한 입술을 슬쩍 비틀었다.

"어이, 장담하지는 말라고. 우리의 잠재력은 자네가 생각하는 것보다 최소한 두 배 이상 되니까."

이러는 동안 회랑의 긴 복도가 끝나고, 두 사람은 막다른 벽 앞에 서 있었다. 그 벽에는 한 폭의 산수화가 벽화로 그려져 있었는데 석대원이 보기에 인근의 미륵봉을 그린 듯했다.

산수화를 잠시 바라보던 육건이 고개를 돌려 물었다.

"전령에게서 밥값 얘기는 들었겠지?"

"그렇습니다."

"공짜 밥을 먹으면 소화불량에 걸리고, 소화불량이 거듭되면 오장육부가 약해져 오래 살 수 없다네. 노부는 자네 같은 인재가 요절하는 꼴을 도저히 그냥 지켜볼 수 없더군. 자네도 물론 오래 살고 싶겠지?"

석대원은 픽 웃은 뒤, 육건에게 되물었다.

"제가 무엇을 해야 오래 살 수 있겠습니까?"

"크크, 역시 긴말이 필요 없는 친구야."

육건은 석대원의 엉덩이를 탁 때린 뒤, 그림의 한 부분을 눌렀다. 그러자 산수화가 그려진 벽면이 소리 없이 회전하기 시작했다. 막힌 것처럼 보이던 그 벽은 실제로는 정교한 기관으로 감춰진 밀실의 입구였던 것이다.

"따라오라고. 오래 살 방법을 알려 줄 테니까."

육건은 석대원을 향해 음충맞은 웃음을 지어 보이곤 밀실 안으로 걸어 들어갔다.

(3)

호교십군의 제십좌第十座라면, 열 명의 군장 중에서는 꼴찌라한다지만 그래도 만천하가 알아주는 쟁쟁한 자리라고 할 수있다. 그런 쟁쟁한 자리에 앉았다면 모름지기 용맹정진, 심신을정히 하여 상관으로서의 위신을 닦아 나가는 것이 상도常道일것이다. 그러나 세상에는 상도 따위 측간에 재어 둔 밑 닦는 잎사귀 정도로밖에 여기지 않는 부류가 있으니, 그 본보기가 바로무양문의 골칫덩이 마석산이다.

마석산은 교도로서의 신심을 가다듬는 조천숙례를 마친 뒤,그 자신은 철오당鐵牛堂이라고 철석같이 믿고 있는 거처 철우당鐵牛堂에 돌아와 지은 죄라고는 그의 직속 수하가 되었다는 것밖에 없는 십군의 부군장 추임을 달달 볶아 대고 있었다.

그러나 추임은 수전노처럼 빡빡하고 당나귀처럼 완강했다.그것은 십군 전체로 보아 매우 다행스러운 일이라 할 수 있었다. 군장이 남편이면 부군장은 마누라. 남편이 바보면 마누라라도 빡빡하고 완강해야 하기 때문이다.

"안 됩니다."

추임은 다시 한 번 냉정하게 거절했다. 네 번째 거절이었다.하지만 마석산은 바보답게 저 짧은 말도 못 알아듣는지 다섯 번째로 조르기 시작했다.

"그러지 말고 가르쳐 달라고. 나, 이래 봬도 고마움이 뭔지는아는 사람이라고. 그냥 입 씻을 사람 아니라고."

'라고'를 연발하며 달라붙는 마석산을 보며 추임은 불현듯 살의가 치밀어 오르는 것을 느꼈다. 언감생심 마석산을 향한 것일리는 없고, 마석산의 머릿속에 얼토당토않은 생각을 심어 준 봉공자鳳公子란 놈이 그 살의의 표적이었다.

추임의 이런 마음을 아는지 모르는지, 마석산은 자식 초상이라도 치른 아비처럼 울상을 지으며 엄살을 부렸다.

"아까도 말했잖아. 난 어제부로 쫄딱 망했다고. 빚만 해도 천삼백 냥이야. 그것도 보통 빚인 줄 알아? 한 달 이자가 이 할인 고릿돈이라고, 고릿돈! 그걸 내가 무슨 재주로 갚느냐고?"

"그러기에 제가 평소 뭐랬습니까? 군장님께선 도박에 소질이 없으니 골패를 쥘 생각일랑 꿈에도 하시지 말라고 그랬잖습니까?"

추임의 퉁명스러운 대꾸에 마석산은 잠시 얼굴을 일그러뜨렸다. 하지만 칼자루를 쥔 쪽이 누구인가를 떠올린 듯 이내 살살거리는 표정으로 돌아왔다.

"자네 말이 옳아. 백번 천번 지당하다고. 하지만 기왕 이렇게 된 거 어쩌겠어? 그러니 딱 한 번만 자네의 그 기술을 전수해 달라고. 내가 맹세라도 할게. 요 빚만 탕감하면 골패에는 일절 눈길도 주지 않을 거라고."

그러나 추임은 요지부동이었다.

"안 됩니다."

"안 돼? 이렇게 비는데도? 절이라도 할까?"

마석산은 의자에서 내려와 바닥에 무릎을 꿇었다.

그 모습을 본 추임은 드디어 참을 수 없는 지경에 이르고 말았다. 밖에선 무슨 욕을 듣고 다니든 마석산은 십군 오백 용사의 수령이요, 추임에게 있어서는 직속상관이 아니던가!

"정말 왜 이러시는 겁니까! 몇 번이나 말씀드려야 알아들으시겠어요? 군장님이 가르쳐 달라는 것은 속임숩니다, 속임수! 심심풀이로 혼자 하는 거라면 몰라도, 남들 앞에서 그런 짓하다가는 손목 잘리기 십상이에요! 저만 해도 왕년에 도박장에서 그런 놈들 손목을 몇 개나 작살냈는지 아십니까? 군장님도 그렇게 되고 싶으세요?"

소리를 지르고 나니 속은 후련했다. 하지만 추임은 금방 후회했다.

"손목을…… 잘라?"

위는 둥글고 아래는 펑퍼짐해 곧잘 종鐘 대가리라고 놀림 당하는 마석산의 머리통이 가마솥에서 방금 꺼낸 문어 대가리처럼 시뻘게졌다. 힘줄이 불룩불룩 튀어나온 그의 이마는 실제로 부조를 새겨 놓은 종의 표면처럼 보였다. 그러고는 납덩이처럼 무거운 침묵. 그동안 추임은 땀을 흘려야만 했다.

이마에 돋은 힘줄들이 비 온 다음 날 길바닥에서 꼬물거리는 지렁이들만큼이나 늘어났을 때, 마석산의 입술이 다시 열렸다.

"어떤 새끼야, 내 손목을 자른다는 놈이? 자넨가?"

추임은 자탄했다. 왜 생각 못 했을까? 자신이 얼마나 많은 타인의 신체를 손상시켰는가는 일절 생각하지 않으면서도, 자신의 신체를 위협하는 타인에 대해서는 설혹 그 대상이 백련교주인 서문숭이라 할지라도 절대 참아 넘기지 않는 인간이 바로 저 마석산이라는 사실을.

"그, 그게…… 실제로 그렇다는 말이 아니고……."

무슨 말로든 다급히 무마하려 해 보았지만, 이때엔 이미 마석산의 주먹이 천천히 올라가고 있는 중이었다.

"추가야, 고양이 오줌 싸기 같은 잔재주 하나를 가르쳐 달랬더니, 뭐? 손목을 잘라? 이게 요즘 조금 풀어 줬더니 숫제 머리 위에 올라앉으려고 드네? 내가 대장이냐, 네가 대장이냐? 내가 졸개냐, 네가 졸개냐?"

저 대장 타령이 시작될 때마다 머리 깨지고 팔다리 부러진 졸개가 얼마였던가!

추임은 식은땀을 흘리며 주춤주춤 뒷걸음질을 치면서도 빠른 곁눈질로 주위를 살폈다. 도자기며 족자, 제법 고풍스러워 보이는 가구들이 그의 눈으로 반갑게 들어왔다. 진창을 기어 다니는 주인의 품격과 비교하면 구름 위를 날아다닌다고 할 수 있는 진품들이었다.

'설마 저런 물건들이 있는 제 집무실에서 폭력을 쓰기야 할까?'

추임은 순간적으로 이렇게 낙관했다. 그리고 또 한 번 후회했다.

마석산이 기운차게 외쳤다.

"어디 자를 테면 잘라 봐라!"

와장창!

좌응은 문 안쪽에서 들려온 요란한 소음에 눈살을 찌푸렸다. 그는 잠시 동정을 살피다가 문 옆에 무릎을 꿇고 앉아 있는 삼십 대 중반의 여인에게 물어보았다.

"제수씨, 누가 와 있소?"

그에게 제수씨라 불린 여인은—정확히는 마석산의 아내는—모진 놈을 남편으로 만나 이십 년이 넘도록 숨 한번 제대로 못 쉬고 종년처럼 살아온 불쌍한 여자답게 고개를 푹 숙인 채 대답했다.

"추 부군장께서 와 계시지요."

"그런데……."

쾅!

문을 격하고 울려 온 두 번째 소음이 좌응의 말허리를 끊었다. 눈치를 보아하니 뭔가 날아와 문에 부딪친 모양인데, 이런 일을 대비해서인지 꽤나 튼실하게 짜 맞춘 문이 아니었다면 그 충격을 이기지 못하고 박살 났을지도 모른다.

좌응은 잘 다듬어진 짧은 턱수염을 한차례 매만진 뒤 마석산의 아내에게 다시 물었다.

"그런데 무슨 일이 있소?"

마석산의 아내는 대답 전에 한숨부터 쉬었다. 그 한숨 소리는 무척 작았지만 실로 많은 이야기를 담고 있었다. 그러더니 이야기를 시작하는데……

"일은 지난밤에 있었지요."

"지난밤요?"

"그렇습니다."

"그 일이란 게 뭔지 들어도 되겠소?"

마석산의 아내는 살짝 고개를 들어 좌응의 얼굴을 올려다보았다. 좌응은 진중한 성정답지 않게 흠칫 놀랐다. 여인의 왼쪽 눈두덩에 달라붙은 검푸른 멍을 발견했기 때문이다.

멍을 보임으로써 의도했던 분위기를 잡는 데 성공한 여인은 차분하고도 구슬픈 목소리로 설명을 시작했다.

"지난밤 부군께서는 북전北殿에 있는 망수각忘愁閣 삼 층에 다녀오셨습니다. 아주버님께서도 아시다시피 그곳에서는 연일 도박이 벌어지지요. 부군께서는 본디 도박 같은 패류悖流를 즐기시는 분이 아니오나, 무슨 까닭에서인지 어젯밤만큼은 마음이 동하시어 판에 참가하시게 되었답니다. 처음에는 좋았던 모양입니다. 제법 끗발이 올랐다고 하셨으니까요. 덕분에 동도 몇

분의 전낭을 송두리째 따기도 하셨지요. 그런데 그런 부군 앞에
팔군의 부군장이신 봉 나리께서 나타나셨습니다."

"허어!"

좌응은 탄식했다.

"그다음에 벌어진 일에 관해서는 제가 따로 설명드리지 않아
도 되리라 믿습니다."

"죽일 놈 같으니라고."

좌응은 나직이 말하며 이를 갈았다. 죽일 놈이란 다름 아닌
봉공자였다.

봉공자라 불리는 팔군의 부군장 봉장평鳳章平은 주사위에 달
인이요, 투전에 성현이요, 마작에 제왕이라 소문난 놈이었다.
실처럼 가는 눈으로는 안투지배眼透紙背요, 거미 다리처럼 길쭉
한 손가락으로는 묘기백출妙技百出이니, 그에게 걸려 결딴난 가
장의 수는 물경 기천. 딸린 식구까지 계산하면 족히 한 성城의
백성을 알거지로 만들어 버린 도박계의 흡혈귀가 바로 그 인간
인 것이다. 오죽하면 강호에서 성명할 적에도 일백삼십여 개의
마작 패를 병기로 사용했다 하여 투패탈명공자投牌奪命公子라는
별호를 얻었겠는가.

무양문의 간부치고 그 도박 귀신에게 왕창 깨진 과거가 없는
자 드물었으니, 골패에 그려진 그림이나 겨우겨우 맞출 줄 아는
무쇠 소의 가련한 주머니는 어젯밤 그 현란한 도박술 아래에서
화적 떼가 훑고 간 곳간처럼 바짝 쪼그라들고 만 것이 분명
했다.

"한데 제수씨의 그 눈은 어쩌다가……?"

추후에 봉공자를 한번 호되게 닦달해야겠노라 결심하면서,
좌응은 조심스러운 목소리로 마석산의 아내에게 물었다.

"혹시 아시고 계실지 모르겠군요. 소첩에게는 부친께서 물려주신 손바닥만 한 전답이 있었습니다."

"알지요. 삼명三明 근교에 있는 옥토 아니겠소? 저도 한번 둘러본 적이 있는데, 물이 순하고 땅이 기름져 작황이 아주 좋더군요. 그런데 그 땅은 왜……?"

마석산의 아내가 돌연 땅이 꺼져라 한숨을 쉬었다.

"소첩이 미친년이지요. 그깟 전답에 눈이 어두워 하늘같으신 부군의 말씀에 토를 달다니."

"그러면……?"

"소첩이 미친년입니다."

거듭 이어지는 여인의 자학성 발언에 좌웅은 말문이 막히고 말았다. 마석산은 제 주머니 털린 것도 모자라 마누라의 땅문서까지 날려 버린 것이었다. 그것도 마누라 얼굴에 주먹 도장까지 찍어 놓고서!

마석산의 아내는 고개를 작게 흔들더니 예의 처연한 음성으로 말했다.

"계집의 좁은 소견으로 외람되이 너무 많이 지껄였나 봅니다. 아주버님께서는 어서 들어가 보시지요. 지금 통고해 봤자 부군께서는 듣지 못하실 겁니다."

"알겠소이다."

좌웅은 무겁게 고개를 끄덕인 뒤 마석산의 집무실 문을 열었다.

실내의 소란은 이미 평정되어 있었다. 그곳에는 다만 소란의 잔재로 보이는 가구며 도자기의 파편들, 그리고 일방적인 폭력만이 존재할 뿐이었다.

"이래도 안 돼? 이래도?"

마석산은 추임의 얼굴을 방석처럼 깔고 앉은 채로 그 팔을 등 뒤로 비틀어 꺾고 있었다.

"안 되는 건…… 으윽! 아무리 그러셔도 안 됩니……다. 윽!"

추임은 마석산의 궁둥이에 짓눌려 찌부러진 입으로도 악착같이 '안 됩니다.'를 부르짖고 있었다.

추임으로 말할 것 같으면 명실상부한 십군의 이 인자. 이렇게 맥없이 당할 사람일 리가 없었다. 굳이 논하자면 그와 마석산의 실력 차는 백지 한 장이라 할 만큼 미세하다고 봐야 옳으리라. 하지만 결과는 항상 저 모양이었다. 추임이 그만큼이나 충신이라서? 그런 이유였다면 보는 사람의 마음이라도 편할지 모른다. 그러나 추임이 운명처럼 받아들이는 굴종, 혹은 구박은 그런 고상하고 우아한 이유 때문이 아니었다. 그저 너무 오랜 시간 동안 마석산이라는 망종과 함께 생활하다 보니 어떤 취급을 당해도 '내 팔자가 그렇지, 뭐.'라는 식의 체념부터 들게 된 것이다. 마치 문밖의 여인이 그런 것처럼.

"어험!"

문가에 서 있던 좌응이 크게 기침했다.

마석산과 추임의 얼굴이 일제히 좌응에게로 돌려졌다. 반응은 물론 상이했다. 마석산의 얼굴은 못된 장난을 치다 들킨 악동처럼 변했고, 추임의 얼굴은 망망대해를 표류하다 지나는 배를 발견한 조난자처럼 변했다.

"어어, 형님 오셨수?"

어색하게 웃는 마석산에게 좌응이 차갑게 쏘아붙였다.

"보기 민망하니 자리에 앉게나."

마석산은 입으로는 "알았수."라고 대답하면서도 선뜻 추임의 얼굴에서 엉덩이를 떼려 하지 않았다.

"어서!"

좌응이 다시 소리치며 인상을 쓴 다음에야 비로소 추임은 마석산으로부터 자유로워질 수 있었다.

"좌 군장님을 뵙습니다."

추임은 예의를 아는 사람인지라 뻐근한 팔다리로도 좌응에게 예를 올렸고, 좌응은 그런 추임을 안쓰러운 눈으로 바라볼 수밖에 없었다. 만화객萬花客이란 별호가 말해 주듯 한창 시절, 강남 뭇 규수의 선망을 한 몸에 받던 기남아가 바로 추임이었다. 그런 추임이 전생에 무슨 죄를 지었기로 마석산 같은 놈의 수하가 되어 저런 고생을 감내해야 한다는 말인가.

그러니 좌응이, 뻔뻔스러운 얼굴로 "무슨 일로 오셨수?"라고 묻는 마석산을 한 대 갈겨 주고 싶은 욕망을 느낀 것은 인간으로서 당연한 일이라고 할 것이다.

그러나 좌응은 참았다. 길바닥에는 꽃도 있고 똥도 있듯, 인간 중에는 추임도 있고 마석산도 있다. 꽃이 좋다고 꽃만 보고 살 수 없듯, 때로는 마석산 같은 놈들도 만나고 사는 것이 인생. 더구나 그는 마석산에게 공적인 용무가 있었다.

좌응은 목소리를 애써 점잖게 꾸며 마석산에게 물었다.

"오늘은 무슨 이유로 애꿎은 추 부군장을 못살게 구는가?"

마석산은 불량스럽게도 손가락 마디를 눌러 딱, 딱, 소리를 내면서 퉁명스레 대답했다.

"가르쳐 달라는 건 안 가르쳐 주면서 영감쟁이처럼 쉰내 나는 소리만 지껄이는 게 얄미워서 그랬수."

"뭘 가르쳐 달랬기에?"

"뭐긴 뭐겠수? 농풍쇄나弄風鎖拿인지 뭔지 하는 요상한 손재주지요."

농풍쇄나는 추임이 자랑하는 금나수법 만화십팔해萬花十八解의 마지막 초식으로서, 절정에 이르면 농풍이란 이름에 부끄럽지 않게 그 손놀림이 바람처럼 빨라지는 신기막측한 수법이었다. 추임은 그 수법으로 무양문의 권위에 도전하는 강호의 뭇 고수들을 무릎 꿇렸고, 그러한 공적을 인정받아 십군의 부군장 자리에 오른 것이다.

좌응이 다시 물었다.

"농풍쇄나는 배워 뭐 하게?"

천성이 뻔뻔해서 그런지 마석산은 그 까닭을 숨기려 하지 않았다.

"봉가 놈에게 설욕하려고 그러우."

"설욕?"

좌응은 코웃음을 쳤다.

"그 소 발굽 같은 손으로는 농풍쇄나 같은 정묘한 기술을 배울 수도 없거니와, 설령 배운다고 해도 봉공자가 어떤 위인인데 설 배운 속임수에 넘어갈까? 그런 생각일랑은 아예 꿈도 꾸지 말라고."

"그럼 나더러 어쩌란 말이우? 빚만 해도 천삼백 냥인데?"

"어쩌긴 뭘 어째? 자네가 뿌린 일, 자네가 거둘 수밖에."

좌응의 냉정한 말에, 마석산은 곁에 넘어진 장식장을 걷어차며 신경질을 부렸다.

"형님도 정말 너무하네! 이 아우가 쫄딱 망한 게 그렇게 고소할까? 말이라도 듣기 좋게 하면 어디가 덧나나?"

나무 파편이 방 안으로 쫙 뿌려지는 광경에 좌응은 시선을 천장으로 돌리고 마음속으로 숫자를 세었다. 검과 함께 다듬어진 정력은 대단한 것이어서, 열둘까지 세고 나니 분노로 들끓던 마음이 다시 차분해지는 것을 느꼈다.

"빚이 천삼백 냥이라고 했나?"

"그렇수!"

잠시 뜸을 들이던 좌응은 은근한 목소리로 물었다.

"사기도박을 하지 않고도 단시일 내에 천삼백 냥을 벌 방도를 내가 안다면 어떻게 하겠는가?"

이 말은 화살처럼 빠르게 날아가 마석산에게 꽂혔고, 불량기로 뒤룩거리던 한 쌍의 벌건 눈알을 한곳에 딱 고정시켜 버렸다.

"정말이우?"

"난 허튼소리를 좋아하지 않네."

"그건 그렇지!"

굳이 마석산의 동의가 없더라도, 좌응은 정말로 허튼소리를 좋아하지 않는 사람이었다. 천금 같은 언사와 서릿발 같은 엄숙함으로 만인의 경외를 받는 무양문의 일대군자一大君子였다.

"어떤가? 나를 한번 믿어 보겠는가?"

좌응의 말에 마석산이 침을 삼키더니 재차 확인하려 들었다.

"천삼백 냥을 단시일에?"

좌응은 고개를 묵직하게 끄덕여 주었고…….

"아이고, 형님!"

마석산은 온몸을 내던지듯 바닥에 엎드리더니 맨송맨송한 이마를 바닥에 꽝꽝 내리찧었다. 다른 사람이라면 단박에 이마가 깨져 핏물이 흐르겠지만, 강피공剛皮功으로 단련된 이마인지라 푹푹 파이는 것은 오히려 바닥 쪽이었다.

"형님이 바로 보살님이시우! 제발 이 아우 좀 살려 주시구려!"

마석산의 엄살에 좌응은 실소를 흘렸다. 어쨌거나 쇠귀에 사람 말이 먹혀 들어간 것은 다행한 일이었다.

"내 말을 따를 생각이 있다면 수하 중 오십을 추리게. 험한 일을 겪을 게 분명하니 가급적 쓸 만한 인물이어야 하네."

마석산은 머리 찧기를 멈추고 고개를 들었다.

"무슨 일인데 애들까지 추리라는 거유?"

"하면, 그런 거금이 제 발로 자네 앞에 걸어와 줄 줄 아는가? 돈을 벌려면 노력을 해야지."

좌응은 구체적인 계획은 털어놓지 않았다. 마석산의 입은 결코 무겁지 않았다. 만일 지금 계획을 털어놓는다면, 오늘 중화참에는 무양문의 모든 문도가 그 일을 반찬 삼아 젓가락을 놀릴 것이 뻔했다.

그런데 마석산은 좌응의 딴청을 제 편한 대로 해석한 모양이었다. 엎어 놓은 몸을 튕기듯 일으킨 그가 좌응을 향해 얄망스러운 눈길을 보냈다.

"아항! 이제 보니 그 방도란 것이 바로 밑천 안 드는 장사를 말하는 것이었구려. 이거 신나는데? 나도 왕년엔 왕후장상 놈들에게로 가는 수레깨나 뒤집어 보았지."

이 말에 좌응의 얼굴이 묘하게 일그러졌다.

"밑천 안 드는 장사?"

"흐흐, 다 아시면서 뭘……."

음충스럽게 웃음 짓던 마석산이 돌연 번개같이 팔을 내밀어 곁에서 머뭇거리고 있던 추임의 멱살을 움켜잡았다.

"이봐, 사기도박을 끔찍이 미워하시는 우리 고상하신 부군장 나리, 나리께서도 귀가 달렸으니 우리들이 나눈 얘기를 똑똑히 들으셨겠지?"

"예? 예에……."

추임은 얼굴이 빨개지도록 고개를 끄덕였다. 마석산은 그런 추임을 세차게 밀며 소리쳤다.

"들었는데도 그렇게 멍청히 서 있어? 빨리 나가서 쉰 놈 집합 시켜! 마흔아홉도 아니고 쉰하나도 아닌, 백을 딱 반으로 자른 쉰이야! 호연육, 강평, 당 노인, 가릴 것 없이 몽땅 끌어모으라 고! 만약 토를 다는 놈이 있다면 이름을 적어 와! 이 대장님께서 손수 만리장성까지 날려 줄 테니까!"

"알겠습니다!"

추임은 재빨리 대답하고는 문을 향해 달려갔다.

두 사람이 이런 수작을 나누는 사이, 좌응은 허탈한 얼굴로 혼잣말을 중얼거렸다.

"밑천 안 드는 장사? 이 좌응이? 허! 허허!"

너무 기가 막히다 보니 웃음밖에 나오지 않았다.

호교십군의 이군장인 그가 십군 중 한곳을 추가로 차출하여 출동 대기하라는 군사의 밀명을 받은 것은 오늘 조천숙례 때의 일이었다. 해서 평소 친하게 지내던 마석산을 찾아온 것인데, 지금 생각해 보니 반드시 좋은 선택만은 아닌 것 같았다.

'어쩌다 저런 놈과 호형호제하는 신세가 되어……..'

좌응은 불현듯 자신의 신세가 한심스러워졌다. 그것은 어젯 밤 마석산의 아내가 했던, 그리고 조금 전 추임이 했던 것과 비 슷한 팔자타령이었다.

숭산嵩山

(1)

꼬르르!

적송은 책장을 넘기던 손길을 멈추고 소리가 울린 곳을 내려다보고는 실소를 흘리고 말았다. 푸한 승복에 가려져 제대로 보이진 않지만, 그 안에서 잔뜩 쪼그라들었을 것이 분명한 뱃가죽을 생각하니 그만 웃음이 나온 것이다.

적송은 낡은 앉은뱅이책상에 묻고 있던 고개를 들었다. 여기저기 갈라지긴 했지만, 그래도 따스한 느낌을 주는 흙벽이 시선에 잡혔다. 불타의 가르침에 몸을 의탁한 지 어언 십구 년. 그동안 소유할 수 있었던 가장 큰 부피의 물질 재산이 바로 이 네 평 남짓한 선방이었다. 사바에서 몸 밖의 물건이란 본디 진토처럼 가치 없는 것. 그것이 그가 십구 년 동안 배운 물질세계의 공허함이었다. 하지만…….

"이렇게 별이 아른거릴 정도로 굶주릴 줄은 몰랐지 뭔가."

적송은 이렇게 중얼거리곤 또 한 번 픽 웃었다. 창을 통해 흘러들어 오는 봄 햇살은 현기증이 날 정도로 밝고 평화로웠다.

방문 밖에서 인기척이 들렸다. 이어 우렁우렁한 목소리가 문풍지를 부르르 울렸다.

"사숙, 안에 계십니까?"

적송이 기억하는 한 이 소림사에서 저런 목소리를 지닌 사람은 오직 한 사람밖에 없었다. 적송은 책을 덮으며 문을 향해 말했다.

"사질인가? 들어오게."

방문이 열리고 사십 대 초중반으로 보이는 승인 하나가 선방으로 들어섰다. 차돌멩이를 보는 듯한 다부진 체격에 구레나룻이 시커먼 그는 나한당羅漢堂의 교두승敎頭僧인 해담海淡이었다.

해담은 적송을 향해 깍듯한 예를 올렸다. 비록 나이로는 십여 세 연하이지만 항렬로는 하늘처럼 존귀한 사숙이기 때문이다. 적송은 가벼운 목례로 답한 뒤 자리를 권했다.

해담은 적송이 권한 부들자리에 엉덩이를 얹으려다가 책상을 힐끔 쳐다보고는 이채를 떠올렸다. 뭔가 물으려는 듯 고개를 앞으로 들이대는 그에게 적송이 선수를 쳤다.

"내가 보는 책이 이상해 보이는가?"

적송이 책상에 놓인 책을 들어 보이며 묻자, 해담이 머뭇거리다가 고개를 끄덕였다.

"그렇습니다. 그 훈도제선訓徒弟選은……."

"동자승들이나 보는 우화집이라 이거군?"

"솔직히…… 그렇게 생각하고 있습니다."

적송은 빙긋 웃었다. 해담의 생각이 잘못되었다고 말할 수는 없었다. 광비 대사로부터 혈옥수에 대한 이야기를 듣기 전까지는 자신조차 그렇게 여기고 있었으니까. 하지만 그 속내를 일일이 설명하는 것도 피곤한 일이어서 적당히 얼버무리기로 했다.

"우화집이면 어떻고 잡서면 또 어떤가? 하나가 필요한 사람에게 그 하나의 가르침만 줄 수 있으면, 그것으로 충분히 양서가 될 수 있겠지."

해담은 부리부리한 눈을 끔뻑거리다가 고개를 끄덕였다.

"듣고 보니 과연 그렇습니다. 쇠귀에는 '이랴!' 한마디가 능가경楞伽經을 백 번 암송하는 것보다 효과 있을 테니까요."

무슨 비유가 이 모양일까? 적송은 조금 언짢은 표정으로 투덜거렸다.

"사질 눈에는 내가 밭 가는 소로 보이나 보지?"

"아이쿠, 그럴 리가 있겠습니까?"

깜짝 놀라며 도리질을 치던 해담은, 갑자기 무슨 생각이 떠오른 듯 능청스러운 미소를 지으며 말했다.

"밭 가는 소라면 굳이 여기서 찾을 필요 없지요. 선공암善空庵에 머무는 황 시주가 영락없이……."

적송은 하마터면 웃음을 터뜨릴 뻔했다. 해담이 말한 '선공암에 머무는 황 시주'의 얼굴이 떠올랐기 때문이다. 가까스로 웃음을 참은 그는 짐짓 엄숙한 표정으로 해담을 꾸짖었다.

"아미타불! 구업口業이 만장萬丈이로다! 자리에 없는 사람을, 그것도 생김새를 가지고 흉보다니."

"하하! 죄송합니다. 하지만 죽어 발설지옥拔舌地獄에 떨어지더라도 소는 소고 말은 말 아니겠습니까? 소를 소라 안 하고 말을 말이라 안 하는 교언의 죄도 무시할 수 없겠지요."

해담이 맨송맨송한 머리를 긁적거리며 웃었다. 적송도 그제
야 해담을 따라 웃었다.

두 사람은 이처럼 격의 없는 사이였다. 적송이 비록 위 항렬
이라 하지만, 그에게 무공의 기초를 가르쳐 준 첫 번째 스승은
바로 해담이었다. 나한당의 너른 연무장에 선 까까머리 꼬마 중
에게 있어서 해담은 천왕문의 사천왕상보다 더 무서운 호랑이
교두가 아닐 수 없었다.

소사숙, 허리를 더 낮추십시오!

소사숙, 정신을 어디 두고 있는 겁니까!

말이야 깍듯한 존대였지만, 그럴 때마다 매섭게 떨어지는 해
담의 훈도봉訓導棒은 눈물이 핑 돌 만큼 아팠다. 그때엔 참 원망
도 많이 했는데, 그래서 나중에 두고 보자는 생각도 여러 번 곱
씹었는데……. 지나고 나니 모든 것이 좋은 추억으로 남았다.
그래서 엄사嚴師일수록 그리워지나 보다.

선방 안에 감돌던 유쾌한 기운이 가시자 적송이 표정을 고쳐
물었다.

"한데 무슨 일로 왔는가?"

해담은 자세를 바로 하고 다소 굳은 목소리로 말을 꺼냈다.

"약왕당藥王堂 해선海宣 사형에게 들은 이야기가 있어서 이렇
게 사숙을 찾아뵙게 되었습니다."

해선으로 말하자면 불심이 두텁고 인덕이 높아, 손아래 제자
들의 존경을 한 몸에 받는 인물이었다. 약왕당의 당주를 맡고
있는 적통寂通 대사 또한 해선을 매우 신임하여, 현재 약왕당의
실무는 거의 그의 손에서 처리되는 실정이었다.

"해선이 뭐라고 했기에?"

해담은 호활한 성격에 어울리지 않게 거북함을 느낀 듯 헛기

침을 몇 번 하더니 조심스럽게 말문을 열었다.

"일명一明과 일애一涯가 계율원戒律院에 들어갔습니다."

"일명과 일애가?"

"예. '불투不鬪의 계'를 어겼지요."

적송의 매끄러운 미간에 작은 주름이 생겼다. 일명과 일애는 해선의 제자였다. 적송보다 한두 살 어리니 한창 혈기 방장할 나이라고 할 수 있겠지만, 산문 밖에서 사사로운 싸움을 벌일 만큼 막돼먹은 인물들은 결코 아니었다. 더구나 그들 중 일명은 신중하기가 반석 같아, 훗날 소림의 큰 동량이 될 것으로 기대되는 인재였다.

"그들이 무슨 까닭으로 불투의 계를 어겼다던가?"

적송이 심각한 표정으로 묻자 해담의 얼굴에 참괴한 기색이 떠올랐다. 그는 심중의 울적함이 그대로 담긴 목소리로 이야기를 시작했다.

"사숙께서도 아시다시피, 일명과 일애는 해선 사형 밑에서 약초 관리를 맡고 있지 않습니까."

"그런데?"

"며칠 전 채약採藥에 나간 약왕당 제자 하나가 태실봉泰實峰 중턱에서 산삼 여러 뿌리를 발견했다고 합니다. 채약한 본초야 마땅히 약재로 쓰여야 하겠지만, 해선 사형은 요즘 곤궁한 사내 살림을 감안했는지 그것을 돈으로 바꿀 궁리를 한 모양입니다. 그래서 일명과 일애가 그 산삼들을 가지고 정주鄭州까지 가게 된 것이죠."

"정주까지?"

"아무래도 등봉현登封縣보다는 형편이 나을 거라고 생각한 모양입니다."

"음, 아미타불."

적송은 무거운 표정으로 불호를 읊조렸다.

숭산, 정확히는 소실산 일대의 상인들이 소림사와 거래를 끊은 것도 벌써 구 개월에 접어들고 있었다. 핑계 혹은 이유야 잡다했지만, 결국은 북경의 거상 왕고가 선포한 경제 봉쇄령 때문이었다.

가뭄에 콩 나듯 들어오는 일반 신도들의 시줏돈만으로 소림사라는 큰살림을 감당하기란 도저히 불가능한 일이었다. 그래서 소림사는 사원 토지에서 재배한 곡물이나 승려들이 제작한 종교 용품, 채약으로 얻은 본초와 그것을 가공한 육재 등을 돈으로 바꿔 살림에 필요한 각종 기물들을 구입해 오던 터였는데, 천하제일 거상의 일갈 한 방에 그 경로가 완전히 틀어 막힌 것이다.

설상가상으로 때는 바야흐로 춘궁기, 표국이나 전장을 운영하는 속가제자들도 왕고의 눈치를 살피기에 급급한 실정이니 이야말로 사면초가라. 유구한 역사를 자랑하는 무림의 태두 소림사는 백도의 뭇 명문들과 함께 혹심한 경제 난국을 맞이하게 되었다.

소림사는 하루가 다르게 고달파지고, 궁핍해지고, 배고파졌다. 장문인과 한 항렬인 적송의 창자에서 꼬르륵 소리가 울리는 실정이니—심지어 적송은 대식가가 절대 아닌데!— 그 아래 제자들의 고난이야 말할 필요도 없을 것이다.

해담이 계속 말했다.

"일명과 일애가 정주의 약포에 찾아간 것까지는 아무 문제가 없었다고 합니다. 승복도 아닌 차림에 머리에는 방갓까지 쓰고 갔으니, 약포 주인도 별다른 의심 없이 산삼을 사려고 했겠지요. 그런데 하필이면 그때 포룡장抱龍莊의 패거리들이 약포로 들이닥쳤다고 합니다."

적송은 눈살을 찌푸렸다. 포룡장이라면 최근 정주 일대에서 새롭게 일어난 흑도 방회의 이름이었다.

본디 정주의 터줏대감은 소림의 속가제자인 천주곤天柱棍 예광芮廣이 세운 천주곤파天柱棍派였다. 그러나 근래 소림사의 대외 활동이 위축되면서 천주곤파의 위상도 덩달아 추락하게 되었고, 그 틈새를 비집고 포룡장 같은 흑도의 무리가 정주 거리를 활개 치고 다니게 된 것이다.

"후에 얘기를 들어 보니, 일명은 분란을 피하기 위해 참을 만큼 참은 모양입니다. 하지만 일애 놈은……."

해담이 얼버무린 대목을 적송이 대신 말해 주었다.

"일애는 욱하는 성격이 없지 않지."

해담이 고개를 끄덕였다.

"그렇습니다. 그 괄괄한 성질에, 포룡장의 총관이란 놈이 한마디를 꺼내자 참지 못하고 그만 손을 쓰고 말았다고 합니다."

"포룡장의 총관이 뭐라고 했기에?"

해담은 머뭇거리다가 조심스럽게 입을 열었다.

"장문인께서 병상에 계신 탓에 젊은 승려들이 정주까지 나와 궁핍함을 드러낸다고……."

적송은 실소를 흘렸다. 흑도에서 뼈가 굵은 포룡장 총관이란 자가 저렇듯 점잖게 말했을 리가 없었기 때문이다. 실제로는 뭐라고 했을까? 늙은 땡추가 골골거리니 애기 땡추들이 정주까지 기어 나와 걸식을 다닌다, 뭐 대충 이렇게 말하지 않았을까?

"그토록 입단속을 했건만 사내에 우환이 생긴 것을 온 세상이 다 아는 모양이군."

적송이 쓸쓸히 중얼거리자 해담이 넙죽 머리를 조아렸다.

"모두 저희 이대 제자들이 불민한 탓입니다."

"아니야. 그것이 어째서 자네들 탓이겠는가. 사실 소문이 났어도 진작 났을 일이었지. 장문 사형께서 그렇게 되신 것도 벌써 두 해가 가까워 오지 않는가."

장문인에 관한 얘기가 나오자 두 사람의 표정이 약속이나 한 것처럼 어두워졌다.

잠시 후, 적송이 다시 해담에게 물었다.

"그래, 상한 사람은 없다던가?"

"아무리 화가 났기로서니 일애가 설마 독수야 썼겠습니까? 기껏해야 관절이나 한두 군데 잡아 뽑았겠지요."

"손 속의 경중이 문제가 아닐세. 상대의 언사에 분을 이기지 못하고 먼저 손을 썼으니, 이는 불투의 계를 범한 것이 분명하겠지. 계율원에 들어가도 할 말이 없을 걸세."

해담은 분한 표정으로 급히 덧붙였다.

"그런데 일애가 손을 쓰기가 무섭게 정주부 포쾌들이 들이닥쳤다고 합니다. 마치 기다렸다는 듯이 말이죠."

"정주부 포쾌?"

적송은 어처구니없다는 표정으로 고개를 절레절레 흔들었다.

"돈이면 귀신도 부린다더니, 황금의 힘이란 게 과연 무섭긴 무서운 모양이군."

해담이 눈을 번뜩였다.

"사숙께서도 그렇게 생각하시는군요."

"우연도 거듭되면 우연이라 할 수 없겠지. 일개 흑도 방회의 총관이 소림사를 상대로 수작을 부리고 나온 것도, 그리고 엉덩이 무겁기가 태산보다 더하다는 정주부 포쾌들이 그토록 신속하게 들이닥친 것도, 모두 황금이라는 요물이 만들어 낸 작품이 겠지."

해담도 고개를 끄덕이며 적송의 말에 맞장구쳤다.

"그렇습니다. 제 생각으론 산문 부근에 늘어선 노점상 중 한두 군데에 왕고가 끄나풀을 심어 둔 것 같습니다."

적송은 표정을 굳혔다.

"쓸데없는 의심으로 무고한 백성들을 핍박한다면 그 또한 작지 않은 죄라네."

하지만 해담은 좀처럼 수긍하려 들지 않았다.

"그렇지 않고서야 변복까지 한 일명과 일애를 그토록 빨리, 또 그토록 교묘하게 얽을 수 있겠습니까? 이는 왕고의 눈이 사의 주위를 맴돌고 있다는 명백한 증거입니다."

적송은 한숨을 쉬었다. 저렇게 생각하는 승려가 비단 해담하나만은 아닐 터, 산문 앞이 한동안 시끄러울지도 모른다는 걱정이 든 것이다. 잠시 후 그는 말을 이었다.

"그래도 용케 두 사람을 관아로부터 인계받은 모양이군."

"예. 실은 제가 직접 정주부에 다녀왔습니다. 관아에서도 더이상 문제가 확대되는 것을 원치 않았는지, 치료비 문제만 해결되면 보내 주겠노라고 하더군요. 그래서 산삼 두 뿌리를 포룡장측에 넘겨주고 두 사람을 데려왔습니다."

"두 사람은 괜찮던가?"

"풀이 죽어 있을 뿐 별탈은 없었습니다. 하는 말을 들어 보니계율원 안에서 나름대로 참회의 시간을 가진 것 같더군요. 특히 일애가 많이 뉘우치고 있었습니다."

"뉘우쳐야지. 불제자의 몸으로 불제자에 어울리지 않는 짓을 했다면 마땅히 뉘우쳐야 할 걸세."

적송은 잠시 시차를 둔 뒤 물었다.

"그래서, 해선이 자네에게 뭐라고 하던가?"

해담은 적송의 눈치만 살필 뿐 쉽사리 입을 열지 않았다. 하지만 자초지종을 다 들은 적송이 어찌 그 심중을 헤아리지 못할까.

"하긴, 계율원의 적인寂仁 사형은 자네들에게 있어서 어려운 어른이긴 하지. 내가 선처를 부탁해 보겠네."

"감사합니다, 사숙!"

원하던 대답을 들은 해담은 활짝 웃으며 머리를 조아렸다.

이제 용건이 끝났으니 적당히 하직을 고하고 떠나갈 법도 한데, 해담은 웬일인지 뭉그적거리며 부들자리에서 엉덩이를 떼려 하지 않았다. 그 행동을 이상히 여긴 적송이 물었다.

"할 이야기가 남았는가?"

"저……."

해담은 조심스러운 기색으로 품에서 뭔가를 꺼내 책상에 올려놓았다. 적송이 쳐다보니 새하얀 관음지觀音紙로 싼 둥글넓적한 덩어리였다.

"어제 개인적으로 잘 아는 신도가 작은 불사를 청해 왔습니다. 모친의 천도재薦度齋(죽은 사자의 넋을 극락으로 인도하는 제사)였는데, 워낙 가난하게 사는 사람이라 공양물로 들어온 것이 변변치 않았지요. 이것은 제사에 쓰고 남은 음식인데, 출출하실 때 허기나 면하시라고 가져왔습니다."

적송이 관음지를 펼치자 어른 손바닥만 한 월병 십여 장이 나왔다. 노릇노릇 구워진 표면에 흰깨, 검은깨가 송송 박혀 있는 것이 보기에도 먹음직스러웠다.

"하하! 귀신을 공양하려거든 부뚜막 귀신부터 하라고, 이를 테면 만만한 나부터 구워삶기 위한 뇌물이군?"

적송이 짓궂게 말하자 해담은 황급히 양손을 내저었다.

"뇌물이라니요! 별말씀을 다 하십니다!"

"뇌물이 아니면?"

해담의 표정이 돌연 숙연해졌다.

"여러 사백, 사숙 들께서 제자들을 위해 점심 한 끼를 거르고 계시는 것을 생각할 때마다 소질은 가슴이 찢어지는 것 같습니다. 특히 적송 사숙께서는 그나마 받는 두 끼의 양마저도 반으로 줄이셨다는 사실을 진작부터 알고 있었습니다. 돌이라도 소화시킬 나이이신데⋯⋯."

말하는 동안 해담의 눈시울이 불그죽죽하니 달아올랐다.

"실없는 사람 같으니라고. 이깟 월병 몇 장 갖다 주고 생색내기는."

해담은 외모에 어울리지 않게 마음이 여린 사람이었다. 그것을 잘 아는 적송은, 이대로 놔뒀다가는 나이 든 사질의 눈물을 볼지도 모른다는 생각에 얼른 월병 한 장을 집어 입으로 가져갔다.

파삭.

"맛있군."

시장이 반찬이라고 정말 맛있었다. 씹기가 무섭게 입안에서 살살 녹는 것이, 월병이 아니라 극락의 음식을 먹는 기분이었다. 적송은 월병을 하나 더 집어 해담에게도 권했다.

"자네도 들게. 배고픈 사질을 놔두고 혼자 식탐을 부렸다가는 부처님께 벌 받을 것 같으니까."

해담도 월병을 집었다. 잘 구워진 월병이 그의 두툼한 입술 사이에서 파삭 소리를 내며 부서졌다. 월병을 우물거리던 해담은 불그죽죽해진 눈시울로도 빙그레 웃으며 말했다.

"우습죠, 천하의 소림승들이?"

"우습지."

적송도 웃었다.

"참 우스워."

하지만 적송의 얼굴에 떠오른 웃음은 해담의 그것처럼 처량해 보이지 않았다. '내가 어쩌다 이런 신세가 되었을까?'라는 생각보다, '이런 재미가 있으니 사바세계도 살 만한 것이겠지.'라는 단사표음簞食瓢飲의 흥취가 생긴 것이다.

어린 사숙과 나이 든 사질이 월병을 우물거리는 네 평 남짓한 선방. 창 너머로 흘러 들어오는 봄 햇살은 여전히 현기증이 날 정도로 밝고 평화로웠다.

(2)

"스물일곱, 스물여덟······."

거기까지 센 아도阿禱는 숫자 세기를 멈추었다. 아니, 멈출 수밖에 없었다. 세고 싶어도 더 셀 것이 없으니까.

무려 다섯 번이나 반복해 셌다. 그럼에도 불구하고 아도는 스물여덟에서 하나의 수도 더 보탤 수 없었다. 분명히, 그리고 정확히, 다섯 번 모두 스물여덟이었다.

눈앞이 캄캄해졌다. 솜털이 채 가시지 않은 귓불은 화롯불에 데기라도 한 것처럼 화끈 달아오르고, 아도는 하마터면 그 자리에 털벅 주저앉을 뻔했다. 만약 그랬다면 그의 엉덩이는 온통 닭똥투성이가 되었을 것이요, 계인戒印도 받지 못한 어린 행자行者를 위해 빨래를 해 줄 마음씨 고운 불목하니도 없을 테니, 그는 별수 없이 더러워진 승복 바지를 들고 산 아래 개울까지 나가 혼자 힘으로 빨아야만 했을 것이다.

다행히 아도는 아찔한 현기증을 두 다리로 굳건히 버티고 서서 참아냈다. 하지만 눈알이 토끼 눈처럼 빨개지는 것만큼은 어쩔 수 없었다.

아도의 이런 기분을 알 턱이 없는 적후赤候가 뭔가를 요구하는 듯한 얼굴을 하고 뒤뚱뒤뚱 다가왔다. 그 낯짝이 너무 뻔뻔해 보여 아도는 원망스러운 눈으로 적후를 노려보았다.

"너는 꼭 우리 아빠 같구나. 어떻게 된 놈이 두 눈 멀쩡히 뜨고 제 마누라가 없어지는 꼴을 보고만 있단 말이냐?"

적후가 아도를 빤히 올려다보더니 짧게 대답했다.

꿔꿔겁!

그 소리는 닭 키우는 공력이 삼 년이나 쌓인 아도의 귀에 마치, '객쩍은 소리 말고 어서 모이나 뿌려라.'라는 듯이 들렸다.

아도는 분을 이기지 못하고 적후를 향해 발을 내질렀다. 비록 어린 행자의 몸이지만 삼 년을 하루같이 수련해 온 그의 퇴법은 제법 매서워 보였다. 하지만 적후는 평범한 놈이 아니었다. 무림의 태두라는 소림사에서 오 년을 하루같이 모이를 쳐먹어 온, 그래서 소림사에 둥지를 튼 무수한 닭 가운데 세 손가락 안에 꼽히는 힘과 권세를 자랑하는 제후급 수탉이었다.

꿥!

적후는 날갯짓 한 번으로 아도의 발길질을 가볍게 피한 뒤, 서너 자 물러서서 아도를 바라보았다. 그 형형한 눈빛은, '저게 뭘 잘못 먹었나, 왜 저 지랄이지?'라고 묻고 있었다.

"이 바보야! 너 때문에 나만 또 일돈—頓 스님께 혼나게 생겼잖아!"

아도는 소리를 지르며 들고 있던 나무 주발을 적후에게 내던졌다. 물론 적후는 그 자리에서 목만 까딱 젖힘으로써 아도의 공격을 무위로 만드는 재주를 준비해 두고 있었다.

팍, 소리와 함께 나무 주발에 담긴 모이가 사방으로 흩어졌다. 그러자 적후는 이제 아도에게는 볼일이 끝났다는 듯 거만한 걸음걸이로 물러가더니 모이를 쪼아 대기 시작했다. 피를 칠한 것처럼 붉은 볏이 천천히 상하 운동을 하는 가운데, 스물일곱 마리의 늙고 어린 암탉들이 가장의 심기를 건드리지 않는 한도 내에 저녁 식사에 동참하기 위해 몰려들었다.

"저것들이 정말!"

아도의 두 눈에 쌍심지가 돋았다. 적후가, 아니 닭이라는 족속 모두가 이렇게까지 밉살스러운 적은 없었다.

바로 그때, 뒷전에서 카랑카랑한 목소리가 울렸다.

"경박무도한 멍청이 놈! 닭 모이를 그따위로 주는 법이 어디 있다든!"

난 죽었다!

아도는 찔끔 자라목을 하며 어깨를 움츠렸다. '경박무도한 멍청이 놈'이란 특이한 용어는 오직 한 사람만이 입에 담는 욕설이었다. 아도가 그토록 두려워해 마지않던 일돈이 마침내 등장한 것이다.

선종의 종주요, 중원 굴지의 가람인 소림사가 일반 농가처럼 닭을 키운다는 것은 어찌 보면 이상할 수도 있는 일이었다. 하지만 소림사는 원대 초부터 닭뿐만 아니라 소, 말, 돼지 등의 가축을 키웠다. 불자가 살코기를 바라고 양축을 한다면 이는 마땅히 부처님께 경칠 일이겠지만, 그런 것은 아니었다. 몽고족이 중원을 지배한 암흑기에 경제 감각이 유달리 뛰어난 방장 스님한 분이 있어 날로 빈약해지는 절 살림을 양축으로써 충당하려한 것이 그 시초였고, 몇 번의 시행착오는 거쳤지만 결국 결실이 있어 이제 양축은 절 살림을 꾸려 나가는 데 빼놓을 수 없는몫을 담당하기에 이른 것이다.

일돈이 바로 현재 소림사에서 양축을 담당하는 실무자였다. 성정이 급하고 불심도 박한 편이나 신기하게도 가축들과는 영통하는 재주가 있었으니, 아랫사람들에게는 염라대왕처럼 무서운 상전이지만 윗사람들에게는 아무리 칭찬해도 과하지 않은보배둥이나 마찬가지라고 할 수 있었다.

그러니 아도가 일돈을 보배둥이로 여길 수 있는 윗사람이라면 얼마나 좋을까? 그러나 불행히도 아도는 일돈의 아랫사람이었고, 그러므로 일돈은 곧 아도의 염라대왕이었다. 그런 아도가, 이틀 간격으로 닭을 잃어버린 엄청난 죄를 저지르고도, 어찌 일돈의 얼굴을 똑바로 대할 수 있겠는가.

"일돈 스님, 제자가 잘못했습니다! 한 번만, 한 번만 더 자비를 베풀어 주십시오!"

아도는 몸을 돌리기가 무섭게 납죽 엎드렸다. 흙바닥에서는닭똥 냄새가 코를 찔렀지만 지금 그런 것을 상관할 때가 아니었다.

한데 머리 위에서 울린 목소리는 뜻밖의 것이었다.

"허허, 대체 무슨 잘못을 저질렀기에 일돈을 그리 무서워하는 거냐?"

'경박무도한 멍청이 놈'을 외치던 신경질적인 카랑카랑한 목소리는 어느새 가마솥 밑바닥에 눌어붙은 누룽지처럼 구수한목소리로 변해 있었다. 아도는 깜짝 놀라 고개를 쳐들었다. 그의 앞에는 살집이 푸짐하고 얼굴이 둥글둥글한 초로의 승려가

서 있었다.

"네 모습을 보니 내가 목소리 흉내는 제대로 낸 모양이구나. 안심해라, 일돈은 장경각에 번을 서러 갔으니 오늘 저녁에는 오지 않을 게다."

이렇게 말하며 싱글거리는 초로의 승려는 차기 재무원주財務院主로 내정된 해 자 항렬의 고참승, 해덕海德이었다. 소탈한 언행과 비단결 같은 심성의 소유자인 해덕은 소림사에 몸을 의탁하고 있는 뭇 행자들에게는 활불과 다름없는 고마운 어른. 염라대왕 같은 일돈도 이 활불 앞에서는 새까만 사질에 불과했다.

"해덕 스님!"

아도는 눈물을 글썽거릴 만큼 반가워하며 몸을 일으켰다. 해덕은 다시 한 번 사람 좋은 웃음을 터뜨렸다.

"허허, 이놈, 잘하면 울겠구나?"

아닌 게 아니라 눈물이 주르륵 흘렀다. 옷소매를 더럽힌 닭똥처럼 굵직한 눈물이다. 그 모습을 본 해덕은 심상치 않다 여겼던지 안색을 고쳐 물었다.

"무슨 곡절이 있기에 그리 슬퍼하는 게냐? 어디 한번 말해 보려무나. 혹시 아느냐, 내가 도움이 될 수 있을지."

"해덕 스님, 이 불쌍한 중생을 굽어살펴 주십시오!"

아도는 목구멍에 걸린 눈물 콧물을 후르륽 삼키더니 사연을 털어놓기 시작했다.

"이틀 전에도 제자가 키우던 암탉 한 마리가 감쪽같이 없어졌습지요. 이 제자는 그 일로 일돈 스님께 회초리로 맞으며 엄한 꾸중을 들었습니다. 그런데 오늘…… 오늘 또…….."

"저런! 닭이 또 한 마리 없어진 모양이구나."

아도는 울음을 터뜨리며 외쳤다.

"한 마리도 아니고 세 마리나 없어졌어요!"

이 말에는 진중한 해덕도 조금 놀라고 말았다.

"세 마리씩이나?"

"어쩌면 좋아요? 이 일을 일돈 스님이 아시면 제자는 절에서 쫓겨날지도 모릅니다!"

해덕은 얼굴을 찌푸렸다. 속세에서나 있을 법한 닭 도둑질이 불가의 청정 도량인 소림사에서 빈번히 발생한다는 것은 계율원 사람들이 알면 펄쩍 뛸 일이요, 사내 재무를 관장하는 해덕에게도 결코 가볍게 여길 일이 아니었다. 하물며 닭을 직접 키우는 동자승의 입장에선 하늘이 무너진 것처럼 엄청난 사건이었을 것임에 분명했다.

"닭이 없어진 것을 언제 알았느냐?"

해덕이 심각하게 묻자, 아도는 소매로 얼굴을 쓱 훔친 뒤 대답했다.

"제자가 점심 공양을 올릴 때에만 해도 분명히 서른한 마리였지요. 한데 귀신이 곡할 노릇인 것이, 점심 공양 후에도 제자는 닭장 부근을 떠나지 않았습니다. 이틀 전 일도 있고 해서 혹시 울타리가 훼손되지나 않았는지 살피고 있었거든요. 그런데 시간이 되어 저녁 공양을 올리려 하니……."

"서른한 마리가 스물여덟 마리로 줄었다 이거냐?"

아도는 또다시 눈물을 줄줄 흘리며, "그렇습니다."라고 대답했다.

"그래, 울타리는 훼손되었더냐?"

"제자 눈에는 멀쩡해 보였습니다."

"자물쇠도 멀쩡하고?"

"자물쇠도요."

해덕은 곰곰이 생각했다.

닭이란 놈은 비록 날지 못하는 짐승이나, 그래도 한번 날개를 치면 두어 길은 가볍게 뛰어오른다. 그래서 소림사 내에 있는 다섯 군데 닭장 울타리는 하나같이 스물대여섯 자 높이의 기다란 대나무로 만들어 놓았다. 게다가 닭장 문에 걸려 있는 자물쇠는 해덕이 이태 전 등봉현 대장간까지 내려가 직접 주문해 맞춘 튼튼한 물건이었고, 그 열쇠는 관리를 맡은 일돈과 모이를 주는 아도만이 가질 수 있었다.

'설마 이 아이들이……? 아니지, 아니야.'

해덕은 내심 고개를 저었다. 그가 아는 한, 일돈과 아도는 언감생심 사찰 재산에 함부로 손을 댈 만큼 간덩이가 부은 위인이 못 되었다. 그리고 요즘처럼 계율원의 서슬이 시퍼런 시기에 망령된 짓을 저질러 사문의 미움을 살 만큼 어리석은 제자도 있을 것 같지 않았다. 그렇다면 내부인이 아닌 외부인일 공산이 크다는 얘기인데…….

'스물대여섯 자 높이를 가볍게 뛰어넘는 경공술을 가진 사 외부의 닭 도둑이라…….'

그런 놀라운 재주를 가진 자가 할 짓이 없어 닭 도둑질을 하겠으며, 설령 피치 못할 이유로 닭 도둑질을 한다고 해도 하고많은 닭장을 놔두고 왜 하필 소림사 닭장을 넘보겠는가.

그런데 그럴 만한 인간이 딱 하나 있었다!

생각해 보니 모든 정황이 그를 범인으로 지목하고 있었다. 해덕은 저도 모르게 소리 내어 중얼거렸다.

"그래, 바로 네놈 짓이었군."

아도가 깜짝 놀라 해덕을 바라보더니 그 자리에 납작 오체투지 했다.

"아, 아닙니다! 제자가 어찌 감히 그런 천벌 받을 짓을 저지르겠습니까? 제자는 억울합니다! 정말 믿어 주십시오!"

믿어 주지 않으면 배라도 째서 심장을 꺼내 보여 줄 태세였다. 해덕은 아차 싶은 마음에 얼른 아도를 일으켜 주었다.

"아니, 네가 했다는 얘기가 아니다!"

"그, 그러면 누가……?"

"짐작 가는 사람이 하나 있긴 하다. 우리 사의 사람이 아니지. 하지만 네게 그 사람의 이름을 얘기해 줘 봤자 소용없을 것 같구나."

"우리 사 사람이 아니라고요?"

아도의 어린 얼굴 가득 비장한 기운이 감돌았다.

"제자가 비록 어리고 무능하나 우리 사의 명예가 얼마나 소중한가는 잘 알고 있습니다. 만일 그것을 넘보려는 자가 있다면 제자는 목숨을 걸고 싸우겠습니다."

소림사의 찬란한 명예를 닭 몇 마리 값으로 전락시킨 것은 조금 심한 면이 있지만, 마음만큼은 눈물겹도록 가상했다. 어쨌거나 해덕은 그자의 이름을 입에 담을 수 없었다. 그자와 그자의 일행이 소림에 머물고 있음을 발설하지 말라는 엄명이 있었기 때문이다.

"네가 해결할 수 있는 일이 아니라도 그러는구나. 만일 일돈이 오늘 일을 추궁하면, 내가 사사로이 쓸데가 있어 닭을 가져갔다고 말해 두어라."

아도가 어리둥절한 표정으로 물었다.

"하지만 닭을 가져간 사람은 해덕 스님이 아니시잖아요?"

"왜, 내가 일돈에게 혼날까 봐 걱정돼 그러느냐?"

"아닙니다! 제자가 어찌 감히 그런 생각을……."

"그럼 됐다. 이번 일은 내가 알아서 처리할 테니 너는 염려 말고 돌아가 저녁이나 먹도록 해라."

말을 마친 해덕은 도저히 이해하지 못하겠다는 표정으로 서 있는 아도의 머리를 한 번 쓰다듬어 준 뒤, 닭장을 나왔다.

"허, 허허……."

걸음을 옮기는 동안 헛웃음이 절로 나왔다. 제 버릇 개 주지 못한다는 말이 있긴 하지만, 아무리 닭 도둑질이 몸에 배었기로서니 감히 소림사에서 판을 벌이다니…….

"그나저나 어쩐다?"

천불전千佛殿 쪽으로 발길을 돌린 해덕은 이 간덩이 큰 닭 도둑의 처리를 놓고 고심해야 했다.

<hr />

선종 불교의 본산이자 강호 무림의 태두로 추앙받는 소림사에는 숲 아닌 숲이 두 개나 있었다. 그 하나가 비림碑林이요, 다른 하나는 탑림塔林이었다.

비림은 산문 뒤쪽으로 난 길에 서 있는 수백 좌의 석각石刻을 지칭하는 말로, 이 중에는 지난 왕조의 여러 황제들이 하사한 어비御碑를 포함해 소식蘇軾의 화매비畫梅碑, 미불米芾의 제일산비第一山碑, 채경蔡京의 면벽지탑面壁之塔, 조맹부趙孟夫의 복유비福裕碑 등, 그 가치를 돈으로 환산할 수 없는 서가書家의 지보至寶들이 다수 포함되어 있었다.

그에 비해 탑림은 소림에서 가장 웅장한 건물인 천불전 뒤편, 소실봉 북쪽 능선 중턱에 자리 잡은 헤아릴 수 없이 많은 수의 탑군塔群을 지칭하는 말이었다.

대저, 불가에서 말하는 탑은 세간에서 통용되는 '건축물의 한 양식으로서의 탑'과는 그 의미가 조금 다르다. 불가에서 말하는 탑이란 탑파塔婆의 준말로, 유골을 봉안하여 흙이나 돌로 높이 쌓아올린 무덤을 가리킨다. 소림이 천 년의 세월에 걸쳐 배출한 고승 명사의 수는 실로 바닷가 모래알처럼 많았으니, 그들이 입멸하며 남긴 유골과 사리는 모두 크고 작은 탑이 되어 이 탑림에 모셔진 것이다.

그래서 탑림은 청정한 사찰 안에서도 더욱 청정할 수밖에 없었다.

움직이는 것이라고는 그윽한 자태로 하늘로 올라가는 향연뿐이요, 들리는 것이라고는 인근 자죽림의 댓잎 올리는 바람 소리뿐이었다.

그런데 오늘, 이 청정한 분위기를 망치는 무도한 사제가 있었다.

연꽃이 떨어지네, 연꽃이 떨어지네.
한 잎 두 잎 연꽃이 떨어지네.
어화이야! 좋을시고 우리 재신財神.
가난한 거지들을 구하실 양 동전 비를 뿌려 주시네.
연꽃이 떨어지네, 연꽃이 떨어지네.
한 잎 두 잎 연꽃이 떨어지네.

자죽림 안쪽 어디에선가 울리기 시작한 노래는 한 소절이 끝날 때마다 조금씩 흥겨워지고 있었다. 마디마디마다 울려 나오는 따닥거리는 타음打音이 그 흥겨움을 북돋아 주고 있었다.

일 전을 적선하시면 팽조彭祖 같은 수명을 누리시네.

어화이야! 좋을시고 우리 재신, 거지들의 관음보살이시네.

'적선하시면'과 '팽조 같은'의 사이에는 "아이고, 감사합니다!"라는 걸쭉한 목소리가 끼어들었다. 그러더니 다시 앞에 나온 연꽃 타령이 이어지는데……

이 전을 적선하시면 도주공陶朱公 같은 부귀를 누리시네.

어화이야! 좋을시고 우리 재신, 거지들의 관음보살이시네.

역시 "아이고, 감사합니다!"가 감초처럼 끼어들고, 연꽃 타령이 반복되었다.

구성지게 이어지는 노랫말인즉슨 돈을 적선하면 그에 해당하는 복이 돌아간다는 것인데, 그럴 때마다 뚱뚱 땅땅 타음이 홍을 돋우고, 연꽃은 한 잎 두 잎 줄기차게 떨어지고 있었다.

이 노래가 바로 개방 거지들이 전가의 보도처럼 사용하는 수백 년 전통이 담긴 구걸가, 연화락蓮花落이었다.

지역마다 조금씩 다른 곡조로 불리는 연화락은 대략 세 가지 종류가 있는데, 지금 나오는 연화락은 거지들이 아주 기분이 좋을 때, 즉 마음씨가 고와 보이는 재신을 만났을 때 부르는 것이었다. 만일 이 곡이 끝날 때까지 재신이 주머니를 열지 않으면 곡조가 험악하게 바뀌고, 그래도 끝끝내 적선을 외면하면 마지막 단계로 욕설에 가까운 노래가 나가게 된다.

이렇듯 알랑거리고, 협박하고, 욕하는 세 단계의 연화락은 개방 거지들의 목구멍에 오랫동안 풀칠을 해 준 고전적인 구걸 수단이라고 할 수 있었다.

그런데 흥겹게 이어지던 연화락이 어느 순간 칼로 자른 것처럼 뚝 그쳤다. 그와 함께 따닥거리던 타성도 멈췄다. 이어…….

"다 익지 않았을까?"

걸걸한 목소리가 울렸다. 연화락의 주창主唱을 맡던 목소리였다.

"송인발치末人拔稚의 우를 범하지 않으려거든 조금 더 기다리셔야 하네요. 배 속까지 골고루 익으려면 생각보다 시간이 많이 걸리네요."

옛날 송나라 사람 하나가 있어, 벼가 더디 자라는 것을 안타깝게 여긴 나머지 벼의 어린 싹들을 조금씩 뽑아 놓았는데, 그다음 날 벼들이 모두 말라죽었다고 한다.

'조장助長'이란 단어의 유래이기도 한 이 이야기는 조급한 마음이 화를 초래할 수도 있음을 경계하는 고사인데, 이처럼 문자를 섞어 가며 대답한 목소리는 노래 간간이, "아이고, 감사합니다!"를 외치던 종창從唱이었다. 행색을 보아하니 빌어먹는 것을 업으로 삼는 거지임이 분명한데, 얼굴 생김새를 보면 영락없이 소였다. 관자놀이 부근에 달라붙은 축 처진 두 눈이 그러하고, 편편 넓적한 콧마루가 그러하며, 두툼하니 튀어나온 주둥이가 또 그러했다.

이처럼 소 같은 낯짝을 한 주제에 문자 쓰기를 유난히 좋아하는 거지. 개방의 차기 방주로 내정된 우두만박개 황우가 아니면 누구겠는가.

"대충 먹자고. 배 속의 회충들이 발광하기 직전이야."

이렇게 말하는 사람은 부리부리한 두 눈에 네모진 턱 선이 강직한 인상을 풍기는 중년인이었다. 그의 차림새는 황우에 비해 그리 나아 보이지 않았다. 눈에 띄는 것이 있다면 남루한 의복에 어울리지 않게 화려한 느낌을 주는 금빛 허리띠 정도랄까? 두 뺨이 훌쭉하고 안색이 누리끼리한 것이 몹쓸 병이라도 앓고 난 것 같은데, 손가락 끝에서 까딱거리고 있는 짤막한 죽편은 조금 전까지 연화락의 흥겨움을 북돋아 주던 악기인 듯했다.

이 병색의 중년인이 바로 중원 거지들의 우두머리, 개방의 용두방주이자 강호에서 가장 강맹한 장력을 자랑하는 철포결 우근이었다.

황우는 소처럼 미련스러워 보이는 눈으로 우근이 까딱거리는 죽편을 바라보다가, 무슨 생각이라도 떠올랐는지 입가에 음충스러운 미소를 지으며 말을 꺼냈다.

"사부님, 식지대동食指大動이라고 들어 보셨는지 모르겠네요."

"식지대동?"

"배가 고프면 요 식지가 까닥거린다는 말이네요."

황우는 오른손 집게손가락을 까닥거리며 말했다.

"그런 말이 있었던가? 아하! 하기야 그 손가락을 굳이 식지라고 부르는 걸 보면 사연 한둘쯤 있어도 이상할 게 없겠지."

우근이 무슨 대단한 진리라도 발견한 사람처럼 고개를 크게 끄덕였다. 황우는 식지대동에 얽힌 사연을 늘어놓기 시작했다.

"옛날 옛적 초나라 때 방귀깨나 뀌던 공자가 하나 있었는데, 그 사람은 뭔가 잘 먹을 일만 앞에 두면 식지가 저 혼자서 요동을 쳤다고 하네요."

"그것참 신통방통한 손가락이군! 특히 우리 거지들에겐 아주 쓸모 있겠는걸. 내 손가락도 그런 재주를 배웠으면 좋겠어."

황우는 우근을 향해 눈을 흘겼다.

"얘기를 자르지 말아 주셨으면 좋겠네요."

"아, 알았네. 주의하지."

우근은 무안을 느낀 듯 얼굴을 붉혔고, 황우는 다시 느릿한 목소리로 이야기를 이어 갔다.

"어느 날 초나라의 왕이 커다란 자라를 요리할 일이 생겼는데……."

꿀꺽! 우근의 목젖이 초나라 공자의 식지처럼 요동쳤다. 자라 요리라면 그는 자다가도 벌떡 일어날 정도로 좋아했다.

"……그 공자는 자라를 요리하는 자리에서, '이럴 줄 알았소. 들어오는데 식지가 움직였거든.' 하며 한바탕 제 손가락 자랑을 늘어놓았다고 하네요. 그러자 초나라 왕은 장난하고픈 마음이 슬그머니 일어나, '아무리 그래 봤자 내가 요리를 안 주면 자네는 먹지 못할 테니, 결국 자네 식지가 거짓말을 한 셈이 아니겠는가.'라며 유독 그 공자에게만은 자라 요리를 주지 않았다고 하네요."

"원 저런!"

우근은 마치 자신이 자라 요리를 받지 못한 것처럼 안타까워했다.

"하지만 그 공자도 방귀깨나 뀐다는 놈인데 어찌 참아 넘기겠어요? 자라가 끓고 있는 솥으로 달려가 큼직한 고기 한 덩이를 널름 건져 먹고서, '이래도 내 식지가 틀렸단 말이오!'라고 소리치고는 휭하니 떠나 버렸다고 하네요. 그 일로 사이가 틀어진 두 군신은 후일 서로의 생명을 노리는 원수지간이 되어 버리고 말았네요."

여기까지 말한 황우는 우근의 눈치를 살피며 물었다.

"이 고사를 듣고 뭔가 떠오르는 교훈이 없으신지 모르겠네요."

우근은 턱을 괴고 한참을 생각하더니, 이윽고 무거운 목소리로 중얼거렸다.

"음식을 가지고 장난치면 안 된다는 얘기로군."

황우는 고개를 흔들었다.

"그게 아니네요."

"아니야?"

"얻어먹는 사람은 그저 조용히 있어야 된다는 얘기네요."

"음! 그 말도 일리가 있어. 얻어먹는 주제에 이래라저래라 끼어든다면 그것처럼 꼴불견도 찾기 어렵겠……."

우근은 별생각 없이 고개를 주억거리다가 어느 순간 황우의 본심을 알아차렸다. 그는 호목을 치켜뜨며 호통을 쳤다.

"이놈이 먹물 좀 먹었다고 감히 사부를 희롱해?"

그래도 황우는 히죽히죽 태연한 기색이었다.

"헤헤, 사부님께서도 눈치가 아주 없진 않으신가 보네요."

"뭐야?"

우근이 주먹을 번쩍 치켜들자 황우는 짐짓 무서운 척 목을 움츠리며 말했다.

"방금 꼴불견이라고까지 말씀하시고도 그렇게 화를 내시면 사부님만 우스워지실 것 같네요."

"허어!"

우근은 치켜들었던 주먹을 내리고 말았다. 애당초 언변에 관해선 사부가 제자요, 제자가 사부였다. 발칙하고 괘씸한 마음이야 어찌 없겠느냐마는 워낙에 혓바닥 공력에서 상대가 안 되는지라 그저 탄식만 연발할 수밖에 없었다.

황우는 히죽 웃으며 우근을 달랬다.

"너무 기분 상하지 않으셨으면 좋겠네요, 본래 시간 때우는데엔 수다가 최고네요. 장부일언수중여산丈夫一言須重如山이라고, 고추 달린 놈이 말 많아 좋을 게 없겠지만, 그래도 이렇게 얘기하다 보면 부지불식간에 시간이 후딱 지나가는 법이네요."

이 점만큼은 우근도 이견이 없었다. 생긴 것은 꼭 소 같은 놈이 희한하게도 한번 이야기보따리를 풀어 놓으면 사람의 넋을 쏙 빼 가는 재주가 있었다. 덕분에 우근은 시장기를 잠시 잊은 채 황우의 이야기에 몰두할 수 있었던 것이다.

"그 말을 들으니 회충이 다시 발작을 하는군. 이젠 진짜 익었을 테니 어서 맛을 보자고."

"분부 받들겠네요."

황우는 싹싹하게 대답한 뒤, 엉덩이께에 놔둔 대나무 몽둥이를 집어 들었다. 두 사람 앞에는 급조한 것으로 보이는, 마치 무덤 봉분의 축소판처럼 생긴 진흙 화덕이 놓여 있었다. 진흙 화덕에 꽂힌 채 연기를 뭉클뭉클 피워 올리는 굵은 대나무 관은 아마도 굴뚝 대용인 것 같았다.

황우는 손바닥에 침을 한 번 뱉은 뒤, 대나무 몽둥이로 화덕을 헐어 내기 시작했다.

팍! 팍!

불꽃이 사방으로 튀고 재가 하늘로 휘날리는 가운데 진흙 화덕은 간단히 부서져 나갔다. 화덕 안에는 벌겋게 달아오른 숯이 가득 들어 있었다. 황우가 대나무 몽둥이로 숯 더미를 헤치자 크기가 요강만 한 진흙 공 세 개가 모습을 드러냈다.

그 광경을 본 우근의 두 눈이 번쩍 빛났다. 누리끼리한 얼굴에 불그레한 화색이 감돌고, 콧노래가 절로 흘러나왔다.

"연꽃이 떨어지네, 연꽃이 떨어지네, 자알도 떨어지시네."

황우는 우근을 한번 돌아본 뒤 싱글거렸다.

"헤헤! 이 맛에 거지 노릇 하는 게 아닌가 싶네요."

"어서 껍데기나 벗기라고! 난 지금 환장하기 직전이야!"

"이번에는 세 마리를 잡았으니 저도 한 마리 주셔야 하네요."

"어허! 자네는 다 좋은데 말이 너무 많아! 자네 몫이야 이 사부가 어련히 챙겨 주지 않을까? 잔말 말고 벗겨! 빨리 벗기라고!"

"그럼…….."

황우는 발로 툭툭 차서 진흙 공을 숯 더미에서 끌어내더니, 편편한 돌에 올려놓고 대나무 몽둥이로 냅다 후려쳤다.

"크으아! 냄새 한번 죽여주는구먼!"

우근은 눈을 감고 숨을 크게 들이마셨다. 진흙 공의 껍데기가 떨어져 나가며 이루 말할 수 없이 구수한 향기가 피어올랐기 때문이다.

요리 도구가 부실한 거지가 훔쳐 온 닭을 먹을 때 사용하는 가장 보편적인 요리 방법이 바로 이 걸인계乞人鷄였다. 요리 방법도 간단했다. 닭의 내장을 발라내고 깨끗한 자갈을 채운 뒤, 그 겉을 진흙으로 감싸 반 시진 정도 숯불에 묻어 두면 된다. 이렇게 구우면 노린내도 나지 않고 불기운 또한 골고루 배어드니, 거지들이 칭송해 마지않는 '흙의 덕[土德]'이란 바로 이런 것을 두고 나온 말이리라.

특별한 양념도 필요 없어서 오직 소금 약간에 탁주 한 병만 있으면 더 바랄 것이 없다는 거지들의 극품 요리 걸인계.

그 걸인계가 지금 우근의 눈앞에서 맛깔스러운 자태를 뽐내고 있었다.

"나는, 나는…… 으흐흐!"

행복하다고 말할 생각이었을 것이다. 하지만 우근은 말을 끝마치지도 못한 채 김이 모락모락 피어나는 닭을 향해 두 손을 맹렬히 뻗었다.

그런데 그때, 뜻밖의 불청객이 나타났다.

"갈! 고얀 놈이로다!"

천둥 같은 대갈일성에 자죽림 댓잎들이 우수수 몸을 떨었다. 그와 함께 우근의 눈앞으로 뭔가 희끗한 게 획 지나갔다. 우근은 두 손을 엉거주춤 앞으로 내민 채, 이게 꿈인가 생시인가 싶어 눈을 끔뻑거렸다. 잘 익은 닭이, 그것도 머리 자르고 발도 떼어 낸 닭 세 마리가 눈앞에서 획 날아간 것이다.

우근의 눈동자가 닭들이 날아간 방향으로 천천히 돌아갔다.

"이 버르장머리 없는 축생아! 금정화안신개가 그따위로 가르치더냐? 천생이 아무리 천한 거지이기로서니 네놈은 장유유서의 넉 자도 못 들어 보았느냐? 먹을 것이 생겼으면 마땅히 어른 봉양할 궁리부터 해야 하거늘, 어떻게 생겨 먹은 놈이 그저 제 주둥이 귀한 줄만 아는구나!"

우근의 입이 헤벌어졌다.

천하에 무서울 것 없는 개방의 용두방주를 고양이 쥐 잡듯 윽박지르고 있는 사람은 나이를 짐작하기 힘들 정도로 피부가 쭈글쭈글한 한 사람의 괴승이었다.

괴승은 실로 '괴怪' 자에 부끄럽지 않은 외모를 지니고 있었다. 우선 체구는 난쟁이 소리나 겨우 면할 법한 단구였고, 두어 자가 넘을 듯한 백발은 미친년의 그것처럼 풀어 헤쳐져 있는데, 두 눈은 개구리와 가자미의 짝짝이요, 코는 돼지인 데다 입은 메기였다. 장삼 가사에 염주 목탁까지 갖추고 있으니 그 신분이 승려인 것만은 분명했지만, 뼈만 남은 팔다리에 줄줄 흐르는 궁기는 거지들의 조사야祖師爺요, 살아 있는 아귀를 보는 듯했다.

문제의 닭 세 마리는 그 괴승의 양손에 들려 있었다.

"저…… 사부님, 장유유서란 오상五常의 하나로서, 뭐든지 좋은 게 있으면 어른부터 챙기라는 말이네요."

우근이 입을 헤벌린 채 아무 말도 못 하고 있자 황우가 옆에서 속살거렸다.

"나도 그쯤은 알아!"

우근이 황우에게 꽥 고함을 질렀다. 그러자 괴승이 가소롭다는 투로 이죽거렸다.

"알아? 아는 놈이 어른을 젖혀 두고 저 먼저 음식에 손을 대? 그것도 이 귀한 육덕공양肉德供養에?"

우근은 한참 만에 괴승에게 한마디를 건넬 수 있었다.

"어, 어떻게 알고…… 오셨습니까?"

"그 잘난 구걸가를 절간이 떠나가라 불러 대는데, 귓구멍이 막히지 않았다면 네놈들이 여기 있다는 사실을 어찌 몰라!"

우근은 한참 만에 또 한마디를 끄집어 낼 수 있었다.

"그렇게…… 컸나요?"

"크다마다! 저 밖에 웅크리고 있는 어린 중놈도 아마 그 소리를 듣고 찾아왔을걸."

"어린…… 중놈요?"

"오다 보니 중대가리 하나가 저 밖에서 들어올까 말까 망설이고 있던데, 낌새를 보아하니 고기 맛 좀 보고 싶은 눈치더라."

괴승의 말이 끝나기가 무섭게 한 사람이, "아미타불!" 불호를 읊조리며 나타났다. 자죽림 밖에서 닭 도둑의 처리를 놓고 고심하다가 더 이상은 귀가 간지러워 견딜 수 없게 된 해덕이었다.

"봐라, 내 말이 맞지."

괴승은 어린아이처럼 으쓱거렸다. 하지만 기실 괴승의 말은 일부만 빼고 모두 틀린 것이나 마찬가지였다.

해덕을 이곳으로 오게끔 만든 것은 개방 거지들의 연화락이 아닌, 그의 순수한 추리력이었다. 비록 소림사 경내가 넓다고는 하지만 훔친 닭을 요리할 만한 적당한 장소는 몇 군데뿐이었다. 연기가 오르는 것을 방비할 수 있는 숲속이어야 하거니와, 중들이 펄쩍 뛸 고기 비린내를 감출 만큼 외져야 하기 때문이다.

그 몇 군데 중에서 개방 거지들이 머무는 선공암과 가장 가까운 장소가 바로 이 자죽림이었다.

해덕은 우선 괴승에게 예를 올렸다.

"소손 해덕이 태사부님을 뵙습니다."

괴승은 콧방귀를 뀌며 해덕의 인사를 외면했다.

"치워라, 내가 왜 네놈의 태사부냐?"

해덕은 온화한 안색으로 대답했다.

"사의 태사조님과 같은 항렬이시니 마땅히 태사부님이라 불러야지요."

"에잉! 어린놈이 벌써부터 고리타분한 짓거리만 배웠구나. 이래서 소림은 글러먹었어. 아니, 절간이란 소굴 자체가 글러먹었지. 애들이 많으면 뭐 하나? 하나같이 속이 곪아 터졌는데."

"심기를 어지럽혔다면 용서해 주십시오."

괴승이 아무리 퉁명스럽게 굴어도 해덕의 입가에 떠오른 공손한 미소는 사라지지 않았다.

"용서고 자시고 간에, 입맛 떨어질라! 밤꽃 냄새 맡은 퇴기년처럼 생글거리지나 마라!"

괴승은 콧물이 튀어나올 정도로 콧방귀를 뀌더니 양손에 들고 있던 닭을 와구와구 뜯어먹기 시작했다. 이죽거릴 적에는 저녁 굶은 시어미 같더니만, 저렇게 먹기 시작하니 숫제 걸신들린 마귀였다.

불심 깊은 해덕은, "아미타불, 성불하시길!"이라고 읊조리며 고개를 돌리는데, 아마도 닭에게 한 말이었을 것이다. 그리고 우근은…….

"으…… 으으……."

우근의 심정은 한마디로 처참했다.

까드득, 쩝쩝 소리가 요란한 가운데 괴승의 발치에는 닭 뼈가 쌓여 가고, 우근의 얼굴은 점점 부모 여읜 효자처럼 변해 갔다. 원래부터 그런 얼굴인 탓에 크게 티가 나지는 않지만, 황우의 심정도 사부의 그것처럼 처참해졌을 것이 분명하리라.

닭 세 마리가 사라지는 데 소요된 시간은 불과 반 식경. 바닥에 쌓인 뼈들은 개도 안 물어 갈 것처럼 말끔했다. 괴승은 기름투성이가 된 열 손가락을 쪽쪽 빨고는, 침처럼 뾰족한 닭 뼈 하나를 주워 이를 쑤시기 시작했다. 그러면서 말하기를…….

"쯥, 입맛만 버렸군."

"끄응!"

우근의 입에서 마침내 커다란 신음이 터져 나왔다. 괴승이 눈을 게슴츠레 뜨고 물었다.

"어디 아프냐? 얼굴이 왜 그 모양이지?"

"아, 아닙니다!"

황급히 손을 내젓긴 했다만, 심사가 결코 고울 리 없었다.

그도 그럴 것이, 우근으로 말하자면 온 천하가 다 아는 식도락가가 아니던가. 그는 소시부터 식탐이 유달리 많았다. 만일 누군가 있어 자신이 먹을 닭을 몽땅 처먹고, "입맛만 버렸군." 따위의 망언을 지껄인다면, 설사 그 작자가 이 나라 황제라 할지라도 추호의 망설임 없이 절세의 무명장법으로 골통을 깨뜨리려 했을 것이다. 그것은 상대가 아무리 배분 높은 전대의 기인이라도 예외가 될 수 없었다.

그러나 유독 저 괴승의 골통만큼은 깨뜨릴 수 없었다. 그것은 우근의 몸 상태가 무명장법을 자유자재로 전개할 만큼 실하지 못한 탓만은 아니었다.

그 진정한 이유는 저 괴승이 우근에게 있어서 생명의 은인이라는 데에 있었다.

지금으로부터 달포 전인 삼월 초.

비각이 무당산에 베풀어 놓은 천, 지, 인 세 관문을 필사적으로 뚫던 우근은, 마지막 관문에서 등장한 철수객 남궁월의 암수에 당해 명재경각命在頃刻의 위기에 처하게 되었다.

다행히 현유진인을 위시한 무당파의 제자들이 적시에 등장한 덕분에 신병이 비각의 수중에 떨어지는 수모만은 면할 수 있었지만, 이때에는 이미 우근의 체내에 독중선 군조가 자랑하는 청갑귀산이 가득 퍼진 뒤였다. 현유진인이 복용시킨 무당파 비전 영단의 약력이 사라질 때까지 적절한 치료를 받지 못한다면 개방의 용두방주 우근은 꼼짝없이 염라전 문턱을 넘어가야 할 운명이었던 것이다.

그런 우근을 살린 것이 바로 저 괴승이었다.

당시 괴승은, 무당산이 멀리 바라보이는 호북의 노상에 서서 어쩔 줄 몰라 하던 황우와 상위무, 두 거지 앞에 낮도깨비처럼 홀연히 나타났다. 혹시 비각의 하수인이 아닐까 싶어 경계하는 두 거지를 간단한 손짓 몇 번으로 치워 버린 괴승은 거무죽죽하게 죽어 있는 우근의 얼굴을 보더니 이렇게 말했다.

─우라질, 재수 한번 더럽게 꼬였군. 서북방으로 가면 선업善業을 쌓을 일이 생긴다는 점괘가 나오더니만, 그 잘난 선업이란 게 겨우 거지새끼 하나 구하는 일일 줄이야!

나이에 어울리지 않거니와 승려 신분에는 더더욱 어울리지 않는 상스러운 입담이었다. 그러나 괴승의 앙상한 손가락을 통해 베풀어진 침술은 입담과는 딴판으로 고명한 것이었다. 치료를 시작한 지 불과 한나절이 지나기도 전에, 그토록 무섭기만 하던 청갑귀산의 독성은 어느덧 그 기세가 한풀 꺾여 있었다.

　괴승은 고맙다며 절을 올리는 황우와 상위무, 두 거지에게 콧방귀를 뀌었다.

　─치워라, 내가 한 일이라고는 어떤 놈이 먹인 영단의 효력을 조금 연장시킨 것에 불과하다. 군조란 놈의 청갑귀산은 해독이 거의 불가능한 독이지. 이대로 놔두면 너희 거지들은 조만간 우두머리를 다시 뽑아야 될 게다.

　이 말에 잔뜩 겁을 먹은 두 거지는 눈물 콧물을 흘리며 애걸하기 시작했다. '우리 방주님을 살려 주세요.' '우리 사부님을 살려 주세요.' 그러자 괴승은 귀찮아 죽겠다는 투로 씨불였다.

　─이래서 재수가 꼬였다니까! 살려 놓으면 뭐 하나? 빈털터리 거지새끼에게 뭐 나올 게 있다고. 이래서 걸식하는 종자들과는 아예 상종도 하지 말아야 한다니까.

　그러면서 동쪽으로 휘적휘적 걸음을 옮겨 놓으니, 두 거지야 인사불성인 우근을 들쳐 업고 그 뒤를 따를 수밖에. 그래서 도착한 곳이 바로 이 소림사였다.

　'우근아, 목숨값이라고 생각하고 참자!'

　우근은 스스로에게 이렇게 다짐하며 닭 세 마리에서 비롯된 분노를 애써 억눌렀다. 다행히 그의 자제력은 제법 쓸 만한 것이어서, 괴승과 그 사이에 감돌던 미묘한 기류는 곧 사라졌다.

　그런 우근을 향해 해덕이 합장을 올렸다.

"우 방주, 신색이 불그레한 것을 보니 용태가 한결 나아지셨나 봅니다."

예도에 어두운 사람은 아닐 텐데, 괴승의 무서운 식성에 질린 나머지 여태껏 인사할 생각조차 못 하고 있었던 모양이다.

"뭐, 그저 그렇지요."

우근은 쓰게 입맛을 다시며 해덕에게 답례를 보냈다. 인사란 언제 어디서나 듣기 좋은 교분의 시초요, 언어의 보배였다. 하지만 지금 우근의 안색이 불그레한 것은 심중의 억울함이 표출된 까닭이니, 만일 우근이 해덕의 온중한 성정에 대해 충분한 사전 지식이 없었다면 필시 놀리는 소리로 알아듣고 화를 내고 말았을 것이다.

해덕은 잠시 머뭇거리다가 우근과 황우, 두 사람을 향해 조심스럽게 말했다.

"두 분께서 번거로움을 무릅쓰고 손수 닭장까지 납시신 것을 보면 지객당에서 마련한 음식이 입에 맞지 않으셨던 모양입니다. 제가 지객당 제자들에게 몇 마디 일러두겠습니다."

이 온화하고도 공손한 말에 우근과 황우는 그만 꿀 먹은 벙어리가 되어 버렸다. 아무리 빌어먹는 처지기로서니 차마 대꾸할 염치가 없었던 것이다.

사실 소림사의 작금 경제 사정이 얼마나 어려운지는 두 사람 또한 잘 알고 있었다. 그래도 한 달 가까이 풀만 먹다 보니 위장의 공허감을 도저히 참을 길이 없어 염치 불고하고 닭을 서리한 것인데, 막상 칼자루를 쥔 해덕이 저렇듯 저자세로 나오니 천하제일 대방의 방주와 차기 방주 체면이 말이 아닌 게 되고 말았다.

이때, 잇새에서 피가 나지 않을까 염려스러울 정도로 열심히 이를 쑤시던 괴승이 돌연 제 머리를 탁 소리 나게 후려쳤다.

"아차! 내가 닭이나 뺏어 먹으러 여기 온 게 아니지. 애, 우가 거지야! 너 나하고 같이 어디 좀 가야겠다."

만사가 피곤해진 우근은 '가긴 또 어딜 간다고 그러세요?'라는 표정으로 괴승을 바라보았다. 그 즉시 역정이 돌아왔다.

"이 자식이 어른 말씀하시는 데 대꾸 한마디 없이 꼬나보기만 해!"

우근은 힘없는 목소리로 대꾸했다.

"어딜 가는데요?"

"가자면 가는 거지, 어딘지는 알아 뭐하게?"

괴승은 다짜고짜 우근의 손목을 움켜잡더니 걸음을 옮기기 시작했다. 깡마른 늙은이가 힘은 어찌 그리 좋은지, 우근은 반항 한번 못 하고 질질 끌려갈 수밖에 없었다. 황우는 점점 멀어지는 사부와 우두커니 서 있는 해덕을 번갈아 바라보다가, 해덕에게 슬쩍 목례를 올린 뒤 사부를 따라가기 시작했다.

선량하지 못한 것들이 모두 떠난 자죽림. 홀로 남은 해덕은 바닥에 수북이 쌓인 닭 뼈들을 바라보다가 푸욱 한숨을 내쉬었다.

어찌 생각하면 잘된 일이었다. 지은 죄를 추궁하자니 야박스러운 감이 없지 않고, 변상을 요구하자니 거지라는 상대의 신분 때문에 곤란하던 참이었는데, 난데없이 괴승이 나타나 문제의 닭들을 대신 먹어 치운 것이다.

편한 대로 해석하는 감이 없지는 않지만, 개방 닭 도둑들이 소림사 닭장에 지은 죄업은 그것으로써 어느 정도 괴승에게 전가되었다고 볼 수 있었다. 더구나 훔친 닭이 남의 배 속으로 들어가는 꼴을 눈앞에서 지켜볼 수밖에 없었으니, 닭 도둑들로선 톡톡한 죗값을 치른 셈이었다.

"아무리 거지라도 그만하면 알아들었겠지."

해덕은 이렇게 중얼거린 뒤, 황우가 두고 간 대나무 몽둥이를 주워 땅을 파기 시작했다. 비명에 세상을 뜬 닭들을 위해 초라하나마 안식처를 만들어 주기 위함이었다.

잠시 후, 탑림이 굽어보이는 자죽림의 한 귀퉁이엔 조촐한 흙무덤 하나가 생겼다. 그 무덤의 주인들에겐, 소림이 배출한 고승 명사 들의 유골과 함께 모셔졌다는 사실이 작은 위안이 되었을지도 모른다.

(3)

소림사의 웅장한 경내가 한눈에 내려다보이는 소실봉의 능선.

동굴도 아니고 암자도 아닌 기이한 건물 하나가 가파른 능선에 위태롭게 매달려 있었다. 흙으로 벽을 바르고 기와로 지붕을 얹었으니 순수하게 동굴로 볼 수도 없지만, 능선에 맞닿은 두 면은 움푹 파인 천연적인 암벽을 그대로 벽면으로 삼은 것이니 순수하게 암자로 볼 수도 없었다.

이 동굴도 아니요, 암자도 아닌 건물에는 찰각암察覺庵이란 낡은 현액이 걸려 있었다. 찰각암은 소림사에서 가장 높은 배분을 지닌 광비 대사가 지난가을부터 기거하는 처소이기도 했다.

닭 세 마리를 반 식경 만에 먹어 치운 괴승과 그 모습을 지켜보며 절망했던 두 거지가 찰각암에 도착한 것은 저녁놀이 소실봉을 아름답게 물들이던 유시酉時(오후 여섯 시 전후) 무렵이었다.

"그것 봐라! 네놈이 계속 되지도 않는 똥고집을 부렸다면 오밤중에나 도착했을 것이다."

괴승이 업고 있던 우근을 팽개치듯 내려놓으며 말했다. 뒤따라오던 황우가 기겁을 하며 받아 준 덕분에 우근은 제자 앞에서 엉덩방아를 찧는 꼴불견을 겨우 면할 수 있었다.

황우의 부축을 뿌리친 우근이 억울하다는 듯 항변했다.

"소생이 비록 천한 거지이나, 그래도 일파를 이끄는 신분인데 어찌 아녀자처럼 남의 등에 업혀 다니겠습니까?"

"그게 바로 되지도 않는 똥고집이라는 거다. 몸이 아프면 아이에게 의지할 수도 있는 것이 사람이고, 힘이 부치면 여자의 손도 빌릴 수 있는 것이 사람이다. 네놈 하는 짓을 보아하니 그 잘난 자존심 세우다 애꿎은 아랫사람 여럿 잡았겠구나."

"하지만……."

우근이 재차 항변하려 들자 괴승은 딱하다는 표정으로 혀를 찼다.

"끌끌, 금정화안신개가 제자 자랑은 혀뿌리가 뽑히도록 해 대더니만, 이제 보니 앞뒤가 꽉꽉 틀어 막힌 벽창호 같은 놈이었도다! 그런 놈이 무당파에선 뭐하러 행패를 부렸누? 내 보기엔 제 잘난 줄만 아는 백도 아이들과 그놈이 그놈이건만."

촌철寸鐵로도 사람을 죽일 수 있다고, 괴승의 말에는 뼈가 있었다. 이에 우근은 가벼이 대꾸하지 못하고 입을 다물고 말았다.

남을 이기는 자는 단지 힘이 셀 뿐이지만, 자신을 이기는 자는 진정 강하다고 했다.

그렇다면 자신을 이기기 위해서는 어떻게 행동해야 하는가?

주변의 압력에 굴하지 않고 뜻을 꿋꿋이 지켜 나가는 것이 바로 그런 행동에 해당될 수 있을 것이다. 무당산에서 우근이 보여 준 행동은 바로 그런 것이었다.

하지만 지금은?

이 숭산에서도 우근이 자존심을 고집할 만한 이유가 있을까?

아마도 아닐 것이다. 왜냐하면 여기서도 자존심을 고집한다면, 그것은 이미 겉치레에 불과하기 때문이다.

무당산에서의 우근이 진실한 강함을 드러내기 위해 목숨을 걸고 자존심을 세웠다면, 숭산에서의 우근은 진실한 강함을 드러내기 위해 겉치레를 벗고 자존심을 꺾어야 한다. 이는 처한 상황이 다르기 때문이다. 한 가지 가치에 집착한 나머지 전체를 조망하지 못하는 것은, 현재 용봉단을 비롯한 백도인들이 범하고 있는 가장 큰 허물이었다.

상황에 따라 능소능대하지만, 그 근본만큼은 변하지 않는 유연한 의지. 그것은 실용주의를 덕목으로 삼는 우근이 궁극적으로 추구하는 바이기도 했다. 괴승의 풍자는 바로 그 점을 날카롭게 깨우쳐 주고 있었다.

그때 찰각암의 문이 열렸다. 이어 일신에 깨끗한 황색 가사를 입은 승려 하나가 제미곤齊眉棍을 짚고 걸어 나왔다. 흑백이 분명한 눈동자와 대나무처럼 꼿꼿한 허리 그리고 새카만 윤기가 흐르는 잘 다듬어진 수염을 지닌 그 승려는 기껏해야 사십 대 후반으로밖에 보이지 않았다. 하지만 실제 나이는 환갑을 오래전에 넘긴 예순넷. 소시부터 꾸준히 수련한 소림의 정종 공부가 그 승려로 하여금 나이를 잊고 살아가도록 만든 것이다.

이 승려의 법명은 적심寂心. 소림을 찾는 손님과 신도 들을 맞이하고 보살피는 지객당주가 그의 신분이었다. 직책이 직책이니만큼 좀처럼 절기를 드러내 보이는 일이 없지만, 그가 지팡이처럼 짚고 다니는 저 제미곤은 나한당주 적오의 권각, 계율원주 적인의 무인계도無刀戒刀, 장경각주 적견寂見의 방편산方便鑵과 더불어 소림을 수호하는 사대무보四大武寶로 꼽히고 있었다.

"오셨군요. 사조님께서 기다리고 계십니다."

적심은 찰각암 밖에 서 있는 세 사람에게 소림사 특유의 독장 례를 올렸다. 가벼운 인사 하나에도 경중이 치우치지 않는 자연 스러운 품위가 담겨 나왔다.

하지만 괴승은 적심을 상대로도 여전히 콧방귀였다.

"치워라, 광비 놈이 기다리는 게 뭐 그리 대단한 일이라고."

그러면서 제집 안방 들어가듯 성큼 암자로 올라서니, 적심이 한 걸음 옆으로 비켜 주었다.

곁을 지나갈 때 우근이 조그만 목소리로 적심에게 물었다.

"무슨 일이라도 생겼습니까?"

적심이 빙긋 웃으며 대답했다.

"우 방주께서도 어서 들어가시지요. 아마도 기뻐하실 소식이 기다리고 있을 겁니다."

우근은 '뭐 짐작 가는 거라도 있냐?'라는 표정으로 황우를 돌 아보았다. 하지만 아무리 머리에 든 게 많은 황우라도 모르는 것은 모르는 것이다. 두 거지는 서로의 얼굴을 멀뚱멀뚱 바라 보다가 먼저 들어간 괴승으로부터, "후딱 안 들어와!"라는 꾸지 람을 들은 뒤에야 허둥지둥 암자로 올라섰다.

금방이라도 폭삭 무너질 것 같은 나무 선반, 동록이 잔뜩 슬 어 있는 촛대 그리고 귀퉁이가 떨어져 나간 앉은뱅이책상이 가 구의 전부인 찰각암의 한 선방. 실내를 감도는 분위기는 벽면에 걸린 색 바랜 탱화가 사치스럽게 여겨질 정도로 지극히 검박 했다.

선방 안에는 두 사람이 앉아 있었다. 한 사람은 온유한 기운이 후광처럼 드리운 비쩍 마른 노승이었고, 다른 한 사람은 청흑색 팔괘 도포를 걸친 기품 있는 중년 도사였다.

괴승이 선방에 들자 중년 도사가 의관을 가다듬고 자리에서 일어섰다. 괴승은 그를 보더니 입이 귀밑까지 찢어지도록 크게 웃었다.

"으헤헤! 이제야 왔구나, 소가蘇哥 꼬마야! 네놈 만나기가 황제 만나기보다 어려운 걸 보니 부잣집 자식이 좋긴 좋은 모양이구나!"

중년 도사는 괴승에게 대례를 올렸다.

"그간 무고하셨습니까? 소질 소홍이 사숙을 뵙습니다."

괴승은 웃음을 뚝 그치고 지겹다는 듯 한 손을 내저었다.

"미치겠군. 중놈은 나더러 태사부라지, 도사 놈은 날더러 사숙이라지, 도대체 내가 중이냐, 도사냐?"

중년 도사는 빙그레 미소 지었다. 그는 괴승의 이런 언행에 매우 익숙한 것 같았다.

"여전하시군요. 건강한 모습을 뵈니 얼마나 기쁜지 모르겠습니다."

괴승이 책상 너머 앉은 깡마른 노승을 넘겨다보며 음소를 흘렸다.

"흐흐, 이 몸이야 저기 앉아 골골거리는 늙은 땡추와는 씨알부터가 다른 강골이시지."

그러자 책상 너머에 앉은 깡마른 노승, 광비 대사가 합죽한 입을 오물거리며 웃었다.

"매불 도우께서 또 장난기가 발동하셨나 보구려. 가만히 있는 이 늙은 중을 들먹거려서 뭐 나오는 것이 있다고……."

부처를 팔고 다닌다는 '매불'은 바로 괴승의 자호였다. 매불은 말 한번 잘했다는 듯 곧바로 맞장구를 쳤다.

"그래서 내가 억울하다는 게 아니냐. 주위에 얼쩡거리는 것들이라고는 온통 낙타 대가리들 아니면 거지새끼들밖에 없으니, 백날 혓바닥 품을 팔아 뭐하나? 구리돈 한 닢이라도 들어오는 게 있어야지."

"청빈이 죄로다. 아미타불."

광비 대사가 짤막하게 반성하자 매불은 더 이상 그를 들먹거리지 않았다. 그는 광비 대사의 맞은편에 털썩 주저앉은 뒤, 문가에 우두커니 서 있던 우근과 황우를 돌아보았다.

"천장 안 무너진다. 빨리 들어와라."

실내로 들어온 우근과 황우가 방바닥에 엉거주춤 엉덩이를 붙이려 할 때, 중년 도사가 그들을 향해 웃으며 말을 건넸다.

"개방의 우 방주와 황 소협이시군요. 처음 뵙는 것 같소이다. 빈도는 구양자九陽子라고 하외다."

'구양자? 어디서 듣긴 들었는데?'

도사의 이름이란 게 무슨 자子니 무슨 우사羽士니 무슨 진인眞人 따위가 대부분이어서, 평소 관심이 없는 사람에게는 그 이름이 그 이름처럼 들리기 마련이다. 우근이 순간적으로 구양자란 이름을 기억해 내지 못하고 머뭇거리자, 황우가 그의 귀에 대고 속살거렸다.

"신무전의 약사藥師 어른이시네요."

"아!"

황우의 한마디에 기억이 퍼뜩 떠올랐다. 우근은 방바닥에 막 붙이려던 엉덩이를 급히 떼어 내며 중년 도사를 향해 포권을 올렸다.

"도장의 성함은 익히 들었소. 몰라뵈어 죄송하외다."

"과분한 말씀을."

중년 도사는 일말도 불쾌히 여기지 않고 푸근하게 웃어 주었다.

구양자 소흥.

그를 가리켜 혹자는 권력욕으로부터 자유로워진 진정한 이인이라 했다. 혹자는 세상에서 가장 팔자 좋은 한량이라 했다. 따지고 보면 두 가지 평이 모두 맞았다. 최소한 겉보기에는 그랬다.

본디 소흥은 강호의 양대 패주 중 하나인 신무전주 소철의 외아들이라는 어마어마한 신분을 지니고 태어났다. 하지만 나이 스물여덟에 사랑하는 부인과 사별하면서 자신의 지나온 삶에 회의를 느껴, 급기야 신무전의 후계자 자리를 박차고 황산의 도가 명문인 태백관으로 출가해 버린 파란만장한 경력의 소유자였다.

물론 소철은 이 괘씸한 아들의 마음을 돌리기 위해 백방으로 애를 썼지만 소흥은 고집불통, 늙은 당나귀처럼 완강하기만 했다. 이후 우여곡절 끝에 신무전의 차기 주인은 소철의 대제자인 도정에게로 돌아갔고, 그제야 집으로 돌아온 소흥은 약사라는 유명무실한 자리에 눌러앉게 되었다.

그러고 보면 소흥이 얻은 약사란 자리는 정말로 유명무실한 직함이었다. 실권도 전혀 없거니와, 소흥 본인이 약리에 정통하리라 믿는 사람은 강호에 거의 없기 때문이었다. 물론 우근도 그러리라 믿지 않았다. 그런데…….

"예?"

우근은 깜짝 놀라 매불의 얼굴을 바라보았다. 방금 매불이

한 말이 너무도 이상하게 들렸기 때문이다.

매불은 뭘 그리 놀라느냐는 표정으로 우근을 타박했다.

"어린놈이 가는귀를 먹었나, 왜 말귀를 못 알아듣지? 한 번 더 말해 줄 테니 귓구멍 활짝 열고 똑똑히 들어라! 저 소가 꼬마가 네놈 몸속에 남아 있는 청갑귀산의 독성을 말끔히 제거해 줄 거라고 했다. 그래서 내가 특별히 소림으로 부른 것이고. 이제 알아들었냐?"

귓구멍 활짝 열고 똑똑히 들은 게 아까와 같은 말이었으니, 잘못 듣지는 않은 모양이었다. 우근은 눈을 끔뻑거리다가 옆자리에 있는 소홍의 눈치를 슬며시 살폈다. 소홍은 무슨 생각을 하는지 눈을 지그시 내리깔고 묵묵히 앉아 있기만 했다.

'나보고 저 엉터리 말코가 구워 낸 단약을 먹으라고?'

우근은 겁부터 덜컥 들었다.

일부 좌도방술左道方術에 빠진 도사들은 체내에 내단을 만든답시고 진사나 유황, 수은 따위를 마구 주워 먹는다고 한다. 하지만 그렇게 내단을 만들어 신선이 되었다는 도사 얘기는 아직 들어 본 적이 없었다. 팽조彭祖는 돌비늘을 섭생함으로써 팔백 살까지 장수했고, 십주삼도十洲三島의 동천복지洞天福地에는 영생을 주는 묘약이 넘쳐흐른다지만, 그것들이야 어디까지나 현실과 동떨어진 신화 속 이야기에 불과했다. 오장육부를 지닌 사람이 광물을 먹고 선계에 오른다니, 사이비란 바로 이런 경우를 두고 나온 말이 아니겠는가. 그 모든 것들은 우매한 사람들을 미혹시키기 위한 사기질에 불과하다는 것이 우근의 평소 지론이었다.

'그런데 그걸 내게 먹여?'

"왜? 못 미더워 그러냐?"

매불은 짝짝이 눈을 한껏 일그러뜨리며 우근을 째려보았다. 우근이야 워낙 솔직한 사람이니 심중의 감정이 얼굴 거죽에 그대로 떠올랐던 모양이다.

"그런 것은 아니지만……"

"아니지만?"

"제가 워낙 약이란 것을 싫어해서……."

"에라, 이 축생아! 속 보인다, 속 보여!"

눈앞에서 불똥이 번쩍 튀어 올랐다. 매불이 앙상한 주먹으로 우근의 머리통을 후려갈긴 것이다. 자그마치 개방 방주의 머리통을!

이 충격적인 광경에 황우는 눈이 휘둥그레지고 수양 깊은 적심조차도 조그만 목소리로 불호를 뇌까렸지만, 달리 생각하면 그리 충격적이랄 것도 없는 일이었다. 소림사 방장의 사조가 되는 어른을 낙타 대가리로 여기는 인간이 바로 매불인데, 개방 방주를 동네북쯤으로 여긴다 한들 뭐 그리 대수겠는가.

'참아라. 목숨 값이 조금 과하다고 생각하자.'

우근은 이를 악물고 정수리로부터 퍼져 내려오는 고통과 중인 앞에서 구겨진 체면과 그 모든 것들의 반동으로 거세게 치밀어 오르는 분노를 한꺼번에 참아 냈다. 처음부터 강하게 나갔다면 모를까, 일단 추락된 위신을 갑자기 고양시키기란 맞고 살던 여편네가 남편에게 반항하는 것만큼 힘든 법이었다.

"어른이 먹으라면 애새끼는 그냥 먹는 거야. 게다가 공짜라는데 뭘 망설여? 어차피 빌어먹고 사는 자식이."

매불은 우근의 인내에 조금도 감동해 주지 않았다. 아니, 감동해 주기는커녕 삿대질까지 섞어 가며 윽박지르는데, 어쩌면 소홍에 대한 불신이 곧 자신에 대한 불신이라고 여겼는지도 모른다.

　광비 대사가 지켜보기 무안했는지 우근을 향해 말을 건넸다.

　"구양자의 단약이 못 미더우시다면, 그 점은 빈승이 감히 보장하겠소이다. 구양자는 태백관의 전대 관주인 한운자閑雲子 도우로부터 옥허비전玉虛秘傳을 전수받은 유일한 인물이지요. 세간에 알려지지 않았을 뿐, 그의 연단술은 아마 당대 제일이라고 봐도 무방할 것이외다."

　"옥허비전?"

　"옥허비전!"

　무식한 우근은 눈을 끔뻑였지만 유식한 황우는 깜짝 놀랐다.

　"옥허비전이 뭔데?"

　우근이 조그맣게 자문을 구하자 황우가 상기된 얼굴로 설명했다.

　"옥허비전은 상고의 연단 비결이 적힌 책으로써, 의가醫家에서는 화타비전華陀秘傳과 함께 양대 보전으로 알려져 있네요. 본디 동주東周 시대 이후 실전되었던 것을 저 유명한 여중양呂重陽께서 다시 편수하셨다고 하던데, 그것이 의가도 아닌 태백관에 있을 줄은 꿈에도 몰랐네요."

　"그래?"

　황우가 힘주어 말했다.

　"옥허비전의 전승자께서 연단하신 약이라면 믿어도 좋을 것 같네요."

　여중양은 도가팔선道家八仙의 하나인 여동빈을 가리키는 말이었다. 옥허비전이 얼마나 영험한지는 알지 못하는 우근이지만 여동빈이 민간에서 도력 높은 신선으로 얼마나 추앙받는지는 잘 알고 있었다. 설명을 듣고 나니 아까 일어난 두려움은 수그러들고 오히려 욕심이 생겨났다.

"그렇다면 먹어야지."

우근이 퉁방울 같은 눈을 뒤룩거리며 입맛을 다시자, 매불이 코웃음을 치며 이죽거렸다.

"흥! 잘들 논다. 내 말은 믿을 수 없고 저 소처럼 생겨 먹은 어린놈 말은 믿을 수 있다 이거냐?"

"그런 게 아니고……."

"치워라, 너같이 은혜도 모르는 놈 살려 보겠다고 백방으로 뛰어다닌 내 다리가 불쌍하다."

토라진 매불을 보며 쩔쩔매던 우근은 도움을 구하는 눈초리로 광비 대사를 돌아보았다. 광비 대사가 빙그레 웃으며 몇 마디 거들었다.

"사실 매불 도우의 언행에 괴팍한 면이 있다는 것은 도우를 아는 모든 이들의 공통된 생각일 터, 그러니 우 방주를 너무 핍박하지는 마시구려."

"쳇! 가재는 게 편이라더니, 꼴에 사해는 동도라 이건가?"

못마땅한 기색이 역력했지만 매불은 이 정도 선에서 입을 다무는 것으로 광비 대사의 체면을 세워 주었다.

사실 광비 대사가 존대를 쓰고 매불이 하대를 한다 하여 광비 대사가 매불의 아랫사람이라는 뜻은 절대 아니었다. 나이로 보나 불문의 경력으로 보나 위면 위지 아래는 아닌 것이다. 천방지축으로 날뛰는 매불이 유독 광비 대사에게만은 비교적 온순하게 대하는 데에는 그런 내막이 숨어 있었다.

이때 묵묵히 듣기만 하던 소홍이 비로소 입을 열었다.

"빈도가 비록 사부님께 비전을 전수받은 것은 사실이나, 그 오묘함의 절반도 채 깨우치지 못한 실정입니다. 자칫 어르신들의 체면에 누가 되는 일이 생기지 않을까 두렵군요.”

이 말을 듣자 불같이 솟구치던 단약에 대한 욕심이 한풀 꺾였다. 우근의 입장에선 단지 ‘어르신들의 체면에 누가 되는 일’ 정도로 끝나지 않을 것이기 때문이다. 우근은 미심쩍은 기색으로 소흥에게 물었다.

“청갑귀산은 독중선의 삼대 절독 중 하나인데, 완치가 가능하겠소이까?”

소흥은 겸손히 웃으며 대답했다.

“사숙의 부르심을 받고 단약을 가져오기는 했지만 솔직히 자신할 수는 없소이다. 하지만 약왕당 당주이신 적통 대사께서 처방을 도와주시고, 또 여기 계시는 사숙께서 침술을 베풀어 주신다면 불가능한 일은 아닐 거라 생각되는군요.”

“난 침놓을 줄 몰라! 그리고 이제 손해 보는 짓 따위는 두 번 다시 안 할 거야!”

매불이 뾰로통한 얼굴로 돌아앉았다.

“왜 그러십니까? 소질은 사숙의 침술이 구양신의에 버금간다는 사실을 잘 알고 있습니다.”

소흥이 웃으며 비위를 맞춰 주자 매불이 투덜거렸다.

“야박한 자식 같으니라고, 기왕 아부할 거 더 낫다고 말해 주면 어디가 덧나나?”

그러면서도 한편으로는 기꺼워하는 기색이 역력했으니, 잘난 체하기 어지간히 좋아하는 매불이지만 활인장주 구양정인의 침술이 천하제일이란 데엔 이견이 없는 모양이었다.

소흥은 그런 매불을 보며 빙그레 미소 짓더니, 지객당주인 적심에게 말했다.

“대사께서는 큰 통으로 아홉 개 가득 물을 끓여 주시길 바랍니다. 그리고 식초와 십 년 이상 묵은 술을 각각 아홉 말씩 준비해 주십시오."

"사찰이라서 술을 마련하는 데에는 조금 시간이 걸리겠지만 최대한 빨리 구해 보겠소이다."

소흥은 이번에는 우근의 뒷전에 무릎 꿇고 앉아 있는 황우에게 한 장의 종이를 건넸다.

"황 소협께서는 이 처방을 약왕당의 적통 대사께 전해 주시오. 그러면 해독이 끝난 뒤 허해진 장기를 보할 수 있는 약을 지어 주실 것이오."

"하다마요! 당장 가겠네요!"

황우는 소흥을 향해 수없이 머리를 조아렸다.

적심과 황우, 두 사람이 각자 소임을 완수하기 위해 선방을 나가자 소흥은 마지막으로 시술 대상자인 우근을 바라보았다.

"옥허비전의 단약은 모두 여든한 종류가 있는데, 그 각각에는 단약의 영묘함을 인도하는 구결이 따로 마련되어 있지요. 우 방주께서 복용하실 것은 삼청정근단三清淨根丹으로, 삼청의 현묘함으로써 더러워진 육근을 정하게 만드는 효용이 있소이다. 우 방주께서는 이제부터 빈도가 일러 드리는 삼청연진수복영사묘결三清煉眞修伏靈砂妙訣의 육백 자 비결을 처음부터 끝까지 한 자도 빼놓지 말고 암송하셔야 하오."

"사, 삼청연진…… 무슨 묘결?"

우근이 당황한 얼굴로 더듬거리자, 매불은 장난감을 발견한 아이처럼 눈을 빛냈다.

"크크, 그거 재밌게 됐군. 거지들 두목이 얼마나 머리가 좋나 한번 보자꾸나."

우근은 발군을 자랑하는 무재에 비해 암기력이 그다지 좋지

못한 위인이었고, 삼청연진수복영사묘결은 단지 보고 읽는 것
만으로도 혓바닥에 경련이 오르는 난해한 도인비결導引秘訣이
었다. 그러니 우근의 얼굴이 울상으로 변한 것도 당연한 일이
었다.

밤이 이슥할 무렵.

"금반옥장金盤玉醬에 향구개지向求皆至이니, 허범虛梵…… 허
범……."

"허범일월虛梵日月! 똑바로 못 외워!"

딱!

호통과 함께 울린 격타음은 선방 밖 찰각암 주춧돌 위에 쭈그
려 앉아 있던 황우의 귀까지 들려왔다. 황우는 제가 맞기라도
한 것처럼 어깨를 움츠렸다. 열을 넘기며 세기를 포기했으니,
저게 몇 번째 격타음인지 알 수 없었다.

"어? 이게 어디다가 눈을 부라려. 눈깔을 확 뽑아 버릴까
보다!"

재차 들려온 호통 소리에 황우는 한숨을 푹 내쉬었다.

"복도 지지리 없는 우리 사부님, 하필이면 잠도 없는 늙은이
에게 걸려 가지고……."

황우는 구슬픈 눈으로 선방 쪽을 돌아보았다. 돕고 싶어도
도울 방법이 없다는 현실이 충직한 제자의 마음을 더욱 안타깝
게 만들고 있었다.

그렇게 밤이 지나고 동쪽 하늘에 계명성이 떠오를 무렵에 이
르러서야, 우근은 마침내 소흥이 전해 준 육백 자 구결을 처음
부터 끝까지 암송할 수 있게 되었다. 이때 그의 머리에는 매불
의 주먹이 만들어 낸 무수한 혹이 돋아 있었다.

우근이 삼청정근단을 복용하고 본격적인 해독에 들어간 묘시
卯時(오전 여섯 시 전후) 초.

사찰의 하루는 일출과 함께 시작되고 일몰과 함께 끝난다.
때문에 소홍은 신무전에 있을 때보다 한 시진이나 빠른 아침상
을 받게 되었다. 이치대로라면 입맛이 없어야 마땅하겠지만, 거
지 왕초를 교육시키느라 밤을 꼬박 새운 탓에 제법 시장기를 느
끼고 있었다.

아침상을 받은 장소는 지객당 내의 정갈한 빈실. 마주앉은
사람은 식욕을 돋우는 데에는 그다지 도움이 되지 않는 추한 용
모의 괴승, 매불이었다.

식사를 가져온 지객당의 젊은 승인이 합장을 올리고 나가자,
매불은 젓가락 한 벌을 들어 소홍에게 내밀었다.

"절간이라 음식이 변변치 못하지만 성의를 봐서라도 맛있게
먹어라."

생색내는 품이 마치 자기가 이 절의 주지승이라도 되는 것 같
았다.

"소손이 어찌 감히…… 사숙께서 먼저 드셔야지요."

소홍이 겸손하게 사양하자 매불은 히죽거렸다.

"과연 있는 집 자식답다. 거지새끼들과는 달리 예의가 제대
로 박혔단 말이야."

그리고는 밥상을 제 앞으로 드르륵 당겨 놓더니, 장유醬油로
간을 낸 삶은 두부에 젓가락을 사정없이 쑤셔 박았다. 소홍도
그제야 젓가락을 집어 드니, 두 사람의 아침 식사는 이렇게 시
작되었다.

무릎이 닿을 듯 마주 앉아 젓가락을 놀리는 두 사람의 모습은 자못 이질적이었다. 만일 귀공자와 개백정이 마주 앉아 밥을 먹는다면 이런 광경이지 않을까? 소식素食의 정갈함을 찬찬히 음미해 가며 젓가락을 우아하게 왕복하는 소홍이 예의 바른 귀공자라면, 문밖에 삶다 만 개고기라도 기다리고 있는 양 젓가락을 허겁지겁 휘두르는 매불은 영락없는 개백정이었다.

　그러나 이런 이질감에도 불구하고 실제 두 사람의 친분은 매우 두터웠다. 얼마나 두터운가 하면, 신무전 한구석에 틀어박혀 좀처럼 바깥출입을 하지 않던 소홍이 매불의 서찰 한 통에 두말 없이 소림사까지 달려올 정도였다.

　소홍이야 맺힌 구석 없는 무던한 사람이니 매불이 아닌 누구라도 사이가 좋을 수 있겠지만, 매불은 괴팍한 성정과 예측 불가능한 언행으로 인해 대인 관계가 그다지 매끄럽지 못했다. 굳이 친한 사람을 꼽자면, 해남도 오지봉에서 등선登仙의 도를 닦고 있는 한운자와 소림사의 최고 어른 광비 대사 정도랄까? 그러니 두 사람의 사이가 좋은 것은 전적으로 매불이 소홍을 어여삐 여겼기 때문이라 볼 수 있을 것이다.

　매불의 오랜 벗이자 소홍에겐 사부가 되는 한운자가 과거 황산에 머물던 시절, 한 달이 멀다 하고 도관에 드나들며 어른 행세는 도맡아 하던 반도반승 매불은 태백관의 뭇 제자들 중 유독 소홍 한 사람만을 편애했다. 이를 지켜보는 다른 제자들의 심사가 편할 리 없는데, 그때 한운자가 한 말이 있었다.

　—일음일양지도一陰一陽之道가 천지를 어여삐 여기듯, 사람이 자신을 닮은 후인을 어여삐 여기는 것은 자연스러운 이치다. 매불과 소홍은 비록 추구하는 바는 다를지언정, 도를 구하기 위해 껍질을 깨뜨리는 아픔을 공통적으로 겪은 사람들. 매불이 소홍

을 각별히 여기는 데에는 그런 까닭이 있을 것이다.

하지만 그 말을 전해 들은 매불은 코웃음을 쳤다고 한다.

─일음일양지도 좋아하네. 강호를 돌아다니면서 든든한 물주 하나쯤 있으면 좋겠다는 생각을 한두 번 해 본 게 아니야. 전주 재목으로 본다면 소흥만 한 아이가 없지. 그래서 미리 점수 좀 따 두려는 거다, 왜? 아니꼽냐? 아니꼬우면 네놈들도 부자가 되든지. 그러면 얼마든지 예뻐해 줄 테니까.

무엇이 사실인지는 매불 본인만이 알 터이다.

이 각쯤 이어진 아침 식사가 끝났다.

소흥은 젓가락을 베수건으로 닦아 밥상에 가지런히 내려놓은 뒤, 자세를 똑바로 고치고 매불에게 물었다.

"궁금한 것이 있습니다."

아쉬운 눈초리로 빈 그릇을 내려다보던 매불이 시선을 소흥 에게로 돌렸다.

"뭐가 궁금하기에 그런 낯짝을 하는 거냐?"

"편지에 쓰신 대로라면 우 방주 외에도 환자가 한 사람 더 있다고 하셨는데, 대체 어떤 환자이기에 구천대회혼신단九天大 回魂神丹을 가져오라고 하신 겁니까?"

"왜? 아깝냐?"

매불이 눈을 게슴츠레 뜨며 물었다.

"아시다시피 구천대회혼신단의 연단법이 기재된 옥허비전 후반부는 대부분 유실된 상태입니다. 저는 그것을 아직 완전히 복구하지 못했습니다."

"그래도 만들어 보기는 했을 것 아니냐?"

"시험 삼아 만든 것이 있긴 합니다만……."

"그러면 됐다. 넌 그저 단약만 주면 돼. 다음 일은 내가 알아서 처리할 테니까."

매불이 손바닥을 늦가을 단풍잎처럼 활짝 벌려 내밀었다. 소흥은 정색을 하고 고개를 흔들었다.

"사부님께선 제게 옥허비전을 전하시며, 비결이 불완전한 경우는 함부로 사용하지 말라고 엄히 말씀하셨습니다."

매불이 눈살을 찌푸렸다.

"쯧쯧, 요즘 애들은 왜 이렇게 군소리가 많지? 내가 됐다면 된 거야. 거기서 한운자 놈 얘기는 왜 나와?"

"소질은 사부님의 가르침을 가벼이 여길 수 없습니다."

"내 참! 이럴 줄 알았으면 태백관 관주 자리를 그놈에게 넘겨 주는 게 아니었는데. 그러지 말고 얼른 다오. 늙은이 팔 아프다."

"안 됩니다."

"어허, 우리가 남이냐? 사정 좀 봐 달라니까."

"환자가 누구인지, 그리고 증세가 어떤지 알려 주시기 전에 는 단약을 드릴 수 없습니다."

얼렁뚱땅 넘겨 보려고도 했고, 애걸조로 나가 보기도 했지만 씨가 안 먹히긴 마찬가지였다. 줄 사람이 이토록 완강하게 나오 는 데야 받을 사람이 무슨 도리가 있겠는가. 그나마 남은 방법 이라고는 매불이 전가보도로 삼는 골난 척하는 것뿐인데……

"이런 후레자식, 오냐오냐하고 받아 주었더니 이젠 사문의 존장을 능멸하려 들어?"

……그마저도 여의치 않았다.

"죄송합니다. 용서하십시오."

소흥은 머리를 깍듯이 조아렸다. 하지만 뜻을 굽힐 기색은 추호도 찾아볼 수 없었다.

매불은 그 뒤통수를 무섭게 노려보다가 결국, "에잇!" 용을 쓰며 벌떡 일어서고 말았다. 소홍이 고개를 들고 올려다보자 매불은 꽥 소리를 질렀다.

"따라와! 환자가 누군지 보여 주면 될 거 아냐!"

그러고는 빈실 문을 발로 걷어차니, 공양 수발을 위해 문밖에서 기다리고 있던 지객승이 화들짝 놀라 엉덩방아를 찧었다. 그것을 본체만체 문턱을 넘던 매불이 몸을 홱 돌리더니 소홍을 향해 주먹을 흔들어 보였다.

"단, 신무전에 돌아가 오늘 일을 나불대면 내 손에 경칠 줄 알아!"

개방 방주의 머리통을 고수 북 치듯 두드려 대던 주먹이니 그저 공갈만은 아닐 것이다.

"여부가 있겠습니까."

공손히 대답한 소홍은 매불의 뒤를 따라나섰다.

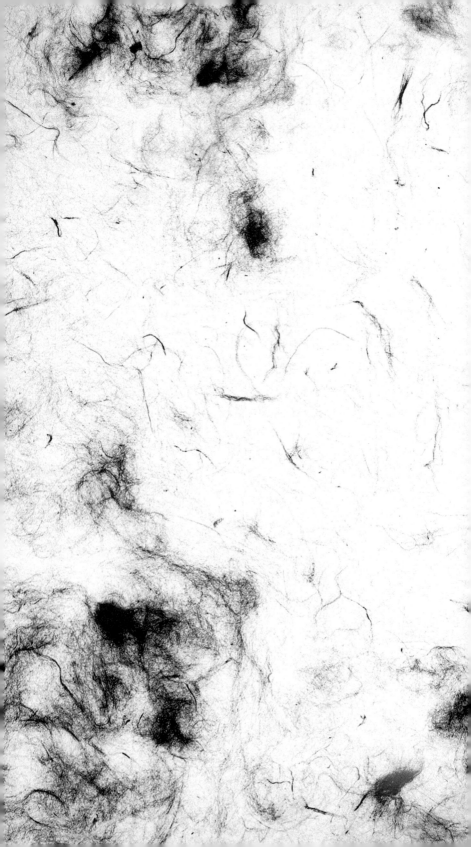

소림괴사 少林怪事

(1)

홧김에 "환자가 누군지 보여 주면 될 거 아냐!"라고 큰소리치긴 했지만, 사실 환자가 누군지 보여 주면 안 되었다. 소매 바람을 일으키며 기세등등하게 소림사 경내를 가로지르는 것까지는 좋았지만, 매불은 시간이 흐를수록 켕기는 심정이 되었다. 광비에게 한 약속이 마음을 무겁게 짓눌러 왔기 때문이다.

없었던 얘기로 돌리고 싶은 마음이 굴뚝같았다. 하나 그래서는 체면이 서지 않는다. 아침 예불을 드리고 나오는 몇몇 젊은 중들의 인사를 어깨 뒤로 흘려버리며 관음전 모퉁이를 돌아 나올 무렵, 그래도 시도나 한번 해 보자는 생각으로 몸을 돌리긴 했지만, 엄숙한 표정으로 따라오는 소홍의 모습에 "그러지 말고 그냥 단약을 주면 안 되겠니?"라는 민망한 요구는 쑥 들어가고 말았다. 그래서 튀어나온 것이 애꿎은 타박인데…….

"어린놈이 왜 이리 걸음이 더뎌! 후딱 못 따라와?"

소흥은 시종 진지하기만 했다.

"죄송합니다. 소질이 조금 더 빨리 걷도록 하지요."

이렇게 공손히 대꾸하며 조금도 늦지 않던 걸음을 더욱 재촉하니, 앞장선 사람으로선 덩달아 발길이 빨라질 수밖에 없었다.

'우라질!'

매불은 짧은 다리를 쉴 새 없이 놀리면서도 내심 욕설을 씨불였다. 광비는 애초부터 이런 일이 생길 줄 안 것이 분명했다. 그러지 않고서야 그 느긋한 성격에 장사꾼처럼 입빠른 다짐 따위는 받으려 들지 않았을 것이다.

'그나저나 이러다간 다 늙은 나이에 꼼짝없이 신의 없는 놈이 되게 생겼네.'

아까부터 이리저리 굴러다니던 매불의 눈알은 목적지가 가까워질수록 그 움직임이 더욱 빨라졌다. 적당한 핑곗거리라도 생겨 저 귀찮은 혹이 제 발로 떨어져 나가 준다면 좋겠는데, 그걸 기대하자니 저 혹은 너무 고지식했다.

'가만 있자……?'

고지식하다고?

'그래! 저놈도 이 절간의 낙타 대가리들 못지않게 고지식하지!'

매불은 메기입을 가로로 쭉 찢으며 웃었다. 제법 괜찮은 계교 하나가 섬광처럼 떠오른 것이다. 어른 체면에 애들 데리고 장난을 치긴 싫지만, 어차피 구겨질 체면이라면 약속을 지키면서 구겨지는 편이 조금이라도 나을 것 같았다. 그런 생각을 하며 힐끔 돌아보니, 아무것도 모르는 소흥은 그저 근공한 자세로 따라올 따름이었다.

'흐흐, 난 역시 머리가 좋아.'

흡족한 마음이 그대로 실렸는지 매불의 소맷자락은 더욱 기세 좋게 펄럭이기 시작했다.

호랑이는 바람을 몰고 다니고 용은 구름을 몰고 다닌다.

바람은 호랑이를 좇아 일어나고 구름은 용을 좇아 일어난다.

그렇다면 호랑이도 아니고 용도 아니면서 정도 무림의 태두인 소림사의 일급 중지로 바람과 구름을 몰고 닥쳐오는 저 못생긴 중은 대체 어떤 물건이란 말인가?

"우린 곧 골치 아프게 될 거야. 이건 내기를 걸어도 좋아."

해운海雲이 가뜩이나 근엄한 얼굴을 한껏 굳히며 중얼거렸다.

"소제도 그쪽에 걸겠소."

곁에 있던 해정海靜이 말을 받고…….

"구업이로다. 불제자 된 몸으로 속된 풍습을 입에 담다니."

뒤에 있던 해초海草가 크게 탄식하니…….

"어쨌거나 소임은 다해야 하지 않겠소? 어서 나갑시다."

마지막으로 해담이 최종 방침을 결정했다.

그리하여 소림사 십팔나한 중 네 사람인 해운, 해담, 해초, 해정은 저마다 아랫배에 힘을 주고는, 바람과 구름을 등에 업은 듯한 기세로 그들이 지키고 있는 피객승避客繩을 향해 걸어오는, 아니 달려오는 매불의 앞을 가로막았다.

당연한 얘기겠지만 그들의 등장에 매불은 오만상을 찌푸렸고, 뒤따르던 소흥 또한 의아한 얼굴이 되어 버렸다.

"아미타불! 소승들이 태사부님과 구양자 도우를 뵙…… 켁!"

가장 나이가 많은 해운이 네 나한승을 대표하여 한 걸음 앞으로 나서며 인사를 올리다가, 번개 같은 속도로 목젖을 짚어 온 매불의 손가락에 그만 숨넘어가는 기침을 토하고 말았다.

"배때기에 힘 빼고 말해. 나 귀 안 먹었어."

딴에는 분위기를 환기시켜 볼 요량으로 목소리에 내공을 운용한 것이 탈이었던 모양이다.

새빨개진 얼굴로 정신 못 차리고 콜록거리는 해운을 대신하여 이번에는 해담이 나섰다. 서열상 나서긴 나섰지만 달리 꺼낼 말이 있는 것도 아니어서, 결국 나온 것은 마음에도 없는 문안 인사였다.

"밤새 편히 주무셨는지요?"

매불은 아니꼽다는 눈초리로 해담의 위아래를 훑어보았다.

"거지새끼 한 마리 살리느라고 한숨도 못 잤다. 산적 같은 상판을 보아하니 너는 적오란 놈의 제자가 보구나."

해담의 얼굴이 조금 창백해졌다. 사부인 나한당주 적오가 객관적으로 볼 때 산적처럼 생긴 건 사실이지만, 그는 결코 아니었다. 그는 이목구비가 시원스럽고 위풍이 늠름하여 오히려 산적을 토벌하는 장군에 가까운 인상이라 할 것이다. 하지만 상대가 상대이니만큼 억울하다고 항변할 수도 없는 노릇이었다.

"그렇습니다."

해담이 대답하자 매불이 콧방귀를 세게 뀌었다.

"흥! 적오란 놈이 주먹깨나 쓴다는 얘기는 들었지. 너도 주먹 좀 쓰나 보지? 그래서 내 앞을 막는다 이거냐?"

"소손이 어찌 감히……."

해담은 가당치도 않다는 듯이 고개를 저었다. 하지만 실제로 매불이 그의 등 뒤에 걸린 피객승 안쪽으로 들어가기를 고집한다면, 그는 힘으로라도 막을 수밖에 없는 입장이었다. 방문을 사양하는 줄, 피객승의 권위는 지엄했다. 그것은 두 개의 말뚝 사이에 '피객'이라 쓰인 목패가 달린 붉은 새끼줄 하나를 걸어 놓은 것에 불과하지만, 소림의 정예라 할 수 있는 십팔나한이 사 인 일 조로 하루 세 시진씩 지켜야 할 만큼이나.

그러니 나한승들 입장에서는 저 매불이 야속할 수밖에 없는 것이다. 지난 한 달간 피객승을 몇 번 넘어가 본 적이 있으니 이쪽의 입장을 조금은 고려해 줄 법도 하건만, 너희들이야 어찌 되건 내 알 바 아니라는 식으로만 나오고 있으니 말이다.

"그럼 비켜. 가자."

'그럼 비켜.'는 앞의 해담에게 한 말이요, '가자'는 뒤의 소홍 에게 한 말이리라. 그러고는 생쥐처럼 날쌔게 해담의 옆을 지나 치려 하는데, 해담이 어떤 사람인데 그대로 놔두겠는가.

"아미타불! 잠시 멈춰 주십시오, 태사부님."

해담은 무겁게 불호를 외우며 신형을 우측으로 두 걸음 옮겨 매불의 진로를 차단했다. 태산처럼 정지한 듯하면서도 실제로 는 바람처럼 표홀하게 이동하는 그 운신에는 소림이 자랑하는 칠십이 종 절기 중 하나인 부동신보不動神步의 묘용이 잘 살아 있었다. 그가 왜 십팔나한 중 최고수로 꼽히는지 보여 주는 대 목이었다.

"어쭈, 얘가 재주 부리네?"

매불은 어이없다는 표정으로 소홍을 슬쩍 돌아보더니, 저잣 거리의 왈패처럼 주먹을 흔들며 해담에게 경고했다.

"난 원래 같은 말 여러 번 반복하지 않는 사람이야. 비키랄 때 비켜."

해담은 긴장된 눈빛으로 자신의 코앞에서 어른거리는 매불의 앙상한 주먹을 바라보았다.

매불의 무공이 어떤 경지에 올랐는지 아는 사람은 극소수에
불과했다. 태백관을 뛰쳐나갈 때까지만 해도 무공과는 거리가
먼 도사에 불과했으니, 만일 무공을 익혔다면 강호를 유랑하다
주워 배운 눈동냥 귀동냥이 전부이기 십상이었다.

하지만 그럼에도 불구하고 해담은 감히 경거망동할 수 없
었다. 사형인 해운을 손가락 하나로 물러서게 만든 일은 접어
둔다고 해도, 사부 되는 적 자 항렬의 고승들은 물론이거니와
그 위의 범 자, 심지어 까마득한 광 자 항렬까지도 장기판 졸로
여기고 다니는 위인인 만큼, 반드시 감춰 놓은 절기가 있으리라
지레짐작한 탓이다.

해담이 이렇듯 머릿속으로 매불의 무공을 저울질할 무렵, 해
담에 비해 무공은 한 되쯤 떨어지지만 원칙을 지키는 데는 한
말이나 철저한 해초가 자신들의 입장을 다시 한 번 밝혔다.

"장문영부掌門令符 없이는 내외인을 막론한 그 누구도 이 피객
승을 통과시킬 수 없다는 사실을 잘 아시지 않습니까. 부디 소
손들의 고충을 헤아려 주시기 바랍니다."

"장문영부? 개도 안 물어 가는 그 똥 작대기 말이냐?"

소림과 역사를 함께해 온 녹옥불장綠玉佛杖이 매불의 이 한마
디에 똥 작대기가 되어 버렸다.

"아미타불! 아미타불!"

듣는 것만으로도 큰 불경을 범했다 여겼는지 해초는 참괴한
표정으로 불호를 읊조렸다. 하지만 매불은 자신의 말을 조금도
불경스럽게 느끼지 않는 듯했다.

"그깟 똥 작대기가 그토록 중요하더냐? 그거 달여 먹으면 네
놈들이 하늘같이 떠받드는 낙타 대가리가 살아나기라도 한다더

냐? 어린놈들이 왜 이리 뒤웅박처럼 꽉 막혔지? 뭐가 이익이고 뭐가 손해인지는 판단할 줄 알아야 하잖아?"

해담은 동료들의 얼굴을 돌아보았다. 그들의 얼굴엔 자신과 공통된 표정이 떠올라 있었다. 애당초 말이 통하지 않는 상대를 말로써 돌려보낼 생각을 한 것부터가 잘못이었다.

"아미타불! 소손들의 죄를 용서해 주시길."

해담이 두 다리를 어깨너비로 벌리며 본격적으로 저지할 태세를 갖추자, 다른 세 나한승도 해담의 옆으로 늘어섰다. 사 인의 나한승이 그렇게 버티고 서자 문자 그대로 동장철벽銅牆鐵壁이 만들어진 듯했다.

매불의 짝짝이 눈에 쌍심지가 돋았다.

"이 자식들이 정말!"

"사숙, 참으십시……!"

사태가 심상치 않다 여긴 소흥이 황급히 말리려 했지만 말리고 자시고 할 틈도 없었다. 꼬질꼬질한 소맷자락이 세차게 펄럭인 순간, 일진의 돌개바람이 나한승들의 전면으로 확 밀려 간 것이다.

"용서를!"

나한승들은 일제히 합장을 하며 공력을 끌어 올렸다.

쿵!

둔탁한 폭음이 나한승들의 전면에서 터져 나왔다. 나한승들의 몸 위로 한차례 진동이 지나갔지만, 그들은 고개를 약간 숙인 동자배불童子拜佛의 자세 그대로 한 걸음도 물러서지 않았다. 뒤로 물러선 것은 오히려 공격한 매불 쪽이었다.

자존심이 상한 것일까? 매불의 얼굴이 마귀처럼 일그러졌다.

"보아하니 소림철골강기공少林鐵骨罡氣功을 끌어 올린 모양인데, 너희들도 한가락한다 이거지? 그래서 눈에 뵈는 게 없다 이거지? 오냐, 기분도 더러운데 잘 걸렸다! 오늘 이 늙은이 몸 좀 풀어 보자!"

매불은 소매를 둥둥 걷어붙였다. 그러면서 잔뜩 힘주어 웅크린 자그마한 몸뚱이는 마치 독 오른 살쾡이처럼 앙칼스러워 보였다.

일이 이렇게 돌아가자 가장 당황한 사람은, 모든 소란이 자신으로부터 비롯되었다고 생각한 소흥이었다. 그는 금방이라도 앞으로 돌격할 것 같은 매불을 다급히 부여잡았다.

"진노를 푸시지요. 이러시면 곤란합니다."

"곤란? 너는 이러면 곤란할지 모르지만, 나는 이러지 않으면 곤란해진다. 거치적거리지 말고 저만치 물러서 있어라."

"사숙, 제발 좀!"

소흥은 매불의 두 팔을 포개 끌어안으며 아예 그 왜소한 몸에 매달려 버렸다.

"이거 못 놔?"

매불은 버둥거리며 소흥을 뿌리치려 했지만, 소흥은 죽을힘을 다해 그에게서 떨어지지 않았다. 이렇게 해서 사태가 수습된다는 보장은 없지만, 이렇게라도 하지 않으면 안 된다는 강박관념이 점잖은 중년 도사로 하여금 체통을 돌보지 않게 만든 것이다.

그런데 두 사람이 이렇게 비켜라, 못 비킨다 엎치락뒤치락하고 있는 동안, 동자배불의 자세를 유지하고 있던 네 나한승들은 어리둥절한 표정으로 서로에게 전음을 보내고 있었다.

─소림철골강기공이 뭐죠?

─나도 몰라. 해운 사형, 사형은 아십니까?

－나한당 교두승인 자네가 알지 못하는 무공을 내가 무슨 재주로 알겠나?

조금 전 네 나한승들이 사용한 것은 세인들이 철포삼鐵布衫이라고 부르는, 이름부터가 어마어마한 소림철골강기공에 비하면 매우 평범하다 할 수 있는 외공에 불과했다. 비록 힘으로 저지한다며 나섰긴 해도 매불의 일 장에 감히 반격할 수 없는 입장이라서, 그냥 몸으로 때울 요량으로 소시에 익혀 둔 철포삼 공력으로 버틴 것이었다. 한데 웬 소림철골강기공?

그러는 동안에도 매불과 소흥의 승강이는 계속되고 있었다.

"정말 안 비키면 너도 저놈들과 함께 물고를 내 버린다!"

"소질이 잘못했습니다! 제발 진노를…… 진노를 거둬 주십시오!"

그 말이 나온 순간, 매불은 소흥을 뿌리치려던 몸짓을 뚝 멈췄다.

"정말 네가 잘못했어?"

매불의 허리를 필사적으로 부둥켜안고 있던 소흥은 상대의 분위기가 일변한 것을 알아차리지 못했다.

"예! 소질이 잘못했습니다!"

"그럼 내가 달라는 걸 줄 거야?"

"예! 뭐든지 드리겠습니…… 예?"

정신없이 대답하던 소흥은 고개를 들고 매불을 올려다보았다. 매불은 언제 화를 냈느냐는 듯 멀쩡한 얼굴로 소흥을 내려다보며 말했다.

"내놔."

"……."

"준다고 했잖아?"

소홍은 매불의 허리춤을 풀고, 저만치 떨어져 있는 네 나한 승들을 돌아보았다. 꿰다 놓은 보릿자루처럼 우두커니 서서 두 사람을 멀뚱멀뚱 바라보고 있는 네 나한승들의 얼굴엔 매불의 일 장에 타격을 받은 흔적도, 그리고 소림철골강기공을 끌어 올 린 흔적도 찾아볼 수 없었다.

소홍은 그제야 자신이 매불의 수작에 넘어갔음을 깨달았다.

"일구이언一口二言은 이부지자二父之子나 하는 짓이지. 빨리 내놔."

매불은 뻔뻔스럽게 말하며 소홍에게 손을 내밀었다.

소홍은 당혹스럽기도 하거니와 화도 났다. 하지만 상대는 다름 아닌 매불, 불佛 도道 양교에 걸친 가공할 배분으로 무장한 희대의 골칫덩이였다.

"안 줘? 그럼 할 수 없지."

소홍이 선뜻 단약을 꺼내려 하지 않자, 매불은 손나발을 만들어 주둥이에 대더니 고래고래 악을 쓰기 시작했다.

"신무대종 소철은 자라다! 신무대종 소철은 제 마누라도 챙기지 못한 자라 새끼다!"

소철이 들으면 천하가 뒤집어질지도 모르는 엄청난 폭언이었다.

사부와 한 약속을 지키자니 부친이 자라 소리를 듣게 생겼고, 부친을 사람으로 만들려니 여러 해 지켜 온 신의가 무너지게 생겼다. 진퇴양난에 처한 소홍이 시뻘게진 얼굴로 쩔쩔매고 있을 때, 뜻밖에도 그를 구원해 줄 사람이 나타나 주었다.

"허허, 매불 도우의 수법은 언제 봐도 고명하구려. 하지만 존장 된 체면에 사문의 후배를 그렇게 심하게 다뤄서야 되겠소?"

늙수그레한 웃음과 함께 소림사의 가장 큰어른인 광비 대사가 적오, 적심, 적통 등 일대 제자 셋을 거느리고 등장한 것이다. 소홍으로선 관음보살만큼이나 반가운 존재라 아니할 수 없었다.

광비 대사가 등장하자 피객승 앞을 가로막고 있던 네 나한승들이 일제히 예를 올렸다.

"태사부님을 뵙습니다!"

"오냐오냐, 너희들이 고생이 많구나."

온화한 웃음으로 제자들의 노고를 치하하는 광비 대사를 보며 매불은 눈살을 찌푸렸다.

"저놈의 늙은이는 낄 때 안 낄 때를 가리지 않고 나타난단 말이야. 내가 왜 이 고생을 하는지 알기나 하는 건지…… 에잉!"

광비 대사가 빙그레 웃으며 매불에게 말했다.

"노납과의 약속을 지키기 위해 애쓰신 점은 잘 알고 있지요. 그 점은 매우 고맙게 생각하고 있소이다."

"고맙다는 놈이 돕지는 못할망정 훼방을 놔?"

광비 대사는 삿대질이라도 할 것처럼 대드는 매불을 상대하는 대신, 아직 상기된 표정이 가시지 않은 소홍을 돌아보았다.

"이곳에 왜 피객승이 걸렸고, 또 왜 제자들로 하여금 지키게 하는지 궁금하실 것이오."

"그렇습니다."

소홍이 솔직히 밝히자 광비 대사는 나직이 불호를 읊조렸다.

"아미타불, 노납이 사실대로 말씀드리리다. 지난해 본 사에 좋지 못한 일이 벌어졌소. 그래서 노납이 매불 도우께 특별히 당부를 드렸지요. 그 일을 외인에게 알리지 말아 달라고 말이외다. 그러나 구양자께선 도움을 주기 위해 본 사를 찾아오신 손님 아니겠소. 비록 부끄럽기 짝이 없는 일이긴 하나, 손바닥으로 하늘을 가리면서까지 해결하고 싶은 생각은 없소이다."

매불이 입술을 삐죽거렸다.

"흥! 애써 쌓은 공을 물거품으로 만든 주제에 생색은 혼자 다 내는군."

광비 대사는 매불을 향해 정중히 합장을 올렸다.

"허례의 껍데기를 아직 벗지 못한 이 못난 친구를 불쌍히 여겨 주시길……."

"불쌍하다! 너무 불쌍해서 눈물 콧물 다 날 지경이다! 패앵!"

매불은 들창코에 손가락을 대고 요란스럽게 코를 풀더니 일자로 벌려 서 있는 네 나한승들을 향해 성큼성큼 다가갔다. 은연중에 나한들의 지휘자처럼 되어 버린 해담은 어떻게 대처해야 할지 몰라 광비 대사의 눈치만 살피는데, 매불이 그 듬직한 어깨를 손바닥으로 탁 밀쳤다.

"다 끝났어, 인마. 빨리 비켜."

광비 대사가 빙그레 웃으며 해담을 향해 말했다.

"길을 열어 드려라."

현재 녹옥불장은 광비 대사가 지니고 있었다. 장문영부는 본디 배분과 상관없이 오직 방장 대사만이 지닐 수 있는 지고무상한 신물이지만, 지금은 그럴 수밖에 없는 사정이 있어 사내에서 가장 배분이 높은 광비 대사가 임시로 맡게 된 것이다. 그러므로 광비 대사의 명은 방장 대사의 명과 마찬가지. 나한승들은 황급히 허리를 숙이며 길을 열어 주었다.

"이깟 새끼줄에 목숨 거는 낙타 대가리들이나, 그걸 돕는답시고 광대놀음을 벌이는 나나, 그 밥에 그 나물이지. 젠장!"

매불은 붉은 새끼줄을 거칠게 걷어 버리곤 뒤도 안 돌아보고 안으로 들어가 버렸다.

그 모습을 지켜보던 광비 대사가 소흥을 돌아보며 말했다.

"갑시다. 소림에 무슨 일이 생겼는지 보여 드리지요."

(2)

광비 대사가 소흥을 인도한 장소는 문수전文殊殿이란 편액이 걸린 전각이었다.

지혜의 상징인 문수보살을 모신 문수전은 관음보살을 모신 관음전과 더불어 참배객의 발길이 가장 빈번한 장소라고 할 수 있었다. 웬만한 규모를 지닌 사찰이라면 이들 두 전각 앞에는 향연 그칠 날 없는 것이 당연한데, 소림사의 문수전 풍경은 몰락한 권문세가의 대문 앞처럼 을씨년스럽기만 했다. 추녀 끝에 낮게 걸린 잔뜩 찌푸린 하늘이 그 을씨년스러움을 더하는 것 같았다.

이런 생각에 소흥의 발길이 머뭇거리자, 뒤따르던 지객당주 적심이 넌지시 귀띔해 주었다.

"이 전각은 재작년 여름부터 문을 닫았습니다. 문수보살을 모시는 전각은 따로 여래전如來殿 부근에 신축했지요."

"아, 그랬군요."

소흥은 고개를 끄덕였다. 그렇다면 문수전이 이토록 을씨년스러운 것도 납득할 수 있었다. 하지만 그런 문수전을 피객승을 내걸어 차단하고 무승인 십팔나한으로 하여금 번을 정하여 지키도록 한 것은 여전히 이해하기 힘들었다.

문수전으로 들어서자 퀴퀴한 곰팡내가 코를 찔러 왔다. 비록 인적이 끊긴 곳이지만 곰팡이만은 꾸준히 문수보살의 영험함을 좇았던 모양이니, 그것을 보면 불법은 만물을 진동한다는 말이

과언은 아닌 듯했다.

아침나절인데도 불구하고 실내는 어두컴컴했다. 날이 워낙 흐리기도 하거니와 창이란 창을 모두 널빤지로 막아 놓은 탓이다.

그 어둠의 일부가 스르르 허물어지며 한 인영이 나타났다.

검은색에 가까운 회색 승포에 햇볕 한번 변변히 쐬어 보지 못한 것 같은 창백한 안색, 왼쪽 눈을 검은 안대로 가린 외눈박이 노승이었다.

"빌어먹을, 재수 없는 놈이 또 나왔군."

독안 노승이 등장하자 가장 앞쪽에 서 있던 매불이 투덜거리며 뒤로 물러섰다. 그 모습이 마치 길 가다 뱀을 만난 행인 같았다. 사실 독안 노승이 풍기는 분위기는 뱀의 그것과 크게 다르지 않았다. 불쾌한 축축함, 이질적인 냉정함 그리고 긴장과 이완이 공격적으로 반복되는 포식자 특유의 움직임.

독안 노승은 일행을 향해 합장도, 인사도 건네지 않았다. 그저 광비 대사를 향해 싸늘한 질문을 던졌을 뿐이다.

"사숙, 통고도 없이 어쩐 일이오?"

독안 노승을 바라보던 소홍의 두 눈에 이채가 떠올랐다. 광비 대사를 사숙이라 부른다면 적심 등의 일대 제자보다 한 배분 높은 범 자 항렬이라는 얘기였다. 세간에는 소림사의 범 자 항렬 고승들이 모두 입적했다고 알려져 있지만, 저 독안 노승 하나만 보더라도 실제와 소문 사이에는 제법 큰 괴리가 있는 모양이었다. 하기야 종교의 두꺼운 장막에 둘러싸인 채 천 년이라는 세월을 웅크려 온 소림의 깊이를 어찌 속세에 나도는 가벼운 입방아로 헤아릴 수 있을까.

"치료에 도움을 주실 분을 모셔 왔네."

광비 대사가 차분하게 답하자, 독안 노승은 하나뿐인 눈을 가늘게 접고 광비 대사의 뒤에 선 사람들의 면면을 살피기 시작했다.

'이것은······!'

독안 노승의 시선과 마주친 순간, 소흥은 말로 형용하기 힘든 괴이한 느낌을 받았다. 동공이 강제로 확대되는 느낌이랄까? 혹은 뇌수 속으로 찬 바람이 새 들어오는 느낌이랄까?

동공이 강제로 확대되거나 뇌수로 찬 바람이 새 들어온 경험 따위가 있을 리 없으니 확실히 그렇다고는 말할 수 없지만, 만약 실제로 겪는다면 대충 이런 느낌일 것 같았다. 소흥은 급히 도가의 정심진언淨心眞言을 암송하여 흔들리는 마음을 가라앉혔다.

별안간 매불이 독안 노승을 향해 고함을 질렀다.

"고얀 놈! 감히 뇌 앞에서 통심투령안通心透靈眼을 운용하는 거냐!"

구결을 암송하던 소흥은 통심투령안이란 말에 깜짝 놀라고 말았다.

방문좌도에 전해 오는 사공이술 중에는 눈빛이나 목소리로 사람의 신지를 제압하는 섭혼술攝魂術이라는 것이 있는데, 통심투령안은 그중에서도 위력이 매우 강력한 안법眼法이었던 것이다. 소림사에 적을 둔 신분으로 방문좌도의 안법을 익혔다는 사실은 놀라지 않을 수 없는 일이었다.

"흐, 흐흐."

독안 노승은 매불을 바라보며 웃었다. 승려와는 전혀 어울리지 않는 사이한 웃음이었다. 이어 기묘하리만치 얄팍한 입술이 벌어지며 웃음만큼이나 사이한 느낌을 풍기는 목소리가 흘러나왔다.

"이봐, 원숭이, 놀고 싶으면 원숭이답게 나무 위에서나 놀아라. 소림은 너 따위가 함부로 날뛸 놀이터가 아니니까."

소흥은 또 한 번 충격을 받았다. 그가 알기로 매불은 이 소림사 안에서 광비 대사와 동급의 대우를 받고 있었다. 그래서 해자 항렬로부터는 태사부라 불렸고 적 자 항렬로부터는 사조라 불렸다. 그렇다면 범 자 항렬이라는 저 독안 노승은 사숙이라 불러야 마땅할 터인데, 감히 원숭이 운운하며 조롱을 하다니!

그런데 주위를 둘러본 소흥은 뜻밖의 사실을 발견할 수 있었다. 다른 사람들은 단지 어두운 표정만 지을 뿐 조금도 충격을 받은 것 같지 않았다. 심지어 조롱당한 당사자인 매불조차도 말이다.

"아미타불, 거친 말은 분란의 씨앗이니 이쯤에서 그만두기로 하세."

광비 대사는 이렇게 말하며 품에서 길이가 한 자 조금 넘는 막대기를 꺼냈다. 어두컴컴한 실내에서도 은은한 녹광을 발하는 막대기, 바로 소림사의 장문영부인 녹옥불장이었다.

녹옥불장이 모습을 드러내자 독안 노승의 기세는 한풀 수그러드는 듯했다. 하지만 그것도 잠시뿐, 노승의 하나뿐인 눈 속으로 작고 파란 불꽃이 다시 타올랐다. 그 불꽃은 마치 오랜 세월 쌓인 원념이 만들어 낸 귀화처럼 보였다.

"이제 들여보내 주겠나?"

광비 대사가 온화하게 웃으며 물었다.

"흐흐, 분부대로 따를 테니 그 물건이나 치워 주시겠소? 보고 있노라니 피가 거꾸로 솟는 것 같구려."

소흥은 독안 노승의 말속에서 까닭 모를 자조감을 읽을 수 있었다. 곧바로 의혹이 떠올랐다. 독안 노승이 소림사의 장문영부에 대해 저런 반응을 보이는 이유는 무엇일까?

"그렇게 하지."

광비 대사는 선선히 녹옥불장을 품에 갈무리했고, 독안 노승은 몸을 돌려 향로가 놓인 제단을 향해 다가갔다. 그 뒤통수에다 대고 매불이 야죽거렸다.

"약발 한번 끝내주는군. 이빨을 드러내는 개를 잡는 데에는 거지 놈들의 타구봉보다 나은 것 같은데?"

향로를 잡아 가던 독안 노승의 손길이 우뚝 멈췄다. 그는 천천히 고개를 돌려 매불을 쏘아보았다. 하나뿐인 눈에서 쏘아 나오는 그 살벌한 눈빛에 소흥은 내심 탄식을 터뜨렸다.

'승려의 눈빛이 어찌 저럴 수 있단 말인가!'

사람의 것이라기보다는 악살의 것에 가까운 눈빛. 회백색 흰자위에 번들거리는 것은 극명한 살기요, 새까만 검은자위에 뭉친 것은 지독한 파괴욕이었다.

하지만 매불은 태연했다. 다른 곳을 바라보며 한가히 콧구멍을 후비는 것을 보면 독안 노승의 눈빛 따위엔 개의치 않는 듯했다.

독안 노승은 그렇게 한참을 매불의 얼굴을 노려보다가, 시선을 광비 대사에게 돌렸다. 그의 이빨 사이에서 으스스한 목소리가 흘러나왔다.

"아시오? 녹옥불장이 우리에게 씌운 오십 년 금제도 이제 이백삼십육 일밖에 남지 않았소."

소흥은 또 한 번 놀랄 수밖에 없었다. 오십 년이면 그가 살아온 해수를 뛰어넘는 어마어마한 세월이었다. 대체 무슨 죄를 저질렀기에 그 긴 세월을 장문영부에 의해 금제당한 채 살아왔단 말인가? 그리고 '우리'라니? 그 말은 독안 노승과 같은 사람이 또 있다는 뜻이 아니겠는가!

광비 대사는 천천히 고개를 끄덕였다.

"알고 있네."

"금제가 끝나면 누구도 나를 막지 못할 것이오. 산문을 떠난 범업凡業 사형이 돌아온다면 모를까."

소홍은 독안 노승이 방금 언급한 범업이 누군지 알지 못했다. 단지 그 이름을 들은 모든 소림승들이 몸을 움찔 떠는 것으로 미루어, 소림과 심상치 않은 인연을 맺은 사람이 아닐까 짐작만 할 따름이었다.

"업이로다. 아미타불."

광비 대사는 눈을 감고 불호를 길게 읊조렸다.

"그따위 말로 얼버무리기엔 너무 긴 세월이었소."

독안 노승은 차갑게 뱉은 뒤, 향로를 좌측으로 한 바퀴 돌렸다. 그러자 제단이 옆으로 밀려나며 사람이 겨우 들어갈 만한 구멍 하나가 모습을 드러냈다.

독안 노승이 구멍 앞에서 비켜서며 말했다.

"들어가시오. 한 시진 뒤에 다시 열겠소."

소홍은 구멍 안을 들여다보았다. 구멍 안은 어두운 실내보다 훨씬 더 어두웠다. 온도 차이 때문인지 음산한 바람이 낮게 울부짖으며 구멍 밖으로 불어 나오고 있었다.

소홍은 마른침을 꿀꺽 삼켰다.

저곳에는 또 무엇이 있어 그를 놀라게 만들 것인가?

천연인지 인공인지 잘 구분되지 않는 지하 통로는 제법 긴 편이었다.

선두에 선 것은 나한당주 적오. 그는 미리 준비해 온 행용등 行用燈(밤에 들고 다니던 종이를 바른 등)을 꺼내어 일행의 앞길을 밝히고 있었다. 그 뒤는 광비 대사가, 이어 매불과 소홍이, 그리고 후미를 맡은 것은 지객당주 적심과 약왕당주 적통이었다.

행용등은 유백색 종이를 바른 것이어서 그것으로부터 나오는 빛은 매우 온화한 느낌을 풍기고 있었다. 그러나 통로 전체에 깔린 냉기는 작은 등불의 온화함 따위는 가볍게 무시해 버릴 만큼 음산했다.

매불과 어깨를 나란히 한 채 냉기 어린 통로를 걸어가던 소홍은 내심 묻고 싶은 것이 한두 가지가 아니었다.

정도 무림의 명문인 소림사에 이런 음습한 밀처가 있는 까닭은 무엇입니까? 녹옥불장이 왜 방장 대사가 아닌 광비 대사의 수중에 있는 겁니까? 폐쇄된 문수전에 홀로 기거하는 독안 노승은 누구입니까? 그가 말한 '우리'란 구체적으로 누구를 가리키며, 또 그들은 무슨 연유로 오십 년이란 긴 세월을 금제 속에서 살아온 것입니까? 그리고 독안 노승이 최후로 언급한 범업은 과연 어떤 사람입니까?

그러나 입 밖으로 꺼내 물을 수는 없었다. 하나같이 곤란한 질문이기 때문이다. 알아야 될 것이라면 묻지 않아도 말해 줄 것이며, 알아선 안 될 것이라면 아무리 물어도 대답해 주지 않을 것이다. 이는 수행하는 사람 사이에 내려오는 오랜 불문율이었다.

그래서 소홍은 모든 무거운 말들을 가슴속에 묻어 둔 채, 매불을 향해 가벼운 한마디를 던졌다.

"아까 보니 사숙께서도 많이 늙으셨더군요."

독안 노승으로부터 원숭이 소리를 듣고도 그냥 넘어간 일을 비꼰 것으로, 뭔가 익살스럽고도 격렬한 반응을 기대하고 던진 말이었다. 그런데 매불로부터 돌아온 대꾸는 조금 의외의 것이었다.

"늙긴 늙었지. 이젠 맞는 게 무섭거든."

소홍은 매불의 진정한 무공이 어떤 경지에 올랐는지 알고 있는 몇 안 되는 사람 중 하나였다. 아니, 정확한 수준을 모르더라도 상관없었다. 기행과 괴사를 도맡아 만들고 다니며 수십 년 동안 강호에서 굴러먹고도 사지가 멀쩡하게 붙어 있다는 사실 하나만으로 매불의 능력을 입증할 수 있을 테니까. 게다가 매불은 오만한 사람이었다. 자신보다 윗길인 상수는 동수라고 박박 우기고, 자신과 비슷한 동수는 무조건 하수로 얕봐 버리는 그런 유의 사람이었다. 그런 매불이 이처럼 약한 소리를 할 줄이야!

그런데 매불은 한술 더 떠 이렇게 덧붙이는 것이었다.

"놈은 괴물이야. 나는 아예 상대도 안 되지. 그러니 너도 혹시 나중에 만나거든 조심해라. 괜히 자존심 세우다가 맞아 죽지 말고."

그 소리를 들은 듯, 선두에 걸어가던 적오가 뒤를 돌아보며 말했다.

"범제凡除 사숙은 인간의 경지를 벗어나신 지 오래입니다. 만일 사숙이 금제의 몸이 아니었던들, 석년에 서문숭이 본 사를 상대로 감히 그런 광망을 부리지는 못했을 겁……."

"적오야, 듣기 거북하구나. 그만하거라."

광비 대사가 조용한 목소리로 적오의 말을 잘랐다.

"죄송합니다. 소손이 경망스럽게 입을 놀렸군요."

적오는 부끄러운 얼굴로 황급히 고개를 숙였다.

그 모습을 지켜보던 소홍은, 광비 대사가 왜 적오의 말을 잘랐는지 어렴풋이나마 짐작할 수 있을 것 같았다.

'아직도 상처가 아물지 않은 것일까?'

소홍이 이런 생각을 하는 것도 무리는 아니었다. 소림의 전전대 방장이던 광문 대사가 여산백련교의 후인을 자처하며 등장한 서문숭에게 패사한 '낙일평의 치'는 소림 제자들에게 있어서 금기가 될 만한 충분한 이유가 있었던 것이다.

그런데 광비 대사의 수양은 소홍의 생각을 한 차원 뛰어넘고 있었다.

"남을 이김으로써 과거를 청산하려는 것은 어리석기 그지없는 일이다. 과거 서문숭이 광문 사형을 꺾어 여산백련교의 원한을 씻으려 한 것도 어리석은 일이지만, 이제 소림의 후인들이 서문숭을 상대로 복수심을 불태운다면 이는 같은 어리석음을 범하는 것이다. 하나의 어리석음에 다른 어리석음을 더하면, 어리석음이 두 배가 될지언정 결코 상쇄되지 않는다는 간단한 도리를 잊지 말도록 하거라."

이 잔잔한 훈계에, 적오 등 소림 제자들은 물론이거니와 항상 투덜거리기만 하던 매불까지도 고개를 끄덕이고 말았다. 원한은 복수심을 낳고 복수심은 또 다른 원한을 낳는다. 이 소모적이고도 영원히 끝나지 않을 추악한 윤회를 끊을 수 있는 보도寶刀는 오직 용서밖에 없다. 광비 대사의 말처럼 이것은 매우 간단한 도리였다.

그러나 간단한 도리일수록 실천하기 어려운 것이 인간 세계의 모순이 아니겠는가!

사람이면 누구나 남의 용서를 구할지언정 나부터 용서하려 들지는 않는다. 자타불이自他不二란 부처의 가르침은, 그래서 언제나 경전 위에서만 맴돌 뿐이다.

'어리석음은 어리석음으로 상쇄되지 않는다.'

소흥은 광비 대사의 가르침을 입속으로 다시 한 번 뇌까려 보았다.

그러는 사이 어느덧 통로가 끝났다.

통로의 끝은 붉은 녹이 덕지덕지 달라붙은 철문으로 막혀 있었다. 철문은 매우 단단해 보였지만 잠겨 있지는 않았다.

앞선 적오가 철문 손잡이를 쥐고 힘을 쓰자, 철문은 생김새에 걸맞은 듣기 거북한 신음을 토해 내며 천천히 안으로 열렸다. 맵싸한 냄새가 기다렸다는 듯 통로 쪽으로 훅 밀려나왔다. 소흥에겐 무척 친숙한 냄새, 바로 약을 달일 때 나오는 약향이었다.

그런데 소흥의 코는 약향 너머에 숨어 있는 괴이한 냄새 또한 맡을 수 있었다. 소흥은 자신도 모르게 콧등에 주름을 잡았다. 그것은 살아 있는 무엇인가가 썩어 들어가는 냄새, 생명이 육신을 떠나는 냄새, 바로 죽음의 냄새였다.

"들어갑시다."

광비 대사가 소흥에게 말했다. 늘어진 눈까풀 안에 자리 잡은 노승의 부드러운 눈빛은 철문 안으로 들어가면 모든 사정을 알 수 있을 것이라고 말하고 있었다. 소흥은 마음을 단단히 먹고 철문 안으로 걸음을 디뎠다.

철문 안은 사방 길이가 오 장 정도인 정방형의 밀실이었다. 천장의 높이는 열 자 남짓. 그 안에 들어찬 공기는 기분 나쁠 정도로 후텁지근했다.

문에서 정면으로 보이는 벽면엔 작은 서랍이 빽빽이 달린 약장이 놓여 있었다. 한쪽 구석에 마련된 십여 개의 화로 위에는 각기 다른 크기의 약탕관들이 허연 김을 피워 올리며 끓고 있었다. 밀실을 감도는 후텁지근한 열기도, 그리고 소흥이 철문 앞에서 맡았던 맵싸한 약향도 모두 그 약탕관들로부터 풍겨 나오고 있었다.

밀실 안에 있는 사람은 둘이었다. 앉아 있는 사람과 누워 있는 사람. 그러나 누워 있는 사람은 사람이라고 부르기에 조금 곤란한, 사람이라기보다는 송장에 가까운 존재처럼 보였다. 반면에 앉아 있는 사람은 나이가 사순쯤 돼 보이는 오동통한 승려였다.

승려는 누런 수건으로 누워 있는 사람의 전신을 정성껏 닦아주다가, 밀실 안으로 들어온 일행을 발견하곤 급히 자세를 고치며 예를 올렸다.

"아미타불, 제자 해선海宣이 태사조님을 뵙습니다."

광비 대사는 고개를 한 번 끄덕임으로써 해선의 인사를 받았다.

"상태는 어떠신가?"

해선에게 물은 사람은 광비 대사의 뒤쪽에 서 있던 적통이었다. 그는 소림사 약왕당을 주관하는 약왕당주로서 해선은 그의 진전을 이은 제자였다.

해선은 누워 있는 사람을 일별한 뒤, 송구스러운 표정으로 대답했다.

"이틀 전보다 고름이 더 많이 나오고 있습니다."

고름이 나오는 것이 자신의 잘못이라도 된다는 듯한 말투였다. 해선이 든 수건은 본디 누런 색깔이 아니었다. 고름을 닦고 빨기를 반복하다 보니 그렇게 되어 버린 것이다. 밀실에 들어온 소림승들은 일제히 침중한 안색이 되었다.

광비 대사가 적통을 돌아보며 물었다.

"약제가 너무 강한 것은 아닌가?"

"그런 줄은 알고 있습니다만, 그렇게 하지 않으면 화독火毒이 뇌문腦門으로 침범하는 것을 막을 수 없습니다."

"아미타불."

광비 대사가 눈을 감고 불호를 작게 외자, 밀실 안에 있던 모든 소림승들이 한목소리로 아미타불을 찾았다.

"자나 깨나 그놈의 아미타불, 아미타불이 밥 먹여 준다더냐?"

매불은 투덜거리며 침대 쪽으로 다가가더니 누워 있던 사람의 맥을 짚어 보았다. 시간이 갈수록 얼굴에 그늘이 드리우는 것을 보면 상태가 썩 좋지 않은 것만은 분명했다. 그렇게 한동안 진맥하던 매불이 소흥을 향해 손짓했다.

"그렇게 서 있지만 말고 와서 보려무나."

소흥은 그제야 침대로 다가가 누워 있던 사람을, 다 죽어 가는 환자를 자세히 살필 수 있었다.

환자의 몰골은 실로 참혹했다. 단지 보는 것만으로도 골격의 생김새를 알 수 있을 만큼, 몸뚱이엔 살이라는 물체가 거의 존재하지 않았다. 살이 없으니 영양이 제대로 공급될 리 없고, 그래서 거죽도 시커멓게 죽었다. 그렇게 죽은 거죽은 피골이 상접한 와중에도 가문 날 논바닥처럼 쩍쩍 갈라지고, 그 틈새로 질질 흘러나오는 것은 보기만 해도 욕지기가 치미는 싯누런 고름이었다. 이러고도 살아 있다는 사실이 신기할 따름이었다.

침대에 누운 환자를 한동안 살피던 소흥의 눈에 어느 순간 이채가 떠올랐다. 베 이불로 덮어 놓은 환자의 단전 어림이 기이하리만치 돌출된 것을 발견했기 때문이다. 이불을 젖히고 슬쩍 눌러 보니 물혹처럼 말캉말캉했다.

그런데 바로 그 순간, 소홍은 손가락을 타고 자신의 심장으로 치밀어 오르는 한 줄기 괴이한 열기를 느낄 수 있었다.

'엇?'

소홍은 깜짝 놀라며 환자의 아랫배에서 손가락을 떼어 냈다. 달리 표현할 길이 없어 열기라고는 했지만, 어둠을 밝히고 어지러움을 태우는 천연의 양기는 결코 아니었다. 문제의 물혹에서 솟구쳐 오른 것은 오히려 그 반대의 성질을 가진, 밝음을 잠식하고 어지러움을 조장하는 요악한 뜨거움이었다.

소홍은 궁금했다. 저 물혹의 정체는 대체 무엇일까?

"업이야."

툭 던져진 매불의 한마디에 소홍은 뒤를 돌아보았다.

"예?"

매불은 심드렁한 얼굴로 대꾸했다.

"업이 뭔지 몰라? 낙타 대가리들이 허구한 날 찾는 업 말이야. 업 타령은 하고 싶지 않지만 그 말 외에는 달리 표현할 게 없어. 그러니 업이야."

업이 무엇인지는 소홍도 안다. 업이 무엇인지 궁금한 것이 아니라 여기서 왜 업 이야기가 튀어나왔는지 궁금한 것이다.

이때, 눈을 감은 채 알아듣지 못할 불경을 남남이 읊조리던 광비 대사가 슬며시 눈을 뜨며 말했다.

"매불 도우의 말씀이 옳소. 그것은 바로 업이외다."

소홍은 광비 대사를 향해 포권을 했다.

"보다 자세한 설명을 부탁드립니다."

광비 대사는 해골바가지에 거죽을 씌운 것 같은 환자의 얼굴을 내려다보았다. 노승의 주름진 얼굴에 애틋한 빛이 떠올랐다.

"이 사람의 법명은 적공寂空이오. 바로 본 사의 방장이지요."

그 얘기에 소흥의 얼굴이 어두워졌다. 광비 대사는 소흥의 표정을 살핀 뒤 말을 이었다.

"놀라지 않으시는 것을 보니 구양자 도우께서도 어느 정도 예상하고 계셨던 모양이구려."

"그렇습니다."

소흥은 감추려 하지 않고 솔직히 대답했다.

소림사의 현임 방장 대사인 적공은 몇 년 전부터 공식 석상에 얼굴을 내비치지 않았다. 소림사 방장이라면 더 이상 알려지기 힘들 정도로 유명세를 타는 자리인 탓에, 강호의 뭇 호사가들은 당연히 그 일을 놓고 갑론을박을 벌이게 되었다. 처음에는 적공이 폐관 수련에 들었다는 예측이 압도적으로 우세했다. 뭔가 대단한 신공을 연성하기 위해 소림의 중지에서 수행을 쌓고 있다는 것이었다. 하지만 여러 해가 지나도록 적공의 모습이 보이지 않고 사찰 밖에서 활동하던 소림 문하의 동태 또한 심상치 않자, 폐관설은 서서히 가라앉고, 지금은 적공이 중병에 걸려 모처에서 치료 중이라는 예측이 조심스럽게 고개를 드는 실정이었다.

번거로움을 좋아하지 않는 소흥이 굳이 이 음습한 지하 밀실까지 오려 한 데에는 옥허비전을 사용함에 있어 신중을 기하라는 스승 한운자의 가르침을 따르려는 이유도 있지만, 세간에 떠도는 소림사에 대한 흉문을 직접 확인하고픈 마음도 어느 정도 작용했다고 볼 수 있었다.

"적공은 불제자로서 해서는 안 될 일을 했소. 그 결과가 바로 저것이오. 그러니 업이랄 수밖에. 아미타불."

광비 대사는 다시 불호를 읊조리며 눈을 감았다.

"해서는 안 될 일이라면?"

소홍이 다시 묻자 매불이 끼어들었다.

"이 절간에는 세상이 알지 못하는 사악한 마경魔經들이 꽤 많이 보관되어 있어. 과거 소림사 낙타들이 탕마멸사蕩魔滅邪란 미명하에 애꿎은 사람들을 때려잡던 과정에서 수집한 것들이지. 그중에 명왕혈세공冥王血洗功이란 것이 있었나 봐. 적공은 바로 그것을 익히려다가 덜컥 주화입마에 걸려 버린 게야."

이번에는 적오가 끼어들었다. 그는 위맹한 외모에 걸맞게 강경한 시각을 지니고 있었다.

"본 사가 벌인 탕마행蕩魔行은 모두 고통받는 중생들을 구제하기 위함이었습니다. 그 과정에서 제압된 자들은 하나같이 세상을 피로 물들인 흉인 악적 들이었지요."

매불은 콧방귀를 뀌었다.

"지랄하네, 제 한 몸도 추스르지 못하는 축생들이 누굴 구제한다고."

"하지만 대의를 위해……."

적오가 상기된 얼굴로 항변하려 했지만 매불은 단호히 말허리를 잘랐다.

"힘을 억누른답시고 힘을 쓴다면 그게 개돼지와 뭐가 달라? 좋아, 백번 양보해서 소림사 낙타들이 탕마행이란 걸 했다고 치자. 그래서 얻은 마경은 왜 신줏단지처럼 모셨냐? 나중에 국 끓여 먹으려고? 그게 아니겠지. 우린 이렇게 훌륭한 사람이란 것을 남들과 후대들에게 과시하기 위해서가 아니겠어? 그런 속물들이 대의는 무슨 얼어 죽을 대의?"

적오의 얼굴이 더욱 붉어졌지만 뭐라고 대꾸하진 못했다. 그들의 대화를 듣고 있던 소홍이 조심스럽게 매불에게 물었다.

"그렇다면 아까 기관을 작동시키던 승려도 혹시……?"

"왜 아니겠어? 적공이 익힌 명왕혈세공도 그놈으로부터 비롯되었을 테지. 그러고 보면 그놈이 보통 흉악한 게 아니란 말이야."

소홍은 미간을 모으며 생각에 잠겼다.

소림사 내에 누대를 걸쳐 수집한 마공 비급이 다수 비장되어 있다는 사실은 이미 오래전부터 강호에 퍼진 얘기였다. 그러나 그것은 말 그대로 금단의 마경, 이제껏 외부로 유출되었다거나 혹은 소림승이 익혔다는 얘기는 들리지 않았다. 만일 그런 일들이 벌어졌다면 만인이 숭앙하는 소림의 명예는 큰 타격을 받았을 터. 한데 다른 사람도 아닌 방장 대사가 그 금단의 마경에 손을 대다니!

소홍이 이런 생각에 잠긴 동안, 매불은 입이 근질거렸는지 기어코 몇 마디 얄미운 소리를 늘어놓고야 말았다.

"소림도 한심하지 뭐야. 어디 사람이 없어 적공 같은 놈을 방장으로 세워? 윗물이 맑아야 아랫물이 맑은 법인데, 윗물부터 썩었으니 이제 뭘 기대하누? 차라리 이놈의 절간 확 불 질러 버리고 탁발이나 다니는 게 낫지."

이 말은 국외자인 소홍이 듣기에도 심한 구석이 있었다. 그러니 당사자, 그중에서도 괄괄하기로 유명한 적오가 어찌 참겠는가.

"말씀이 너무 지나치십니다!"

적오가 한 걸음 앞으로 나서며 노성을 터뜨렸다. 사방 벽이 우르릉, 울리고 천장에서는 허연 먼지가 우수수 떨어져 내렸다.

매불은 어이없다는 듯 눈을 동그랗게 뜨고 적오를 바라보다가 그의 코앞으로 머리를 들이밀었다.

"너 잘하면 사람 치겠다? 그래, 어디 한번 쳐 봐라. 요즘 소림에선 애들 교육을 이따위로 시키나 보지?"

매불이 이렇게 나오자 난처하게 돼 버린 사람은 오히려 적오 쪽이었다. 순간의 노기를 이기지 못하고 고함을 지르긴 했지만, 그렇다고 하늘같은 사조와 형제처럼 지내는 매불에게 주먹질을 할 수는 없는 노릇이었다. 그래서 코앞에 들이밀어진 매불의 못생긴 머리통을 보며 그저 콧김만 씩씩 내뿜을 따름인데, 이제껏 눈을 감고 있던 광비 대사가 조용히 그를 나무랐다.

"적오야, 무례하구나."

적오는 "끄응!" 용을 쓰며 움켜쥔 주먹을 슬그머니 풀었고, 매불도 자신이 좀 심했다 싶었는지 더 이상 따따부따하진 않았다.

생각을 한동안 정리하던 소홍은 광비 대사를 향해 물었다.

"아까 사사로운 원한이라고 하셨는데 조금 더 구체적으로 말씀해 주십시오. 적공 대사께서 대체 왜 마공을 익혀야만 했단 말입니까?"

광비 대사는 약연이 감도는 천장을 바라보며 탄식했다.

"우매한지고! 속세에서는 살부지수殺父之讐와 불공대천不共戴天이라 하지만, 한번 고개를 돌려 불자가 된 몸으로 어찌 피안彼岸을 바라보지 못한단 말인가. 아미타불."

광비 대사는 이어 적공이 주화입마에 빠진 속사정을 설명하기 시작했다. 소림사 내에서도 극히 일부만 알고 있는 비화가 노승의 메마른 입술을 통해 흘러나왔다.

적공의 속가명은 포추량包秋良.

건국의 혼란기를 지나 제국의 초석이 서서히 다져지던 홍무洪武 말엽, 강소 사람 포대진의 두 아들 중 둘째였다.

한때 소림하원少林下院에서 수련한 경력이 있는 포대진은 굳센 의지와 불같은 정의감을 동시에 갖춘 일대 쾌협이었다. 악을 원수처럼 증오하는 성정 때문에 적지 않은 원수를 두고 있었지만, 소림의 속가라는 후광으로, 또 그에 부끄럽지 않은 무공으로 무명에 가깝던 포씨 가문을 강소의 명문으로 굳힌 입지전적인 인물이기도 했다. 그렇듯 의협과 열정으로 강호를 살아가기를 어언 삼십여 년. 환갑에 가까운 나이로 금대야에 손을 씻고 일선에서 물러나니, 사람들은 그를 시중에 은거한 협사, 시은협市隱俠이라 칭송하며 존경의 염을 금치 못했다.

포대진이 일생을 두고 가장 자랑으로 여긴 것은 약관의 나이로 참가했던 여산대전이었다. 당시 소림사 속가제자의 신분으로 여산백련교 토벌에 참가한 그는 한 자루 박도로써 숫한 백련교도들을 무찔렀으며, 백련교주 서문호충의 심복이자 교내의 정보 수집을 관장하던 만리비응萬里飛鷹 조인曹寅의 목을 베는 전공을 올렸다. 만리비응 조인은 애송이 협객으로선 감히 넘보지 못할 높은 벽이었기에, 그는 그 일을 회상할 때마다 뿌듯한 감회에 젖곤 했다. 그런데 그 일이 결국 그와 그의 가족을 파멸의 구렁텅이로 몰아넣을 줄 누가 알았겠는가.

강호에서 은퇴해 유유자적한 세월을 즐기던 포대진에게 어느 날 한 명의 도전자가 찾아왔다. 자신의 이름을 서문숭이라 밝힌 그 도전자는 여산대전 시절 포대진이 그러했듯 이제 약관을 막 넘긴 청년이었다.

서문숭이란 청년은 포대진이 일생에 걸쳐 쌓은 모든 업적을 간단한 몇 마디로 짓밟을 만큼 오만방자했다. 그러나 소림의 정종 공부에 기반을 둔 포대진의 수양은 그리 얕지 않았다. 포대진은 여유 있는 웃음으로 비무를 거절했고, 재차 비무를 요구하는 서문숭을 자신의 장남이자 서문숭과 비슷한 또래인 포춘홍包春弘으로 하여금 상대하도록 했다. 내심으로는, 젊은이는 젊은이와 어울려야 보기 좋겠지, 이렇게 생각하면서.

여기까지는 아무 문제가 없었다. 문제는 그 직후 벌어졌다. 포춘홍은 일 초를 버티지 못했다. 일 초도 버티지 못하고 서문숭이 휘두른 칼에 목이 날아갔다. 서문숭의 칼에는 강호의 비무에서 흔히 통용되는 '손 속의 사정' 따위는 한 톨도 담겨 있지 않았다. 그 칼은 진실로 가차 없었고, 포대진은 회랑 위 의자에 앉아 두 눈을 시퍼렇게 뜬 채로 장자의 잘린 머리통이 하늘로 솟구치는 광경을 지켜봐야만 했다.

젊은 혈기를 선배의 여유로 받아넘기려 했던 포대진은 눈이 뒤집혔다. 그는 자리를 분연히 떨치고 일어나 서문숭에게 달려들었다. 너무도 어처구니없이 죽어 버린 장자의 원수를 갚기 위해.

……그것이 포대진의 최후였다.

포춘홍의 목을 벤 서문숭의 칼은 그 부친인 포대진의 목마저도 날려 버렸다. 단 일 초. 서문숭은 두 번의 칼질만으로 강소의 명숙 시은협과 그의 장자를 죽인 것이다.

그 자리에는 포추량도 있었다. 아버지와 형이 큰 숨 한 번 들이쉬고 내쉬는 사이에 목 없는 귀신이 되는 광경을, 그는 그냥 보고만 있을 수밖에 없었다. 당시 그의 나이는 불과 열두 살. 열두 살이란 분노보다는 두려움에 사로잡히기 쉬운 나이였다. 열두 살의 포추량이 할 수 있는 일이라곤, 부친과 형을 죽인 원수가 장원의 정문을 유유히 나가는 모습을 겁에 질린 눈으로 지켜보는 것뿐이었다.

포추량은 나중에 들은 일이지만, 서문숭은 그때 이미 소림사 방장인 광문 대사를 향한 공개 도전장을 던진 상태였다. 그리고 광문 대사가 이를 묵살하자 포대진에겐 사제가 되는 절강의 고수 다비수 모운을 죽였다고 했다. 이 두 가지 소식이 포씨 가문에 미처 전해지지 않은 까닭은, 전자는 워낙 미미했기 때문이요, 후자는 불과 보름 전에 벌어졌기 때문이었다.

소림사에 대한 서문숭의 적개심은 포씨 부자의 목숨을 앗아 간 뒤에도 누그러지지 않았다. 얼마 뒤 소림사 장경각주인 광조 대사가 소림사가 있는 숭산 바로 아래에서 차가운 시체로 발견되었다. 서문숭을 잡기 위해 강호로 나온 십팔나한이 신발 한 짝 남겨 놓지 못한 채 연기처럼 실종되어 버렸다.

이어 두 번째로 던져진 공개 도전장. 당시 소림사 방장인 광문 대사는 더 이상 서문숭의 도전을 피할 수 없게 되었다.

서문숭과 광문 대사의 대결. 그리고 그 결과는 곧바로 '낙일평의 치'로 이어졌다.

여기까지 얘기한 광비 대사는 목이 칼칼했는지 몇 차례 기침을 했다. 곁에 있던 적통이 급히 물 사발을 올렸다.

소흥이 광비 대사에게 물었다.

"그렇다면 포추량…… 아니, 적공 대사께서 소림에 입문한 까닭은 서문숭에게 복수를 하기 위함이었나요?"

광비 대사는 적통이 가져온 물로 입을 헹군 뒤, 소흥의 물음에 대답했다.

"적공의 모친은 그 기개가 남편에 비해 조금도 뒤지지 않는 여장부였던 모양이오. 그녀는 지아비와 장자를 잃은 슬픔 대신 서문숭에 대한 저주를 곱씹으며 적공을 본 사로 데려왔소. 적공을 제자로 받아들이는 데엔 큰 문제가 없었소. 자질도 자질이거니와, 당시 본 사엔 포대진과 친하게 지내던 광 자, 범 자 항렬들이 여럿 있었기 때문이오. 결국 적공은 범광凡光의 문하가 되었소."

소홍은 고개를 끄덕였다. 범광이라면 광문 대사의 수제자로서, 광문 대사가 서문숭에게 죽임을 당한 뒤 새로 방장 자리에 오른 사람이었다.

"그러고 보면 세상일이란 게 참 묘한 데가 있소. 적공이 입문한 지 불과 두 달 만에 서문숭은 광문 사형을 꺾고 본 사에 십년 봉문의 금제를 가했소. 그 십 년 동안 본 사는 새로운 제자를 받아들일 수 없었으니, 적공은 특별한 경쟁자 없이 다음 대 방장 자리를 굳힐 수 있게 된 것이오. 서문숭에 대한 복수심으로 소림에 들어온 적공이 서문숭에 의한 금제에 의해 수월히 방장 자리에 올랐으니, 이 또한 업이라면 업이랄 수밖에······. 아미타불."

적공에 관한 비화는 우울한 불호로 마무리되었다. 소홍은 우두커니 선 채로 아무 말도 할 수 없었다.

만물은 윤회한다. 과거에 발생한 사건은, 사건 자체는 시간의 저편으로 묻힐지라도 그 불씨는 세상 어딘가에 남아 어떤 식으로든 현재에 영향을 끼친다. 그 영향이 작든 크든. 그저 검댕이나 묻힐 정도로 그슬든, 아니면 모든 것을 잿더미로 만들어 버릴 정도로 활활 태워 버리든. 이렇듯 인간 세상을 지배하는 인과의 연속성은 결코 인간의 의지로 단락 지을 수 없는 것이다.

"무릇 불문 공부란 편벽된 집념으로는 대성할 수 없는 것이지. 오직 명경처럼 고요한 마음으로 우주와 자신의 합일을 꾸준히 추구해 나가야만 대오각성에 이를 수 있는 법인데, 저 미련

한 축생은 그것을 어기고 사사로운 복수심을 득과得果의 원동력으로 삼았으니 결과가 좋을 리 없지. 소림 공부가 뭐 대단할 것은 없지만, 그래도 그렇게 만만하지는 않거든."

매불이 제법 유식한 소리를 했다.

소흥은 그 점에 동의할 수 있었다. 명경 같은 마음으로 일관해도 곳곳에 심마의 장애가 도사리고 있는 마당에, 증오와 원한을 토대로 무공을 습득하려 했으니 진전이 더딜 수밖에 없었을 것이다. 그래서 급기야 불문 제자에겐 금기시되는 마공까지 손을 뻗치게 되었을 테고.

광비 대사가 뒤에 시립한 적통에게 눈짓을 보냈다. 그러자 적통이 앞으로 나서며 소흥에게 말을 걸었다.

"저리로 가시지요. 방장 사형의 증상에 대해 소승이 상세히 설명드리겠습니다."

적통의 직책이 약왕당주였으니 환자를 가장 주의 깊게 지켜본 주치의라고 할 수 있었다.

적통으로부터 들은 적공의 상태는, 심지어는 겉보기보다도 훨씬 안 좋았다.

병의 원인은 간단했다. 서로 어울리지 않는 두 종류의 내공을 무리하게 하나로 만들려 한 것이 화근이 되었다. 그 결과 단전에는 괴이한 열독이 자라나고, 간장과 신장 기능이 극도로 저하되었으며, 대맥 몇 개와 사지로 이어진 주된 혈관이 뒤틀리는 심각한 증세가 발생되었다.

문제는 단전에 자리 잡은 열독이 시간이 갈수록 자꾸만 팽창한다는 점인데, 만일 그것이 심장이나 뇌문에 이르는 날에는 대라신선大羅神仙이 온다고 해도 결코 소생시킬 수 없다. 적통은 이를 막아 볼 요량으로 몇 가지 순음한 약제를 배합한 제열단制熱丹

을 조제해 환자에게 꾸준히 복용시킨 모양인데, 그것이 음양의 조화를 크게 해쳐 이제는 장기에서 스며 나오는 진물로 인해 거죽마저 썩어 들어가는 처지가 되어 버린 것이다.

적통의 설명이 끝나자 광비 대사가 말했다.

"한운자 도우께서 완전치 못한 비방의 사용을 금하신 취지는 노납도 십분 이해하고 있소. 하나, 보시다시피 지금의 적공은 살아 있되 살아 있는 목숨이라고 말하기 어려운 상태요. 만일 적공이 이대로 세상을 뜨고 그 내막이 사내에 알려지는 날에는 어떠한 일이 벌어질지 노납은 감히 짐작할 수 없구려."

광비 대사가 감히 짐작할 수 없다던 '어떠한 일'을 기이하게도 매불은 쉽게 짐작하고 있었다.

"뻔하지. 무당의 말코들이 설치고 다니는 것처럼 소림의 낙타들도 서문숭을 쳐 죽이자고 날뛰겠지. 저기, 적오란 놈을 좀 보아라. 제 사형 죽어 가는 것이 모두 서문숭 탓이라고 얼굴에 쓰여 있지 않느냐."

비분강개한 마음에 실제로 그런 얼굴을 하고 있던 적오는 매불의 손가락질에 찔끔 놀라 고개를 돌렸다.

"적공이 만일 소생한다면, 불자로서 도리를 저버리면서 사사로운 원한에 사로잡힌 죄를 엄히 추궁할 작정이오. 그러나…… 지금 가장 급선무는 그를 소생시키는 일이오."

광비 대사는 조용한 목소리로 소홍의 결단을 촉구했다.

소홍은 고개를 돌려 송장보다 처참한 상태로 누워 있는 적공을 바라보았다. 지금은 이미 한운자와의 약속을 고집할 때가 아니었다.

"알겠습니다. 말씀대로 따르지요."

마침내 소홍은 단약이 있는 품으로 손을 집어넣었다.

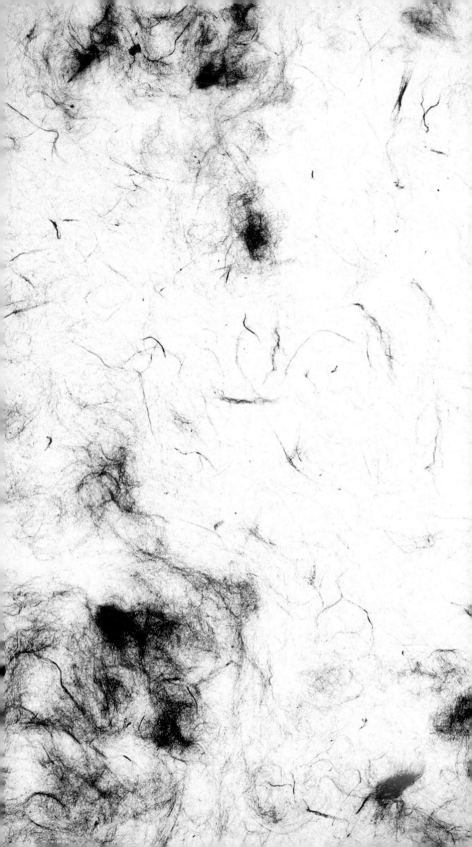

시주승施主僧

(1)

하루 이틀도 아니었다.

그 걸승은 자그마치 닷새 동안이나 보운장 정문을 바라보고 있었다.

보운장은 물론 집이었다. 하지만 결코 평범한 집이라고는 볼 수 없었다. 제국의 심장부인 북경, 그곳에서도 황제가 사는 자금성에 버금갈 정도로 크고 화려한 집이 바로 보운장이 었다.

그러니 정문을 지키는 위사들의 콧대가 예사롭지 않은 것은 당연한 일인데, 그 걸승이 사연 한두 개쯤 담겨 있음직한 아리송한 눈매로 닷새씩이나 정문을 바라보는 것을 뻔히 알면서도 그대로 방치한 까닭은 그들이 거지를 어여삐 여길 만큼 자비로워서도 아니요, 그들이 승려를 어려워할 만큼 불심 깊어서도 아니요, 오직 걸승의 외모가 너무도 추했기 때문이었다. 미인과 부자가 아니면 좀처럼 교분을 트려 하지 않는 것이 인지상정인 바에야, 꿈에 나올까 두려울 정도로 흉측한 데다 개방 거지들마저도 조사야를 외치며 넙죽 절할 정도로 지독한 궁기를 흘리는 걸승을, 단지 이쪽을 바라본다는 이유 하나만으로 들쑤실 까닭이 딱히 없었던 것이다.

덕분에 그 걸승은 누구의 방해도 받지 않고 촉촉한 여름 이슬에 다섯 번이나 옷을 적셔 가면서 보운장 정문이 빤히 보이는 어느 집 추녀 아래 명당자리를 진득하게 차지할 수 있었다. 그나저나 걸승의 좌선 공부만큼은 참으로 신통했다. 돌덩이도 아닌 사람이 어떻게 저리도 꼼짝 않고 한 방향만을 바라보고 있단 말인가.

태양이 서편으로 뉘엿뉘엿 기울고 교대 시간이 조금씩 가까워지자 보운장 정문 앞에서 번을 서던 두 위사는 뼈마디가 슬슬 새큰거려 오는 것을 느꼈다. 하루의 절반을 꼬박 한자리만 지켜야 한다는 것은 일 년 열두 달 아무리 반복해도 좀처럼 익숙해지기 어려운 지루한 노동임에 분명했다.

그중 살집이 좋은 위사가 뻐근한 허리를 좌우로 비틀며 풀다가 반대쪽 기둥에 엉덩짝을 기대고 있던 키 작은 위사에게 지나가는 투로 한마디를 던졌다.

"저녁에 약속 있나?"

키 작은 위사는 심드렁한 얼굴로 대꾸했다.

"약속은 무슨……. 마누라 눌러 주는 것밖엔 없지."

살집 좋은 위사는 손가락을 음탕하게 꼬아 남녀 간의 성행위를 연상시키는 모양을 만들어 보이며 키득거렸다.

"크흐! 제수씨 눌러 주는 것도 물론 좋은 일이겠지. 하지만 기왕 눌러 줄 거라면 더 나긋하고 향긋한 계집을 눌러 주는 편이 낫지 않겠나?"

"이 사람, 멀쩡한 남의 가정 박살 낼 일 있나?"

"그래? 그럼 별수 없지. 혼자 가는 수밖에."

"어딜 가는데?"

"가지도 않을 사람이 어딘지는 알아 뭐하게?"

"하긴……."

"……."

"제기랄! 정말 어딜 가는지 말 안 할 텐가?"

"크흐! 생각 있나?"

"생각 있고 없고는 일단 들어 본 다음에 결정할 일이지."

"좋아, 자네도 북산촌北山村 오가吳哥네 술집 알지?"

"오가네? 물론 알지. 일전에 거기서 한잔하다가 그 동네 왈패들하고 크게 한판 붙은 적이 있지 않은가."

"그래, 바로 그 술집. 그 집에 기막힌 창기 년이 하나 들어왔다네."

"그래?"

"섬화蟾花란 계집인데, 내가 오입질 이십 년에 그런 명기名器는 처음 봤다네. 아주 죽여주더라고."

"쳇! 아래에서 위로 뚫린 구멍이야 그게 그거지."

"이 친구가 뭘 모르는군. 구멍이라고 다 같은 구멍인 줄 아는가? 삶은 호박처럼 흐물흐물한 구멍이 있는가 하면, 젖은 비단처럼 쫙쫙 감기는 구멍도 있다네. 크흐! 자네도 한번 맛보면 오가네 문턱이 닳아 없어지도록 들락거리게 될걸."

"정말…… 그 정돈가?"

"크흐! 거짓말이면 자네 화대까지 내가 몽땅 내주겠네. 어떤
가? 이제 입맛이 당기는가?"

"으음!"

아마도 마누라 구멍이 삶은 호박 같았나 보다. 키 작은 위사
는 미간을 잔뜩 모으고 심각한 고민에 빠졌다. 그러다 마침내
작심한 듯 고개를 번쩍 들고 뭔가 결단의 선언을 내리려 하는
데, 때마침 시야에 잡힌 어떤 광경을 목격하고는 그만 생각해
둔 말을 까맣게 잊어버리고 말았다.

"어? 저…… 저……!"

"갈 건가, 안 갈 건가?"

"저, 저자가 왜……?"

키 작은 위사는 한 곳을 가리키며 약간 모자란 사람처럼 말
을 더듬거렸다. 살집 좋은 위사는 뭔가 이상하다 싶었는지 키
작은 위사의 손가락이 가리키는 곳으로 시선을 돌렸다. 다음
순간, 그의 입에서도 키 작은 위사와 비슷한 토막말이 흘러나
왔다.

"어? 저…… 저……!"

그럴 수밖에 없었다. 아까까지만 해도 맞은편 장원 추녀 아
래 청승맞게 웅크리고 있던 걸승이 보운장 정문을 향해 다가오
는 것을 발견했기 때문이다. 걸승의 걸음걸이는 믿을 수 없을
만치 빠르고 당당하여, 두 위사가 정신을 차리기도 전에 이미
보운장 정문 앞에 당도해 있었다.

가까운 데서 보니 걸승은 정말로 추했다. 때가 꼬질꼬질한
베옷에 신발도 갖추지 못한 적족赤足은 접어 둔다 치더라도,
혹이라도 난 것처럼 뒤로 툭 불거진 뒤통수와 그와 반대로 초
승달처럼 휘어져 앞으로 튀어나온 주걱턱은 사람의 두상이 저

런 형태로 생겨 먹을 수도 있구나 하는 혐오 섞인 감탄을 불러일으켰다. 게다가 오른뺨에서 목덜미에 이르는 화상 자국은 보는 사람의 어금니 사이에 신 침이 고이게 만들 만큼 끔찍했다.

그러나 추하다 하여 만만히 볼 문제는 아니었다. 우선 좌우로 딱 벌어진 어깨부터가 사람 살덩이라기보다는 돌덩이를 깎아 만든 것 같았고, 지렁이 같은 힘줄이 툭툭 튀어나온 주먹은 황소라도 단방에 때려잡을 만큼 묵직해 보였으며, 얼굴 상단에 자리 잡은 한 쌍의 눈은 석탄이라도 박아 놓은 것처럼 이글이글 타오르고 있었으니 말이다.

두 위사는 까닭 모를 두려움에 사로잡힌 채 걸승의 얼굴을 바라보았다. 걸승의 입술이 달싹거렸다.

"장주는 안에 계시는가?"

우반면의 근육이 화상으로 인해 죽은 탓인지, 걸승은 말을 하기 위해 좌반면만을 실룩거려야 했다. 그 또한 형용하기 힘든 괴이함을 풍겼다.

"장주가 안에 계시냐고 물었다."

걸승은 다시 말했다. 키 작은 위사가 경기라도 일으킨 아이처럼 어깨를 흠칫 떨더니 더듬거리며 대답했다.

"계, 계시오만……."

"그럴 줄 알았지. 종일 지켜보았지만 교자轎子가 나가는 것은 보지 못했으니까."

걸승은 혼잣말을 중얼거리더니, 두 위사 사이를 성큼 지나 활짝 열린 정문 안으로 들어갔다. 그 모습이 너무도 당당해, 모르는 사람이 보았다면 마치 제집에 들어가는 줄로만 알 것 같았다.

"어? 어?"

"이보시오! 거기 멈추시오!"

두 위사의 임무는 물론 정문을 지키며 외인의 출입을 통제하는 것이었다. 그 임무에 태만할 시에는 운이 좋으면 감봉이나 태형이요, 운이 나쁘면 내일부터 북경 왕부정대로에서 제일 후하다는 보운장의 봉급과는 무관한 인생을 살아야 하는 것이다.

두 위사는 장창을 꼬나 쥐고 걸승을 따라붙었다.

❧

"이자심李自深으로부터 온 전갈인가?"

실내를 감도는 초저녁 나른한 공기를 가볍게 흔든 것은 황금이 가져다주는 무게가 자연스럽게 배인 목소리였다.

저런 목소리를 소유하기 위한 전제 조건은 매우 까다롭다. 우선 손이 귀한 거상의 가문에 종손으로 태어나야 하고, 어릴 때부터 수많은 종복에 의해 떠받듦을 입어야 하며, 젊은 시절에는 사흘에 한 번씩 장미 세 근과 연유 세 말과 눈에 번쩍 뜨일 미녀들로 가득 채운 거대한 대리석 욕조에서 고대의 탕군蕩君들을 능가하는 황음을 즐겨야 하고, 더 나이 들어서는 한번 중원을 주유할 때마다 천금 이상 가는 재보를 뿌릴 줄 알아야 하며, 이제 황혼기에 접어들어서는 셈 밝고 유능한 총관을 수족처럼 부리며 천하 상권을 좌지우지할 막강한 능력을 갖춘 사람이어야만 저런 목소리를 소유할 수 있는 것이다.

저런 목소리의 소유자는 아마 어떤 권력자도, 그리고 어떤 대문파의 장문인도 부러워하지 않을 것이다. 황금이면 귀신도 부린다는데, 웬만한 권력과 무력쯤이야 손가락 하나만으로도 어렵지 않게 끌어낼 수 있기 때문이다.

"그렇습니다."

신걸용辛傑庸은 공손히 대답한 뒤, 황색 봉서가 얹힌 은쟁반을 눈썹 높이로 받쳐 들고 목소리가 울린 교자를 향해 무릎걸음으로 다가갔다. 그는 목소리의 주인이 수족처럼 여기는 셈 밝고 유능한 총관이었다.

신걸용이 무릎걸음으로 다가간 교자는 그 하나만으로도 웬만한 장원 서너 채는 너끈히 살 수 있을 정도로 호화로웠다. 특히 양쪽 팔걸이 부근에 박혀 있는 호랑이 눈알만 한 금강석은, 북경성의 뭇 귀하신 마님들이 자다가도 벌떡 일어날 정도로 탐스러운 보광을 발하고 있었다.

그 금강석 중 오른쪽 것을 어루만지던 손이 우아하게 움직였다. 나이 든 티를 완전히 감출 수는 없지만, 좋은 향유로 매일 영양을 공급받아 장년의 그것처럼 생생한 윤기를 머금은 손이었다. 그 손은 교자와 신걸용 사이의 공간을 천천히 가로지르더니 은쟁반에 얹힌 황색 봉서를 사뿐히 집어 들었다.

봉서의 봉인을 떼는 부스럭거리는 소리. 그리고 잠시 후 목소리가 다시 울렸다.

"이자심이 기일을 어기지는 않은 것 같군."

그러고는 조금 있다가, "다행이야, 둘째에게 체면은 지킬 수 있게 되었어."라는 말이 뒤따랐다. 신걸용은 천천히 고개를 들어 목소리의 주인을 바라보았다.

목소리의 주인은 아주 평범하게 생긴 노인이었다. 평범한 체격에 평범한 얼굴 그리고 평범한 표정. 저렇게 평범한 노인이 어떻게 해서 그토록 무게 있는 목소리를 내는지 신기할 정도였다. 그러나 신걸용은 그 점을 조금도 신기하게 여기지 않았다. 외모의 평범함은 노인이 지닌 황금의 무게를 조금도 깎아내릴 수 없다는 사실을 잘 알고 있었기 때문이다.

황금의 무게가 너무도 자연스럽게 배인 노인, 중원 상권의 이 할을 뜻대로 주물러 댄다는 천하제일 거상 왕고는 자신을 향한 신걸용의 두 눈을 물끄러미 들여다보다가 고개를 갸웃거렸다.

"할 말이 있는 눈치군."

"그렇습니다."

"자네는 하고 싶은 말을 마음에 그냥 묻어 두는 사람이 아니지. 상대가 나라도 말이야. 좋아, 어디 해 보게나."

왕고는 교자의 등받이 깊숙이 등을 파묻으며 눈을 가늘게 떴다. 신걸용은 자리에서 일어선 뒤, 말문을 열었다.

"제가 어제 뽑은 결산에 의하면, 다섯 개의 대문파를 위시한 백도인들을 징계하는 데 소요된 비용이 황금 이만 냥을 초과했습니다."

"그래?"

"정확히 말씀드리자면 이만 구백이십 냥입니다."

보통 사람이라면 듣기만 해도 속이 울렁거릴 얘기일 텐데, 왕고는 턱수염을 매만지며 그저 "생각보다 조금 더 들었군."이라고 중얼거릴 뿐이었다.

"백도인들의 반발도 이제는 극에 달해, 장주님을 주살해야 한다는 참람스러운 주장도 공공연하게 나돌고 있다고 합니다."

신걸용은 심각했으나 왕고는 여전히 태연했다. 그는 이번에는 턱수염을 매만지던 오른손을 이리저리 뒤집어 살피면서 대수롭지 않다는 듯이 대꾸했다.

"그럴 테지. 할 줄 아는 짓이라곤 사람 죽이는 게 전부인 자들이니까."

"실제로 지난 한 달 동안, 본 장원이 당한 자객의 침입만 해도 네 차례나 되었습니다. 물론 마馬 대주가 이끄는 호장대護莊隊가 남김없이 처리했습니다만……."

"그래서?"

왕고는 또 한 번 뒤집으려던 오른손을 허공에 멈추고 신걸용을 바라보았다.

"그래서 마척馬脊에게 따로 포상이라도 내려야 한다는 얘기를 하려는 건가?"

신걸용은 잠시 아무 대답도 하지 않다가 결심한 듯 고개를 들고 말했다.

"이제 백도인들에 대한 징계를 푸심이 어떨는지요?"

왕고는 신걸용의 두 눈을 빤히 바라보았다. 약간 늘어진 눈까풀 아래에 자리 잡은 두 개의 까만 동공이 나이답지 않게 맹렬한 기세로 번뜩거렸다. 그러나 신걸용은 왕고와 왕고가 주인으로 있는 이 보운장을 진정으로 아끼는 사람이기에 그 눈동자를 피하지 않고 마주 볼 수 있었다.

아주 잠깐 동안의 눈싸움은 뜻밖에도 주인의 패배로 끝났다.

"후후, 자네는 역시 괜찮은 사람이야. 상전의 귀에 거슬리는 말을 이리도 태연히 내뱉는 것을 보면."

왕고가 시선을 다시 오른손 손등 위로 얹으며 이렇게 말하자, 신걸용은 얼굴을 붉히며 머리를 숙였다.

"심기 상하셨다면 사죄드리겠습니다."

"아닐세. 자네 마음이야 내가 알지. 내가 그걸 왜 모르겠나."

왕고는 오른손을 한두 차례 쥐었다 폈다 하더니, 금강석이 박힌 교자의 팔걸이를 짚고 몸을 일으켰다. 그는 가볍게 뒷짐을 진 채 바닥에 깔린 융단 위를 천천히 거닐기 시작했다.

"이자심이 보낸 편지가 자네의 걱정 병을 도지게 했나 보군. 이자심을 동해로 보낸 것이 못마땅한가 보지? 아니, 조금 더 정확히 말하지. 자네는 무양문 서문 문주와의 관계를 하루빨리 청산하고 싶은 심정이지?"

"그렇습니다."

곤란할 수도 있는 질문이었지만, 신걸용은 분명한 목소리로 대답했다. 왕고가 빙긋 웃었다.

"용감하다고 칭찬해 주고 싶군. 하지만 조심하게. 만일 마척이 그 대답을 들었다면, '그러시오?'라고 하며 히죽 웃고는 자네의 사지 중 어느 하나를 잘라 내려 들지도 모를 테니까."

신걸용은 조용히 한숨을 쉬었다.

"사지 중 하나로 그치면 다행이지요."

"하긴 그 친구 성격이라면…… 하하!"

기분이 유쾌해졌는지 한바탕 너털웃음을 터뜨리는 왕고에게 신걸용은 다시 얼굴을 굳히고 심각한 어조로 진언했다.

"무양문의 전신은 백련교입니다. 백련교는 국법에 의해 사교邪教로 배척받는 무리고요. 더 이상 관계가 지속된다면 장의 사업에 큰 지장이 올지도 모릅니다."

왕고가 신걸용의 말을 받았다.

"그런데도 나는 백도인들에 대한 경제 봉쇄를 늦추지 않고 있고, 게다가 이자심까지 보내 무양문의 강호 활동까지 돕고 있으니 심히 걱정스럽다 이거지?"

"솔직히, 그렇습니다. 이제 장은 무양문의 도움 없이도 강남에서 독자적으로 활동할 수 있는 기반을 충분히 구축했습니다. 물론 그렇게 되기까지 서문 문주의 공로가 크다는 사실은 부인하지 않겠습니다. 하지만 그 반대급부로 장은 많은 금전적인 지원을 감수했고, 그 결과 무양문은 강남은 물론이거니와 강호 전체를 통틀어 가장 경제력이 탄탄한 문파가 될 수 있었습니다. 그러니 속하의 판단으로는 이쯤에서 장과 무양문의 관계를 정리하시는 편이 상리商理에 합당하다고 봅니다."

이 말은 왕고에게 조금 의외였던 모양이다. 왕고는 희끗한 눈썹을 쫑긋거리다가 실소를 흘렸다.

"허허, 이 왕고가 다른 사람으로부터 상리에 대한 가르침을 받을 줄은 몰랐군."

신걸용은 얼른 고개를 숙였다.

"건방지게 들리셨다면 죄송합니다."

"아닐세, 그런 뜻으로 한 말이 아니었어."

왕고는 천천히 몸을 돌렸다. 신걸용의 눈앞에 드러난 그의 뒷모습은 잘 자란 대나무를 연상시킬 만큼 꼿꼿해 보였다. 어쩌면 창틀 너머로 흘러들어 오는 저녁 햇살이 두툼한 융단 위에 만들어 놓은 길쭉한 그림자 때문일지도 모른다.

"한 가지 묻겠네."

왕고가 등을 돌린 채 조용히 말했다.

"내가 소보少寶를 어떻게 생각했는지 아는가?"

신걸용의 얼굴에 어두운 기운이 드리웠다. 소보라면 왕고의 둘째 아들인 왕삼보의 아명이었다. 어린 시절 무양문주 서문숭의 제자로 들어간 왕삼보는 작년 여름 형산에서 벌어진 용봉단 토벌전에서 사망했다. 그래서인지 죽은 아들의 얘기를 꺼내는 왕고의 뒷모습은 무척 쓸쓸해 보였다.

그 쓸쓸함 위로, 왕고의 말이 잔잔하게 이어졌다.

"소보는 큰아이하고는 달랐어. 장사꾼의 집안에서 태어났지만 천품이 교활하지 않고 마음 씀씀이가 호방해 능히 천하를 움직이는 큰 인물이 될 수 있었지. 내가 소보를 서문 문주의 문하로 들여보낸 것도 그 때문이네. 물론 강남의 삼 성三省으로 상권을 확장하는 데 서문 문주의 도움이 크다는 것은 인정하겠네. 그래서 사람들은 이 왕고가 아들을 팔아 가면서까지 장사에 혈안이 되었다며 손가락질하기도 했지. 그러나 소보가 큰아이처럼 그저 장사꾼 재목에 그쳤다면, 굳이 그 아이를 서문 문주의 문하에 집어넣으면서까지 무양문과 손잡으려고 하지는 않았을 게야. 나는 그 아이가 좀 더 넓은 세상을 보고 좀 더 많은 경험을 쌓은 뒤, 진정한 거물이 돼 주길 바랐지. 누구의 눈치도 보지 않고 마음껏 자신의 날개를 펼칠 수 있는, 단지 돈만 많은 장사꾼이라고 손가락질당하지 않는 진정한 거물이."

"알고 있습니다."

"알고 있다……. 그런가? 정말 자네가 내 마음을 알까?"

왕고는 고개를 흔들었다.

"자네는 몰라. 소보가 죽었다는 소식을 전해 듣곤 아무도 없는 곳에서 눈물을 흘리던 내 심정을 자네는 알지 못해. 그런데…… 그런데 용봉단이란 놈들이 그런 내게 무슨 짓을 했지?"

신걸용은 대답하지 않았다. 아니, 차마 대답할 수 없었다는 표현이 옳을 것이다.

왕삼보의 시신은 다른 날 다른 시각에 북경 보운장으로 운송되어 왔다. 몸뚱이는 서문승이 보낸 침향목으로 만든 커다란 관에 담긴 채, 그리고 머리는 용봉단이 보낸 작은 나무 상자 안에 담긴 채 가족이 있는 생가로 돌아온 것이다. 썩어 들어가는 왕삼보의 머리 옆에는 한 장의 종이가 놓여 있었다. '무림 정의의 이름으로 한 마리 벌레 같은 간흉을 징계하노라.'라는 글귀가 적힌 종이가.

용봉단이 대체 무슨 생각으로 그런 짓을 저질렀는지 신걸용은 지금까지도 이해할 수 없었다. 설마 왕고를 단지 돈만 많을 뿐, 용기라고는 손톱만큼도 없는 비겁자로 착각한 것일까? 그래서 아들의 수급을 받은 왕고가 벌벌 떨면서 무양문과의 관계를 청산하고 용봉단의 말이라면 꼼짝도 못 할 것이라 예상한 것일까?

하기야 강호인들의 눈에 비친 상인은 그런 모습일 수 있었고, 실제로 그런 상인들이 대다수였다.

하지만 왕고는 여타 상인과 달랐다. 왕고는 천하제일 거상이었다. 어느 방면에서건 천하제일 소리를 들으려면 천하제일일 수 있는 무엇인가가 있어야 한다는 사실을, 무력만이 지고의 가치인 줄 아는 머리 굳은 강호인들은 간과하고 있었던 것이다.

그날, 왕고는 구더기가 꾸물거리는 작은아들의 머리를 보물처럼 소중히 품에 안았다. 그런 다음 무서우리만치 가라앉은 목소리로 신걸용에게 지시했다. 용봉단과 연줄이 닿은 모든 백도 문파의 명단을 작성해 올리라고.

당시 왕고의 얼굴을 뒤덮고 있던 빙벽처럼 차갑고 견고한 복수의 의지를 직접 목격한 신걸용이기에, 용봉단이 내게 무슨 짓을 했느냐고 묻는 왕고의 질문에 쉽게 대답하지 못한 것이다.

왕고는 끔찍했던 기억을 떠올리면서도 냉정을 잃지 않았다. 그는 창밖으로 펼쳐진 보운장 내원의 전경을 바라보며 조용히 말했다.

"자네나 나나 장사꾼이야. 장사꾼에게 있어서 상리란 중요하지. 항상 머릿속으론 주판을 튕겨야 해. 탁탁. 탁탁. 하지만 세상을 살다 보면 가끔 그 주판을 멈춰야 할 때도 있네."

왕고는 잠시 말을 멈췄다가 곧 이었다.

"소보의 복수가 끝나지 않은 이상, 나는 장사꾼이 아니라네. 단지 아들을 비명에 먼저 보낸 아버지일 뿐이야."

낮고 잔잔하기에 오히려 단호하게 들리는 왕고의 이야기에 신걸용은 더 이상의 진언이 아무 소용 없음을 깨달았다. 아무리 유능해도 그는 일개 총관, 결정권이 없는 관리인에 불과했다. 결정권은 저토록 허허로운 자세로 창밖을 바라보고 있는 보운장의 늙은 주인, 왕고에게 있었다. 그리고 왕고에게는 자신이 앞서 내린 결정을 변경할 마음이 추호도 없는 것이 분명해 보였다.

그때, 대전 바닥에 길게 드리워 있던 왕고의 그림자가 가볍게 흔들렸다. 그러더니 이제까지와는 달리 자못 흥미롭다는 식의 목소리가 들려왔다.

"저 소리…… 들리나?"

"예?"

신걸용은 귀를 기울였다. 곧바로 그는 왕고가 바라보는 창밖 먼 곳으로부터 울려오는 미미한 소리를 들을 수 있었다.

"병장기 소리가 맞지?"

"그런 것 같습니다."

"재미있군."

하지만 신걸용은 왕고와는 달리 이것이 결코 재미있는 사안이 아니라고 생각했다. 왕고의 집무실이 있는 이 전각은 자금성에 버금간다는 보운장의 심처에 위치해 있었다. 여기서 들릴 정도의 소음이라면 발원지가 반경 오십 장 이내라는 얘기인데, 그 안에서 병장기 소리가 울린다는 것은 결코 예사로운 일이 아니었다. 더구나 저 병장기 소리는 시간이 갈수록 점점 더 가까워오고 있지 않은가!

"한번 나가 봐야겠군. 자네도 갈 텐가?"

신걸용은 굳은 안색으로 대답했다.

"자객일지도 모릅니다. 위험한 행동은 삼가시는 편이……."

"하하! 땅거미가 내리지도 않은 시각에, 그것도 정문 쪽에서 당당히 밀고 들어오는 자객이라면 주인 된 도리로 얼굴쯤은 내비쳐 주는 것이 예의가 아니겠나?"

왕고는 이렇게 말하며 집무실 입구로 걸음을 옮겼다.

왕고의 오른팔을 자처하는 신걸용으로서는 종종걸음으로 앞장설 수밖에 없었다.

(2)

꼬질꼬질한 승포의 소맷자락과 좋은 쇠를 여러 번 정련한 도검이 부딪칠 때마다 쩡쩡거리는 금속성이 터져 나왔다.

"철포수에……."

굳은살이 잔뜩 박인 한 쌍의 주먹은 은은한 금광을 동반한 채 위력적인 경풍을 뿜어내고 있었다.

"십 성 화후의 금강나한권이라."

마척은 함선육합진陷仙六合陣 안에서 살 맞은 멧돼지처럼 좌충

우뚤하고 있는 추면 걸승을 유심히 바라보며 이렇게 중얼거렸다.

함선육합진은 보운장의 호장대가 자랑하는 대일인진법對一人陣法이었다. 보운장을 경호하는 무사 집단 호장대에 이 진법을 처음으로 도입한 사람은 현임 호장대주인 마척이지만, 그것을 창안한 사람은 그가 아니라 무양문의 호교십군 중 사군장인 마경도인魔鏡道人이었다.

마경도인은 백련교에서 잔뼈가 굵은 원로의 한 사람으로서 성정이 올곧고 문무에 두루 달통하여 교단 내에서 차지하는 비중이 실로 막중한 인물이었다. 마척은 그 마경도인의 수제자였고, 지난바 능력과 스승의 후광에 힘입어 삼십 대 초반부터 사군의 부군장 자리에 오를 수 있었다.

그런 마척이 보금자리를 떠나 이 보운장까지 오게 된 것은 순전히 무양문주인 서문숭의 지시 때문이었다. 보운장은 친親무양문 노선을 표명함에 따라 백도의 과격파들에게 표적이 되었고, 이에 서문숭은 책임감 두터운 마척과 사군의 무사 이십 명을 보운장으로 파견, 경비를 담당하도록 지시한 것이다.

따라서 지금 마척의 눈앞에서 어지럽게 돌아가고 있는 함선육합진은 무양문이 자랑하는 절진이라 할 수 있었고, 진법을 펼치고 있는 여섯 명의 무사들 또한 무양문이 자랑하는 정예라 할 수 있었다. 그런데도……

"일 각이 지나도록 상처 하나 입히지 못했다 이거지? 과연 달라도 뭔가 다르군, 소림은."

이렇게 혼잣말을 중얼거린 마척은 길쭉한 하관 가득 웃음을 지으면서 천천히 앞으로 걸어 나갔다. 유달리 팔다리가 긴 탓에 몇 걸음 내딛지 않고도 싸움판 가까이에 이른 그는 함선육합진을 구성하고 있던 여섯 명의 수하들에게 짤막한 지시를 내렸다.

"물러서라."

비록 추면 걸승의 심후한 공력에 고전을 면치 못하고 있긴 했지만, 상관의 지시가 떨어지기가 무섭게 진형을 학익鶴翼으로 변화하며 추면 걸승의 진로를 차단하는 것으로 미루어, 마척의 수하들이 평소 얼마나 혹독한 단련을 거쳤는지 쉽게 짐작할 수 있을 터였다.

진형이 급변함에 따라 추면 걸승과 호장대 사이에는 삼 장 가까운 거리가 생겨났다. 마척은 그 사이로 여유 있게 걸어 들어가며 추면 걸승을 향해 히죽 웃음을 지어 보였다.

"불법을 계도하는 스님마저 자객질에 나서다니, 요즘은 참세상 살기가 힘들어진 모양이외다."

추면 걸승은 마척을 노려보며 짧게 대꾸했다.

"나는 자객이 아니다."

대뜸 튀어나온 하대에도 마척은 그다지 기분 나빠하지 않았다. 그에게 하대를 한 적은 무수히 많았지만, 그들 중에서 지금까지 숨 쉬고 있는 자는 극소수에 불과했다.

"호오, 그러면 무슨 이유로 이 보운장에 난입해 사람을 다치게 했단 말이오?"

"장주를 만나러 왔다. 길을 막으니 힘으로 뚫었을 뿐이다."

마척은 손가락으로 길쭉한 턱을 북북 긁었다.

"쯧쯧, 그동안 찾아온 자객들도 하나같이 장주를 만나러 왔다고 하더이다. 그래, 천하에 대명이 자자하신 소림에서 오신 분께서 우리 장주님은 왜 만나려 하시는지?"

소림이라는 말에 추면 걸승은 순간적으로 당황한 기색을 감추지 못했다. 하지만 그는 곧 어깨를 벌리며 사납게 외쳤다.

"나는 오직 내 뜻에 의해 이곳에 왔다!"

"뭐, 그렇다고 칩시다. 그건 그리 중요한 것이 아니니까. 하긴 자객인지 아닌지도 중요한 것이 아니지."

마척은 또 한 번 히죽 웃더니 어깨 위로 튀어나온 칼자루를 천천히 잡아 갔다.

"중요한 것은 스님께서 와서는 안 될 곳에 왔다는 점이오. 장원에 난입한 백도인은 무조건 베는 것이 내 임무니까."

비파를 뜯는 듯한 스르릉, 소리가 울리며 사 척이 넘는 장도의 도신이 어둑해지기 시작한 대기 속으로 모습을 드러냈다. 그와 동시에 마척이 지금까지 풍기던 유들유들한 분위기는 자취를 감추었다. 칼날이 뿜는 예기에 전염되기라도 한 것일까? 마척은 그대로 한 자루의 칼이 되어 버렸다.

마척은 거짓말처럼 변모된 얼굴로 추면 걸승에게 선언했다.

"나, 마척이 지금 스님을 베겠소."

이것이 천지역벽天地力劈이란 별호로 복건 지방을 진동해 온 마척의 본색이었다. 칼자루를 잡기 전에는 뒷골목 왈패처럼 유들유들 건들거리지만, 일단 칼자루를 잡은 뒤에는 제아무리 흉포한 사람이라도 단번에 압도해 버리는 무서운 예기를 뿜어내는 것이다.

마척이 본색을 드러내자 추면 걸승의 표정이 조금 어두워졌다.

"나…… 나는 반드시 왕고를 만나야 한다."

이 다짐은 너무 나직하여, 마척을 향한 것이라기보다는 오히려 자신을 향한 것 같았다. 이어, 추면 걸승은 부리부리한 두 눈 가득 정광을 띠며 임전의 태세를 갖췄다.

마척의 눈초리가 조금씩 매서워졌다.

정문에서 이 내원 입구까지의 거리는 어림잡아 백 장. 그 거리 내에 겹겹이 펼쳐진 호장대의 저지선을 뚫는다는 것은 결코 쉬운 일이 아니었을 터다. 그런데도 추면 걸승은 이제 막 싸움을 시작한 사람처럼 강렬한 기파를 풍기고 있었다. 자세를 조금 낮춰 기마세를 취하는 그에게선 수면 위로 막 끌려 나온 잉어 같은 싱싱함을 느낄 수 있었다. 바로 그런 점이 마척의 호전성을 도발하고 있었다.

"차앗!"

격보擊步.

발끝으로 땅을 찍으며 짧고 강하게 도약하는 동작이었다. 허공에 머무는 동안 극대화시킨 기세는 발이 땅에 닿는 것과 동시에 격렬하게 발출된다. 이른바 하늘과 땅의 힘을 빌려 적을 쪼갠다는 이 천지역벽의 수법은, 마척이 마경도인에게 전수받아 수없이 많은 실전을 통해 갈고닦은 십팔 초 살인 도법의 기초이기도 했다.

"비키지 않겠다면 힘으로 뚫겠다!"

패앵, 소리와 함께 추면 걸승의 양 소매가 철판처럼 빳빳해졌다. 오른발을 진각震脚으로 강하게 굴리며 두 소매를 가위처럼 교차하여 적의 측면을 베어 가는 초식은 철포수의 절기 중 하나인 심마횡단心魔橫斷이었다.

수직으로 떨어지는 장도와 수평으로 교차하는 소매가 허공의 한 점에서 충돌했다.

까앙!

고막을 찢을 듯한 쇳소리에 주위를 둘러싼 호장대 무사들은 저도 모르게 어깨를 움찔거렸다. 새파랗게 튀어 오른 불꽃 속으로 마척과 추면 걸승의 얼굴이 악귀처럼 일그러지는 광경이 드러났다. 이어…….

빠박! 까가각!

마척의 장도와 추면 걸승의 소매는 순식간에 다섯 번이나 부딪쳤다. 쌍방의 기세가 한 치의 양보도 없이 뒤엉킬 때마다 희고 푸른 불꽃들이 폭죽처럼 허공을 수놓았다.

격렬한 첫 합 그리고 질풍 같은 다섯 합.

도합 여섯 합이 끝나자 두 사람은 사전에 약속이라도 돼 있던 것처럼 한 걸음씩 물러났다. 공교롭게도 쌍방 모두 초전初戰을 위해 끌어 올린 진기가 소진된 것이다. 이 결과는 두 사람의 공력에 별 차이가 없음을 의미하는데, 기세 면에서는 아무래도 실전 경험이 풍부한 마척이 한 수 위인 듯했다.

"핫!"

마척은 뒤로 물린 왼발로 땅거죽을 강하게 찍어 밀며 힘차게 몸을 날렸다. 아무런 변화 없이 오직 일직선으로 찔러 가는 수법은 응축된 예기를 단숨에 폭출하는 후예사일后羿射日의 일 초였다. 공기 흐름의 갑작스러운 변화로 인해 칼끝에 작은 회오리가 맺힐 만큼 신쾌하기 이를 데 없는 진격이었다.

급박한 국면을 맞이한 추면 걸승은 합장이라도 하듯 양팔의 하박을 빠르게 모아 인후를 노리고 날아 들어오는 마척의 칼끝을 막았다. 비록 얇은 소맷자락에 불과했지만, 철포수가 운용된 이상 등나무를 세 겹 포개 만든 방패보다 견고하면 견고하지 무르지는 않을 터였다.

그러나 찔러 온 칼은 점點이요, 막아 간 소맷자락은 면面이었다. 공력의 차이가 없다면, 면으로써 점을 방어하는 일이 효율적일 리 없었다.

쩡!

돌 깨지는 소리가 요란하게 울리며, 두 폭을 겹쳐 막은 철포수의 한가운데가 꼬치에 꿰인 산적처럼 통렬하게 꿰뚫렸다.

"흡!"

추면 걸승은 황급히 상체를 뒤로 젖혔다. 소름 끼치는 경풍을 동반한 칼끝이 아슬아슬하게 그의 코끝을 스치고 지나갔다.

마척의 두 눈에 승리감 어린 살기가 희번덕거렸다. 비록 후예사일의 일 초가 적을 격살하는 데는 실패했지만, 적의 운신을 제한하는 데는 성공한 셈이다. 이제 초식을 바꿔 칼날 아래 위치한 적의 얼굴을 내리찍기만 한다면, 싸움은 거기서 끝나는 것이다.

그런데 추면 걸승의 대응은 놀랍도록 기민했다. 그는 포개 있던 양팔 하박의 거리를 재빨리 반 자가량 벌림으로써 상대의 초식 변화를 방해했다. 한 개의 구멍에 걸린 물체는 그 구멍을 지지대 삼아 상하좌우 어느 방향으로나 자유롭게 움직일 수 있지만, 반 자 거리를 둔 두 개의 구멍 사이에 걸린 물체는 오직 진퇴밖에 할 수 없음을 활용한 임기응변이었다. 그러면서 오른발을 내질러 마척의 하체를 맹렬하게 쓸어 가니, 소림 외가의 관음족觀音足이 바로 이것이었다.

권장지퇴拳掌指腿의 강맹함으로 말할 것 같으면 천하에서 소림에 필적할 문파는 그리 많지 않았다. 더구나 마척의 장기는 사 척 장도를 통해 발휘되는 장쾌한 도법이었으니, 장도가 봉쇄된 상태로 적의 반격에 대응할 만한 뾰족한 수단이 있을 리 없었다. 결국 마척은 장도를 회수하며 두어 발짝 후퇴할 수밖에 없었다.

한 번의 임기응변으로 국면을 만회한 추면 걸승은 마척을 추격하며 금광이 일렁이는 두 주먹을 번갈아 뻗어 냈다.

쏴우우!

문풍지 울리는 소리가 요란하게 울리는 가운데 금강나한권의 탁세항마濯世降魔, 사고산문師叩山門, 불타심인佛陀心印의 세 초식이 마척의 요혈을 휩쓸어 왔다.

"쳇!"

장도를 요란하게 휘저어 추면 걸승의 권풍을 흩뜨리는 마척의 이마에 땀이 맺히기 시작했다. 묵직하게 밀려오는 주먹 하나하나에는 그야말로 배산도해排山倒海의 위력이 실려 있어, 아차하다가는 뼈가 으스러지기 십상이었다.

그러나 마척이 수비에 치중한 것은 반드시 그 이유 때문만이 아니었다. 아무리 강렬한 기파를 유지하고 있다 한들, 추면 걸승은 이미 한 시진이 넘는 긴 시간 동안 한 차례의 휴식도 없이 악전고투를 치른 몸이었다. 체내에 축적된 피로가 적을 리 없을 텐데, 그런 몸으로 공력 소모가 극심한 금강나한권을 저토록 맹렬하게 전개하고 있으니 시간이 흐를수록 불리해지리라는 것은 불문가지. 다시 말해 마척의 입장에선 수비가 곧 공격인 셈이었다.

과연 마척의 이런 예상은 틀리지 않았다. 십여 초의 금강나한권으로도 마척을 쓰러뜨리지 못하자, 추면 걸승은 어쩔 수 없이 공세를 멈추고 폐에 가득 찬 탁한 호흡을 풀어야만 했다. 그 시간은 매우 짧았지만 마척은 결코 놓치지 않았다.

공수가 눈 깜빡할 사이에 전환되었다.

쫙! 쫙!

칼바람 소리가 비단 찢는 것 같았다. 이참에 아예 끝장을 보려는 듯 마척의 장도는 공간을 매섭게 쪼개며 수직으로 떨어졌고, 그것은 철포수의 완강한 수비벽을 조금씩 압도하기 시작했다.

칼날이 소맷자락에 걸릴 때마다 추면 걸승의 얼굴이 고통으로 일그러졌다. 소매 밖으로 드러난 손등에는 지렁이 같은 힘줄이 돋았고, 굳건해야 할 두 무릎은 바람을 만난 버들가지처럼 휘청거리고 있었다. 지난 한 시진간의 악전고투로 축적되었던 피로감이 마척이라는 강적을 만나 한꺼번에 되살아난 것 같았다.

꽝!

공수 전환 이후 마척으로부터 날아든 일곱 번째 칼질이 마침내 추면 걸승의 한쪽 무릎을 바닥에 꿇리고 말았다. 거무튀튀한 얼굴이 핼쑥하게 질리고, 너덜너덜해진 소맷자락이 양팔에 힘없이 휘감겼다. 내기가 진탕되며 철포수 공력이 풀어진 것이다.

"이제 끝내 주겠소."

마척은 싸늘하게 웃으며 장도를 머리 위로 번쩍 치켜 올렸다. 칼날 아래 놓인 것은 무엇이라도 쪼갤 듯한 자신감에 찬 동작이었다.

패배를 눈앞에 둔 시점, 그 뒤에는 죽음이 도사리고 있었다. 그러나 이 절체절명의 순간에도 추면 걸승은 포기하지 않았다.

사부에게도 알리지 않고 혼자 떠난 길이었다. 보운장 정문 앞에 당도한 뒤에도 닷새씩이나 망설일 수밖에 없었다. 사십 년이란 장구한 세월 동안 그토록 잊으려 애썼던 과거의 흔적을 이제 와서 애써 더듬으려 한 까닭은 옛 영화에 대한 미련 따위가 결코 아니었다. 굶주리는 어린 제자들을 보며 안타까운 눈길로 한숨을 쉬던 사부의 주름진 얼굴이 그로 하여금 머나먼 북경까지 오게 만든 것이었다.

생명을 구해 주신 은혜도 가없거니와, 부귀와 권세라는 속된 욕망이 골수까지 스며 있던 그가 미처 생각해 보지도 못한 삶의 진리를 대자대비한 불심으로써 깨우쳐 주신 사부. 보은이란 말은 언감생심 입 밖에 꺼낼 수도 없었다. 그는 이제껏 사부를 위해 단 한 가지의 일도 해 드린 것이 없었다.

여기서 단념할 수는 없었다!

"우와아악!"

추면 걸승은 광인처럼 괴성을 지르며 정수리로 떨어져 내리는 칼날을 향해 두 손을 세차게 휘둘렀다. 전신의 혈맥이 일제히 들끓어 오르며 믿을 수 없을 만치 막강한 경파가 그의 양 소맷자락으로부터 뿜어 나왔다. 수직으로 떨어져 내리던 마척의 장도는 그 경파 사이에 끼여 부러질 것처럼 진동하다가 퉁, 하고 튕겨 나갔다.

"어엇!"

칼자루를 타고 올라온 진동이 손목과 팔꿈치는 물론이거니와 어깨 관절까지 일시에 마비시켰다. 마척은 그 반탄력을 이기지 못하고 주춤주춤 물러나면서도 경악을 금할 수 없었다. 거의 폐인과 다름없다고 여긴 추면 걸승이 무슨 조화로 갑자기 이런 괴력을 발휘한단 말인가!

"끄아아!"

추면 걸승은 다시 한 번 괴성을 내지르며 물러서는 마척을 향해 몸을 던졌다. 시뻘겋게 달아오른 얼굴은 이미 그의 몸 상태가 정상이 아님을 말해 주고 있지만, 그는 추호도 개의치 않는 듯했다. 목구멍 깊숙한 곳까지 환히 들여다보일 정도로 입을 크게 벌린 채 돌격하는 그의 모습은 승려라기보다는 상처 입은 맹수에 가까웠다.

"미친…… 같이 죽자는 건가!"

마척은 시야를 꽉 채우며 날아드는 추면 걸승을 향해 죽을힘을 다해 일 도를 내리찍었다.

꽝!

엄청난 폭음과 함께, 반짝거리고 자잘한 금속 조각들이 저물어 가는 노을 속으로 비산했다. 그와 함께 마척의 후리후리한 몸뚱이가 시위를 떠난 화살처럼 뒤로 쭉 밀려 나갔다. 그의 오른손에 들린 장도는 손잡이 위로 한 뼘 길이밖에 남아 있지 않았다. 그 위는 동귀어진을 불사한 추면 걸승의 필사적인 육탄 공격에 산산조각 나 버린 것이다.

싸움은 이렇게 일단락되었다.

추면 걸승은 전장 한가운데 우뚝 서 있었고, 마척은 그로부터 삼 장쯤 떨어진 석등 아래 휴지처럼 처박혀 있었다. 이것만 놓고 본다면 싸움은 추면 걸승의 승리인 것 같았다. 아까 함선 육합진을 구성했던 여섯 명의 호장대 무사들도 분명히 그렇게 생각할 터였다. 그래서 빠르게 앞으로 달려 나가 추면 걸승을 포위했다.

그러나 엄밀히 말해 싸움의 결과는 무승부였다.

"크으…… 큭큭……."

기침인지 웃음인지 구분되지 않는 소리가 울리더니, 석등 아래 처박혀 있던 마척의 몸이 꿈틀거렸다.

"대주!"

남아 있던 호장대 무사 몇이 급히 달려가 부축하려 했지만,

마척은 모든 손길을 뿌리치며 오직 자신의 힘만으로 힘겹게 몸을 일으켰다. 그의 얼굴엔 몇 개의 자잘한 칼금들이 새겨져 있었다. 장도의 파편에 긁힌 상처였다. 그러나 정작 심각한 것은 해진 옷 사이로 드러난 우측 흉부였다. 추면 걸승이 최후로 전개한 권력은 그의 애도를 박살 냈을 뿐만 아니라 그의 오른쪽 갈비뼈마저도 엉망으로 만들어 버린 것이다.

"젠장, 허파도…… 다친 모양이군. 흐으, 흐으……. 숨쉬기가 영…… 거북한데. 하지만…… 스님께서도 무사하신 것 같진 않소이다."

허파를 다쳤다는 말이 거짓은 아닌 듯, 마척의 말 중간중간에는 바람 빠지는 소리가 섞여 나왔다.

여섯 명의 무사들에게 포위당한 추면 걸승은 마척의 말에도 아무런 대꾸를 하지 않았다. 그저 두 눈을 부릅뜨고 입술을 꾹 다문 채 석상처럼 서 있을 뿐이었다.

"대답하기도 힘든 지경인가? 하긴 그럴 만도 하지. 흐으……."

마척은 추면 걸승의 상태를 정확하게 꿰뚫어 보고 있었다.

아까의 싸움에서 추면 걸승은 도저히 마척을 이길 수 있는 상황이 아니었다. 그 상황에서 추면 걸승이 떠올린 것은, 소림사 내에서도 그 괴이함으로 인해 종종 논란의 대상이 되어 온 척마동장斥魔同葬의 출잠기出潛氣였다. 이 출잠기는 체내의 진원을 일시에 격발시킴으로써 평소의 갑절이 넘는 힘을 발휘하는 괴공이었다. 그러나 동장同葬이라는 말이 암시하듯 시전자에게 돌아가는 피해 또한 막대했으니, 진원에 손상이 가는 것은 물론이거니와 자칫하면 주화입마에 이를 수도 있는 것이다.

"만일 평범한 비무였다면 이쯤에서 무승부를 인정하고 후일을 기약하는 것이 도리겠지만, 맡은 임무가 엄중하여 도리를 따르지 못하는 것을 이해해 주기 바라오."

마척은 왼손을 천천히 치켜들었다. 그러자 포위해 있던 무사들이 일제히 자세를 낮추며 추면 걸승에게 달려들 태세를 갖추었다. 살기 어린 눈동자와 번쩍이는 창검은 당장이라도 추면 걸승을 난도질해 버릴 것 같았다.

추면 걸승의 몸이 가늘게 흔들거렸다. 어깨를 움찔거리는 품이, 아마도 팔을 치켜들어 싸울 자세를 갖추려는 것 같았다. 그러나 그것은 누가 보더라도 무리였다. 결국 추면 걸승은 싸울 자세를 갖추기는커녕 만취한 노인처럼 앞뒤로 휘청거리다가 땅바닥에 털버덕 주저앉고 말았다. 이때만을 기다렸다는 듯이, 그의 비대칭적인 입술 사이로 붉은 핏물이 주르륵 흘러내렸다.

그 광경을 지켜보던 마척이 냉소를 지으며 말했다.

"장에 난입한 자객들은 하나같이 참수되어 관아로 보내졌지만, 스님만큼은 좋은 관에 넣어 소림으로 보내 드리리다. 그 점만큼은 이 마척이 이름을 걸고 약속드리겠소."

그러고는 치켜 올린 왼손에 힘을 주니, 이제 저 손이 아래로 떨어지면 여섯 자루의 날카로운 병기들이 추면 걸승의 육신으로 후비고 들어가게 되는 것이다.

그런데 그때, 나직하면서도 위엄이 담긴 음성이 마척의 손을 멈추게 만들었다.

"마 대주, 잠깐만 기다리게. 저자에게 묻고 싶은 것이 있군."

사람들의 시선이 소리가 울린 방향으로 돌아갔다. 내원과 외원을 경계 짓는 태고교太鼓橋(북의 표면처럼 상부가 둥글게 휘어진 다리) 위. 머리가 하얗게 센 금포 노인과 머리에 푸른 유생건을 쓴 수재풍의 중년인이 이쪽을 지켜보고 있었다. 추면 걸승과 마척의 싸움에 사람들의 신경이 온통 쏠린 사이, 싸움판 부근까지 당도한 보운장주 왕고와 총관 신걸용이 바로 그들이었다.

"장주님을 뵙습니다."

호장대 무사들은 왕고를 향해 일제히 허리를 굽혔다. 마척은, 비록 자신의 행사가 방해받은 것에 대해 불만이 없진 않았지만, 두말없이 한 걸음 물러섬으로써 왕고의 지시에 따랐다.

왕고는 태고교를 유유히 건너 추면 걸승을 향해 다가왔다. 두 명의 호장대원이 빠른 걸음으로 달려가 왕고의 좌우를 호위했다. 추면 걸승과의 거리가 예닐곱 발자국까지 가까워졌을 때, 왕고는 걸음을 멈추고 물었다.

"소림에서 왔다고?"

추면 걸승은 땅을 향해 숙이고 있던 고개를 천천히 들었다. 그 용모의 흉측함이 왕고의 눈살을 찌푸리게 만들었다.

그런데 한 가지 이상한 점이 있었다. 추면 걸승의 얼굴형, 툭 불거진 뒤통수와 초승달처럼 휘어진 하관이 왕고의 눈에 왠지 낯설지 않게 다가오고 있었다. 그러나 단지 낯설지만 않을 뿐 언제 보았는지, 또 어디서 보았는지는 도무지 기억나지 않았다.

'중요하지는 않겠지.'

왕고는 가벼운 헛기침으로 마음속에 일어난 의혹을 떨쳐 버린 뒤, 조금 큰 목소리로 다시 말했다.

"헐벗고 굶주린다는 것이 그렇게도 견디기 힘든 일일까? 고고하신 소림승까지 참지 못하고 나선 것을 보면 말일세."

추면 걸승은 아무 대답도 하지 않았다. 그저 기이한 감회의 빛이 일렁거리는 눈으로 왕고의 얼굴을 뚫어져라 응시할 따름이었다.

한 걸음 비켜서 있던 마척이 입을 열었다.

"문답이 불필요한 자입니다. 처리는 제게 맡기시고 안으로 들어가시지요."

왕고는 마척을 돌아보았다. 마척의 심기는 그다지 좋아 보이지 않았다. 이름도 모르는 침입자와 싸워 불승불패를 이뤘다는 사실에 수치심을 느낀 듯, 이번 사건 자체를 빨리 끝내 버리고 싶은 눈치였다.

사실 왕고에게 있어서 마척이란 존재는 일면 부담스럽고 일면 고마운 임시 고용인이었다. 그래서 왕고는 마척의 뜻을 존중해 주기로 마음먹었다.

"알겠네. 위로금을 따로 지시해 놓을 테니 오늘 애쓴 수하들과 술자리라도 마련하게나."

왕고는 마척과 호장대의 노고를 치하한 뒤, 몸을 돌려 내원을 향해 걸음을 옮겼다. 그런데 바로 그때, 추면 걸승의 입에서 쉬고 갈라진 목소리가 흘러나왔다.

"소림은 영식의 죽음과 아무런 상관이 없소. 소림에 내린 경제 봉쇄를 거둬 주시오."

왕고의 걸음이 우뚝 멈췄다. 그는 천천히 고개를 돌려 추면 걸승을 바라보았다. 추면 걸승의 눈 속에는 여전히 기이한 감회의 빛이 일렁거리고 있었다. 그 점이 왕고의 마음을 불쾌하게 만들었다.

"참으로 간사하군. 막상 먹고살기가 힘들어지니 발을 빼겠다는 얘기인가?"

왕고의 차가운 말에 추면 걸승이 고집스레 주장했다.

"영식을 죽인 것은 용봉단이오. 소림은 용봉단과 아무런 연고도 없소."

왕고는 코웃음을 친 뒤, 곁에 있던 신걸용을 돌아보았다.

"신 총관, 소림과 용봉단이 진실로 아무런 연고도 없는가?"

신걸용은 또박또박한 목소리로 대답했다.

"용봉단이 처음 발호할 때, 소림은 화씨세가의 청년 무사 십 인의 수련을 위해 나한당의 십팔방十八房 여섯 군데를 베푼 적이 있습니다. 당시의 교두로는 나한당주 적오를 비롯해 해담海潭, 해지海知, 해광海光, 해장海藏 등 해 자 항렬의 다수가 참가하였지요. 또한, 소림의 속가제자 중 건곤수乾坤袖 최위崔衛, 옥불서생玉佛書生 유대선劉大宣, 관음선자觀音仙子 등이 용봉단의 행사에 간접적으로 관여했으며, 소림과 같은 항렬을 사용하는 남파南派 보은사報恩寺는 금번 무당파에서 회동한 반反무양문 연합에 참가, 향후 용봉단과 생사를 같이하기로 결정했습니다."

왕고는 추면 걸승을 향해 냉소 어린 눈길을 던졌다.

"나, 왕고는 아들의 복수가 끝나기 전까지 상인임을 포기했다. 상인임을 포기한 이상 이해득실을 따지지 않는 것은 당연한 이치. 그러나 사사로운 복수를 위해 무고한 문파에 피해를 끼칠 만큼 용렬하지는 않다."

추면 걸승은 말문이 막혔다. 신걸용이 열거한 사항 중 소림이 직접적으로 나선 것은 하나도 없었다. 하지만 어떤 식으로든 소림이 관련되어 있다는 것만큼은 부정할 수 없었던 것이다.

"마 대주, 저 간인奸人이 더 이상 내 집의 공기를 마실 수 없도록 하게. 나는 들어가겠네."

왕고는 마척에게 지시를 내린 뒤, 다시 걸음을 옮기기 시작했다.

추면 걸승은 멀어지는 왕고의 등에 갈등에 찬 시선을 얹었다. 그러다가 마침내 큰 한숨을 내쉬더니, 그가 과거에 부르던 왕고의 다른 이름을 입 밖으로 꺼냈다.

"보귀寶鬼!"

그 짧은 부름은 시퍼런 벼락이 되어 왕고의 정수리에 내리꽂혔다. 왕고는 그 벼락에 의해 머릿속이 순식간에 잿더미로 타버린 듯 잠시 동안 아무 생각도 떠올릴 수 없었다.

"바, 방금…… 뭐라고 했소?"

한참 만에야 추면 걸승을 향해 돌아선 왕고가 가까스로 꺼낸 말이었다. 말투도 어느새 변해 있었다.

추면 걸승은 양 손바닥으로 바닥을 짚고 힘겹게 몸을 일으켰다. 그러고는 피와 먼지로 더럽혀진 얼굴을 너덜너덜해진 소매로 스윽 훔친 뒤, 옷매무새를 정히 가다듬었다. 그러자 그로부터 지금까지와는 전혀 다른 위풍이 풍겨 나왔다. 호장대의 저 지선을 뚫을 때와도 다르고 마척과 박투를 벌일 때와도 다른, 후천적이라기보다는 선천적인 것에 가까운 무엇인가가 다부진 어깨 위로 떠오른 것이다.

"그럴 리가……. 이건…… 이건 아니야."

왕고는 정신 나간 사람처럼 알 수 없는 말을 중얼거렸다. 아까 추면 걸승으로부터 비롯된 심중의 의혹이 순식간에 격랑처럼 불어나, 이젠 제대로 서 있기도 힘들 만큼 사납게 그를 흔들어 대고 있었다.

추면 걸승은 깊은 바다처럼 많은 사연이 담긴 눈동자로 혼란에 빠진 왕고를 응시하다가 입술을 떼었다. 그의 비틀린 입술 사이로 흘러나온 것은 한 수의 시였다.

태어나 반 줄 글도 읽지 않은 몸이[生來不得半行書]
그저 움켜쥔 황금으로 귀함을 샀구나[只把黃金買身貴].
소년이 언제까지 소년일 수 있으랴[少年安得長少年],
흰머리 주름진 얼굴이 기다릴 따름인데[髮白面皺事相待].

왕고의 전신이 풍이라도 맞은 늙은이처럼 와들와들 떨리기 시작했다. 그가 저 시를 처음 들은 것은 지금으로부터 사십여 년 전인 홍안의 시절이었다. 매우 오랜 세월이 흐른 뒤였지만, 그는 저 시를 똑똑히 기억하고 있었다. 또한 누가 자신에게 저 시를 읊었는지도 똑똑히 기억하고 있었다. 왜냐하면, 천하에 무서울 것이 없던 청년 거상 왕고 앞에서 저런 지독한 풍자시를 태연히 읊을 수 있는 존재는 결코 여럿일 수 없기 때문이다.

추면 걸승은 잠시 두 눈을 감고 아련한 표정을 지었다. 그의 뒤틀린 입술이 다시금 달싹거렸다. 그것은 왕고의 귀에만 들리는 전음이었다.

─보귀, 금릉의 만금연萬錦淵을 기억하는가? 낙조가 드리울 때면 수면 전체가 만 폭 비단을 펼친 것처럼 황홀한 빛을 머금던. 그 만금연이 바라보이는 풍정루風情樓 위에서 우리는 바둑을 둔 적이 있었지. 우리는 수가 비슷했어. 정신없는 싸움 끝에 아마 내가 두 집을 남겼지? 맞아, 두 집이었어. 하지만 자네도 알고 있었을 거야. 내가 죽은 돌을 세 개 속였다는 사실 말일세. 당시 자네는 구렁이처럼 시치미를 뚝 떼며 오직 진 것만이 억울하다는 듯, '졌습니다.'라고 말했지. 교활한 친구 같으니라고. 나는 자네의 속내를 환히 들여다보고 있었어. 내 비위를 거슬러 득 될 것이 없다는 장사치 특유의 셈 빠른 속내

를. 그땐 참 자네가 얄미웠네. 속인 건 내 쪽이면서도 오히려 자네를 미워했으니, 나도 그때는 참 어렸지. 그 얄미운 마음으로 읊은 시가 바로 그 '생래부득반행서生來不得半行書'였어. 후후, 그 시를 듣던 자네의 얼굴이 참 가관이었던 것으로 기억나는군.

추면 걸승은 감았던 눈을 떴다. 그러고는 이어 말했다.

─그런데 결국 그 시구대로 되어 버렸지 뭔가. 나도, 그리고 보귀 자네도 이렇게 발백면추髮白面皺로 늙었으니까.

왕고는 이제 더 이상 몸을 떨지 않았다.

심중의 의혹은 완전히 사라졌다. 그러나 그렇게 드러난 진실은 의혹보다 훨씬 무서운 것이었다. 천하의 상인 중에서 가장 배포가 크다고 알려진 왕고였지만 이 진실만큼은 감당할 자신이 없었다. 무엇보다도, 지금 이 순간 자신이 어떻게 행동해야 할지를 알지 못했다.

"아미타불!"

왕고를 혼란에 빠뜨린 사람이 추면 걸승이라면, 왕고를 혼란으로부터 구해 준 사람도 추면 걸승이었다. 추면 걸승은 이제까지의 태도를 고쳐 왕고를 향해 정중히 합장을 올렸다.

"한번 끊어진 연을 억지로 이으려 한 과오를 용서해 주시길. 소승의 이름은 망아望我, 연로하신 사부님께서 근심하시는 것을 보다 못해 사바세계의 자비를 구하는 속되고 어리석은 시주승에 불과할 따름이오."

왕고는 자신을 향해 합장하는 추면 걸승, 망아를 물끄러미 바라보았다. 그는 저 몇 마디 말만으로도 스스로를 잊은 자, 망아의 내심을 헤아릴 수 있었다.

세상은 이미 오래전에 변했다. 과거를 되돌릴 수 없을 바에야 망아의 말대로 이미 끊어진 연이라고 생각하는 편이 옳았다. 억지로 이으려 하는 것은 망아에게도, 그리고 왕고 본인에게도 어리석고 부질없는 일이다. 망아는 바로 그 점을 깨우쳐 주고 있었다.

왕고의 입술이 마침내 열렸다.

"신 총관."

"예."

신걸용이 공손히 고개를 숙였다.

"금 스무 관을 나귀에 실어 정문 앞에 준비해 두게나."

"분부대로 시행하겠습니다."

신걸용은 이의를 달지 않고 즉시 복명한 뒤 자리를 떴다. 영민한 그는 이미 두 사람 간의 과거 인연이 심상치 않음을 깨달은 모양이었다.

왕고는 망아를 향해 말했다.

"대사께서 바라신 대로 본인은 앞으로 소림사를 건드리지 않겠소."

"자비에 감사드리오."

망아는 보일 듯 말 듯 웃으며 왕고에게 사례했다. 그 웃음이 왕고의 눈에는 무척이나 허허롭게 보였다. 어쩌면 자신의 허허로운 마음 탓일지도 모른다.

"정문에서 기다리시면 신 총관이 물건을 마련해 나갈 것이오. 지난날 인연에 대한 작은 우의友誼로 여겨 주시오. 가시는 길, 배웅치 않겠소."

"아미타불."

망아는 작은 불호를 작별 인사 삼아 몸을 돌리더니, 아직도 어리둥절해 있는 호장대원 사이를 천천히 지나갔다. 부상을 억지로 참고 있는 탓에 그의 운신은 매우 불편해 보였지만, 얼굴에 감도는 기운만큼은 큰 짐을 벗은 사람처럼 홀가분해 보였다.

"장주님, 대체 저자가 누구이기에……?"

마척이 의혹에 찬 목소리로 물어 왔지만 왕고는 아무 대답도 하지 않았다. 그저 망연한 시선으로, 휘청거리는 걸음걸이로 멀어지는 망아의 뒷모습을 지켜볼 따름이었다.

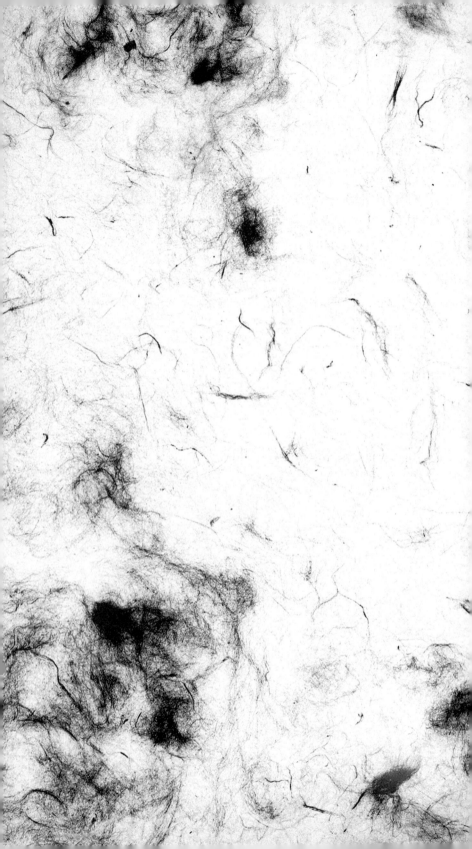

인두주락파삼도 人頭珠珞破三刀

(1)

남자가 서 있었다.

뒤뜰의 늙은 잣나무처럼 커다란 남자였다.

남자의 얼굴은 안개에 묻힌 것처럼 흐릿했다. 입고 있는 의복도 똑똑히 알아볼 수 없었다. 황의? 흑의? 아, 어찌 보면 벌거벗고 있는 것 같기도 했다.

어릴 때 기루에서 만난 주정뱅이일까?

아니, 그 악당은 저렇게 크지 않았어. 그 악당이 크게 보였던 것은 내가 어렸기 때문이야. 여자에 곯고 술에 찌든 쓰레기가 커봐야 얼마나 크겠어. 지금은 어쩌면 나보다 작을지도 모르지.

그렇다면 저 남자는 누굴까?

그녀가 이렇게 생각하고 있을 때, 돌연 남자로부터 붉은 빛줄기가 뻗어 나왔다. 곧은 듯하기도 하고 굽은 듯하기도 한 그 빛줄기는 미친 듯한 기세로 퍼지며 그녀의 시야를 순식간에 뒤덮어 버렸다.

안 돼…….

그녀는 뒷걸음질을 쳤다. 익숙한 공포가 밀려왔다. 도무지 저항할 수가 없었다. 저항해야만 한다는 의지조차도 떠올릴 수 없었다.

그러다가 그녀는 뭔가에 걸려 넘어졌다. 넘어져 살펴보니, 그녀는 자신이 벌거벗고 있다는 것을 깨달았다.

그녀는 왜 이런 부끄러운 차림으로 저 남자 앞에 있는 것일까? 그것도 언제나?

붉은 빛줄기는 어느새 그녀를 둘러싸고 있었다. 그녀는 그 빛줄기를 향해 애원하기 시작했다. 그런데 무슨 말이 흘러나오는지는 알 수 없었다. 붉은 빛줄기가 그녀의 입에서 나오는 모든 언어들을 나오는 족족 삼켜 버리는 것 같았다.

붉은 빛줄기.

붉은 검.

그것이 그녀의 몸으로 파고들었다. 그러고는 꽃뱀처럼 음탕하게 그녀의 육신을 헤집기 시작했다. 그토록 거대하던 공포가 곧장 열락으로 뒤바뀌었다.

하악!

그녀는 자신도 모르게 달뜬 신음을 토했다.

검에 찔렸는데?

언제나 그랬듯이 이 순간도 이상하다는 생각이 들었다. 하지만 검이 더 깊숙이 파고들어 눈앞이 온통 붉은빛으로 변했을 때, 언제나 그랬듯이 그러한 의혹은 온데간데없이 사라졌다.

하아! 흐으윽!

검은 검이 아니었고 세상은 세상이 아니었다.

그녀는 그대로 불덩어리가 되어 버린 것 같았다. 그녀가 할 수 있는 일이라곤 검이 움직일 때마다 그 진퇴에 조금이라도 도움을 주기 위해 엉덩이를 들썩거리는 것, 그리고 입술을 크게 벌려 몸속에서 끓어오르는 열탕 같은 기운을 바깥으로 분출하는 것뿐이었다.

그러던 어느 순간, 시야를 어지럽게 만들던 모든 혼돈의 장막이 사라졌다. 그녀는 남자의 얼굴을 똑똑히 볼 수 있었다.

거친 눈썹과 투박한 얼굴선 그리고 너무도 단호한 눈빛.

역시…… 그였어.

그녀는 눈을 감았다. 유린당한 수치심과 그에 반동하는 안도감이 함께 일어났다.

검이 폭발했다. 열정적이고 감미롭게 폭발했다.

그녀의 몸도 폭발했다.

쏟아지는 꽃들…….

진금영은 눈을 떴다. 그런 다음 한두 차례 깜빡였다. 눈에 고였던 눈물이 눈초리를 타고 귓가로 흘러내리는 것이 느껴졌다. 그 느낌이 기이하리만치 생생한 탓에, 그녀는 이제껏 영혼을 결박하고 있던 꿈으로부터 완전히 자유로워질 수 있었다.

'꿈이었어.'

그녀는 즉시 이렇게 생각했다. 꿈이 아니고선 도저히 있을 수 없는 일이기에? 그런 이유가 아니었다. 지난 아홉 달 동안 수없이 되풀이해 꾸다 보니, 이제는 깨어나기가 무섭게 그것이 꿈이었음을 알아차릴 수 있었던 것이다.

끄윽- 끄윽-.

얼굴 위에 거꾸로 매달린 공간이 거북한 비명을 지르며 흔들리고 있었다. 몇 개의 나무 뼈대가 종횡으로 얽혀 있는 천장에선 어슴푸레한 빛과 어둠침침한 그림자가 소리 없는 영토 전쟁을 벌이고 있었다. 공간이 흔들릴 때마다 성쇠를 반복하는 그 전쟁은 무척이나 지루해 보였다.

빛과 그림자를 끊임없이 싸우게 만드는 원흉은 그녀의 머리맡에 자리한 붙박이 탁자에 있었다. 그 위에 고정된 등구燈毬(항상 수평을 유지할 수 있도록 고안된 공 모양의 등)의 흐릿한 불빛이, 흔들리는 천장에 한 편의 지루한 전쟁을 연출하고 있었다. 천장이 흔들리는 이유는 간단했다. 선실의 천장이었기 때문이다.

쿠랑! 쿠랑!

선실 아래 어딘가를 두드리고 지나가는 묵직한 물소리를 들으며, 진금영은 침상에 뉘었던 몸을 천천히 일으켰다.

침상에 걸터앉던 진금영은 흠칫 몸을 떨었다. 아랫도리가 축축했다. 아니, 축축한 정도가 아니라 아예 질척거릴 정도로 젖어 있었다.

눈썹이 일그러졌다. 진금영은 검을 뽑아 자신의 하체를 잘라 버리고 싶은 충동을 느꼈다. 주먹을 꼭 쥐어 보기도 했고 입술을 잘근잘근 깨물어 보기도 했지만, 이러한 자괴감은 좀처럼 가시지 않았다. 그런 그녀의 시선에 붙박이 탁자 아래 떨어져 있는 몇 장의 화선지 뭉치가 들어왔다.

태원부의 명의 약선생의 처방대로 약해진 심지를 다잡기 위해 붓을 쥔 지도 벌써 여러 달째. 그녀는 꽃도 그려 보고 새도 그려 보았다. 그러나 결국 그녀의 붓이 만들어 낸 그림은…….

진금영은 침상에서 내려왔다. 그리고 화선지 뭉치 중 한 장을 주워 천천히 펴 보았다. 화선지와 함께 구겨져 있던 거한이 기다렸다는 듯 장대한 몸을 펴며 그녀를 향해 검을 겨누었다. 오금이 저렸다. 요의를 느낄 때처럼 두 무릎이 딱 달라붙은 채 얄궂게 꼬여 돌아가고 있었다.

도대체 무슨 영문일까? 그날 그 노을 속에서 진저리 치도록 처절하게 느낀 살기는, 얄궂게도 그녀에게 있어서 어떤 매력보다 강렬하게 각인된 것이다.

"미쳤어!"

진금영은 화선지를 와락 구겼다. 그러고는 선실 벽에다 팽개쳤다. 선실 벽을 때리고 튕겨 나온 화선지 뭉치는 생명이라도 있는 것처럼 그녀의 발치로 굴러왔다. 그것은, '넌 절대로 날 떨쳐 버릴 수 없어.'라고 비웃는 듯했다. 그녀는 신발도 신지 않은 맨발을 들어 화선지 뭉치를 밟아 버렸다.

……그러나 아무것도 변한 것은 없었다.

"정말 미쳤나 봐……."

머리가 뜨거웠다. 강바람이라도 쐬고 싶었다. 그녀는 열병에라도 걸린 사람처럼 뒤뚝거리며 선실 문 쪽으로 걸음을 옮겼다.

상갑판에는 술자리가 벌어져 있었다. 준비한 사람도 하나요, 참석한 사람도 하나뿐인 조촐한 술자리였다.

그 술자리의 주인은 지금 상갑판의 난간에 앉아 있었다. 폭이 한 뼘도 안 되는 난간인데도 용케 균형을 유지하고 있었다. 그 사람이 쥐고 있는 술병을 입가에 대고 기울일 때마다 목젖이 크게 움직이며 꿀꺽거리는 소리가 울려 나왔다.

"저도 한 잔 주시겠어요?"

선실로 통하는 문 쪽에서 들려온 약간 잠긴 여인의 목소리에 난간에 앉아 있던 사람이 고개를 돌렸다. 그의 두 눈에 웃음기가 맺히는가 싶더니 투박한 입술 사이로 듣기 좋은 목소리가 흘러나왔다.

"요요寥寥한 달밤에 요요遙遙한 길 떠난 이, 요요姚姚한 미녀를 보니 요요擾擾한 마음 가눌 수 없도다."

흥겨운 가락과 함께 훌쩍 몸을 날려, 이제 막 상갑판으로 나선 진금영의 면전에 사뿐히 내려서는 사람. 서른은 훨씬 넘어 보이고 마흔은 조금 안 돼 보이는 장년의 호한이었다.

칙칙한 마의에 허리에는 장검을 찬 호한이 들고 있던 술병을 진금영에게 내밀었다.

"요요미녀姚姚美女의 명을 불초가 어찌 거역하리까?"

유쾌하되 경박하지 않은 너스레에 진금영은 무거웠던 마음이 한결 가벼워지는 것을 느꼈다.

이 호한의 이름은 금청위琴淸偉. 비각의 비영 서열 이십 위를 차지하고 있는 검객이었다. 사람을 사귐에 있어서 거리낌이 없지만 한 자루 철검으로 구사하는 검초는 번갯불처럼 빠르고 맹렬하여, 호활뇌정검浩闊雷霆劍이라는 별호로 알려져 있었다.

"금 비영의 도도한 흥취를 제가 방해한 건 아닌지 모르겠군요."

진금영이 술병을 받으며 말하자, 금청위는 빙그레 웃더니 손짓으로 술을 권했다.

"흥취를 논하고 싶으시다면 우선 한 모금 드셔 보시오."

진금영은 그 말이 이상하다고 생각하며 술을 한 모금 마셨다. 바로 다음 순간, 그녀는 입 속으로 들어온 정체불명의 액체를 풋 뱉을 수밖에 없었다. 금청위가 크게 웃었다.

"하하! 어떻소이까? 그런 말 오줌 같은 술로 도도한 흥취가 생기겠소이까, 안 생기겠소이까?"

진금영은 오만상을 찡그리며 물었다.

"대체 어디서 가져온 술이죠?"

"어디긴 어디겠소? 이 잘난 배의 주인 되는 작자 선실에서 가져온 술이지요."

"마馬 사주社主의 술이라고요?"

"그 작자가 꽤나 아끼는 눈치기에 점고點考 시간을 틈타 슬쩍했는데, 한 모금 마시고는 혓바닥을 뽑아 버릴 뻔했소이다."

진금영은 술병에 코를 대고 냄새를 맡아 보았다. 하지만 혹 풍겨 오는 지릿하고 퀴퀴한 냄새에 질겁하며 얼굴을 떼고 말았다. 진작 냄새를 맡았다면 마시는 짓 따위는 하지 않았을 것을.

"제겐 무리군요. 생각 있으면 금 비영이나 더 드세요."

진금영이 술병을 돌려주자, 금청위는 어깨를 한 번 으쓱해 보이고는 받은 술병을 난간 너머로 멀리 던져 버렸다.

"혼자라면 모를까, 진 비영 같은 미녀께서 빤히 지켜보는 앞에서 장부를 자처하는 이 금청위가 말 오줌을 마실 수야 없지. 이런 건 물고기들이나 마시라고 합시다."

금청위가 싱긋 웃으며 말했다. 그러자 그의 말에 화답이라도 하듯 돛대 뒤에서 웃음소리가 들려왔다.

"흐흐! 마태상馬泰相의 눈이 뒤집어지겠군. 애지중지하는 오음 강장주五陰强壯酒가 물고기 밥상에 올라간 것을 안다면 말이야."

돛대 그림자 저편에서 모습을 드러낸 사람은 홀쭉한 체구에 좁은 미간을 제외하면 딱히 특이한 점을 찾을 수 없는 오십 대 초로인이었다. 뒷짐을 지고 휘적휘적 걸어오는 품이, 잠을 설친 김에 진금영처럼 바람이라도 쐬러 나온 듯했다.

"요요미녀가 만든 아치가 괴괴노물怪怪老物의 등장으로 깨지는구나."

금청위가 탄식했다. 비록 조그만 목소리였지만, 방금 등장한 초로인으로 말할 것 같으면 수십 년 동안 청법聽法을 단련해 온 암기술의 대가. 그 영민한 귀가 금청위의 탄식을 놓칠 리 없다.

초로인은 뒷짐 진 팔을 천천히 풀며 금청위를 향해 사람 좋은 웃음을 지어 보였다.

"말 오줌을 마시는 걸 보니 요즘 주머니 사정이 영 말이 아닌 모양이지? 괴괴노물이 오늘 재신 흉내 좀 내 볼까?"

소매 밖으로 나온 초로인의 오른손 인지와 중지 사이에는 으스름한 초승 달빛 아래에서도 금빛을 반짝이는 납작한 물건 하나가 끼워져 있었다. 금청위는 한 발짝 물러서며 손을 휘휘 내둘렀다.

"이 후배, 조상의 은덕을 입지 못해 무일푼의 가난뱅이로 살고는 있지만 어찌 감히 허許 선배의 도움을 바라겠소이까?"

"진심인가?"

"진심이고말고요."

"허! 난 자네가 좋아할 줄 알았는데. 할 수 없지. 그렇다면 십 년 묵은 분주汾酒도 말 오줌과 함께 물고기 밥상에나 올릴 수밖에."

초로인은 안타깝다는 듯 혀를 차더니, 금빛 물체를 끼운 오른손 대신 등 뒤로 감추고 있던 왼손을 슬쩍 내저었다. 그의 왼쪽 소매 안에서 호리병 하나가 튀어나와 난간 너머 일렁이는 강물 쪽으로 날아갔다.

"십 년 묵은 분주!"

금청위의 입에서 다급한 목소리가 터져 나왔다. 다음 순간, 그는 갑판을 박차며 난간 너머로 몸을 날리고 있었다. 그 몸놀림이 얼마나 신속한지, 진금영이 입고 있던 침의寢衣가 세차게 펄럭일 정도였다.

"아차, 그러고 보니 요요미녀에겐 권해 보지도 않았군. 진 비영께선 이 괴괴노물이 권하는 술 한 잔을 받으실 의향이 있으신지?"

초로인이 왼손으로 허공을 휘감는 시늉을 했다. 그러자 강물을 향해 날아가던 호리병이 놀랍게도 허공에서 방향을 틀며 다시금 갑판 위로 돌아오는 것이었다. 선회하는 궤적이 시원하면서도 단절이 없는 것으로 미루어, 끈 따위에 의한 변화는 아닌 것이 분명했다.

하지만 진금영은 놀라는 기색 없이 자신을 향해 날아온 호리병을 받아 들었다. 탈명금전奪命金錢 허봉담許峰潭이 던진 물건은 결코 상식적으로 날아가지 않는다는 사실을 잘 알고 있었기 때문이다.

"귀하디귀한 미주를 제가 어찌 거절할 수 있겠어요?"

진금영은 머리를 살짝 숙여 술병을 가지고 한판의 놀라운 재주를 부린 초로인, 허봉담에게 사례했다. 그 무렵 난간 너머에서 첨벙거리는 물소리가 두 번 울렸다. 잠시 후, 금청위가 난간을 넘어 갑판으로 올라왔다.

"제기랄!"

금청위는 갑판에 발을 딛기 무섭게 욕설부터 내뱉었다. 그의 두 무릎 아래는 흠뻑 젖어 있었다. 비연약파飛燕躍波에 등평도수登平渡水의 상승 경공을 연달아 발휘했지만, 손에 잡힐 듯하던 호리병이 허공에서 되돌아가는 광경에 약이 오른 나머지 그만 진기가 흐트러져 버린 것이다.

금청위는 신발을 벗어 그 안에 고인 물을 탁탁 털더니 허봉담을 노려보았다.

"선배의 회선비廻旋飛 암기술은 오로지 후배를 골탕 먹이는 데에만 절묘하구려. 엊저녁 반찬이 마음에 안 들더이까? 무슨 심보로 꼭두새벽부터 남의 옷을 젖게 만드는 거요?"

허봉담이 실실 웃으며 반문했다.

"누가 자네더러 강물로 뛰어들라고 하던가?"

"하면, 천하주당으로 소문난 이 금청위더러 십 년 묵은 분주가 물고기 밥상에 올라가는 꼴을 눈뜨고 뻔히 보고만 있으란 말이오?"

"내 온정을 거절한 건 다른 사람이 아니라 바로 자넬세."

"하지만 선배가 준다고 한 건 분명히……!"

한바탕 쏘아붙이려던 금청위는 계속 말해 봐야 득 될 게 없다고 여겼는지 입을 꽉 다물고 말았다. 다만 험상궂은 표정으로 노려볼 뿐인데, 허봉담은 어디까지나 태연했다.

"따지고 싶은 게 있다면 좀처럼 남을 믿으려 하지 않는 자네 자신에게 따져야 할 게야."

금청위는 신발을 도로 신으며 씹어뱉듯이 말했다.

"선배도 그 괴팍한 심보를 고치기 전엔 출세하기 글렀소."

"괴괴노물 심보가 괴팍한 거야 당연한 일이겠지. 출세는 바라지도 않으니 자네나 실컷 하게."

하지만 진금영은 저렇게 말싸움을 벌이는 두 사람을 보며 오히려 부러운 심정이 일어나는 것을 금할 수 없었다. 겉으로는 견원지간처럼 아웅다웅하는 듯해도 기실 두 사람의 교분은 매우 깊은 편이었다. 비영 서열 십사 위로서 각 내에서도 중요 인사로 꼽히는 허봉담이 이번 출행에 흔쾌히 따라나선 것도 망년지우忘年之友인 금청위와 더불어 바닷바람이나 쐬겠다는 심사에서 비롯되었으니, 천애고아에 변변한 친구 하나 사귀지 못한 그녀로선 자신의 처지가 외롭게 느껴질 수밖에 없는 것이다.

그런데 외로움은 곧 근원을 알 수 없는 그리움으로 바뀌고, 그것은 다시 한 남자의 영상으로 연결되었다. 잠시 그 영상에 젖어 있던 진금영은 어깨를 흠칫 떨었다. 꿈도 아닌 현실 속에서 너무도 자연스럽게 그 남자를 떠올리는 스스로에게 놀란 것이다.

진금영은 그 영상을 깨뜨리려 했다. 그래서 그녀를 아껴 주는 사람들을 떠올리기 위해 노력했다.

―바람 쐬는 기분으로 다녀오너라.

일비영 이명은 그녀가 이번 출행에 나서기 전 따로 불러 이렇게 말했다.

―허 비영과 금 비영은 무공도 고강하거니와 성정이 호방해 함께 다니시는 데 큰 불편은 없을 겁니다. 거기에 새로 입각한 전비展備까지 가세한다고 하니, 직접 손을 쓰는 일은 가급적 그들에게 맡기도록 하십시오.

이명의 아들 이군영은 태원부의 경계까지 그녀를 배웅하며 몇 번이고 당부했다.

모두 고마운 사람들이었다. 심신이 쇠약해진 그녀를 걱정하여 과할 정도로 쟁쟁한 고수들을 수하로 딸려 보내 준 사람들이었다. 그러나 그들에 대한 고마운 마음은 금방 퇴색했다. 그리고 그 퇴색한 자리를 다시금 채운 영상은 붉은 검을 겨누고 있는 무시무시한 거한, 바로 그 남자였다.

진금영의 눈빛이 몽롱해졌다.

"진 비영?"

진금영은 퍼뜩 정신을 차리고 고개를 들었다. 허봉담이 이상하다는 표정으로 그녀를 바라보고 있었다.

"무슨 생각을 그리 골똘히 하시오?"

"아, 아무것도 아니에요."

"혹시 두고 온 정랑이라도 생각하는 건 아니오?"

진금영은 얼굴이 화끈 달아오르는 것을 느꼈다. 그러나 허봉담은 그저 농으로 건넸을 뿐, 심각하게 생각하지는 않는 듯했다. 하기야 그녀가 누구던가. 서릿발처럼 매섭고 빙하처럼 차갑다는 초혼귀매가 아니던가. 그런 그녀가 한 남자의 영상에 푹 빠져 허우적거리고 있다면, 그녀를 아는 어느 누구도 믿으려 들지 않을 것이다.

허봉담이 말했다.

"그런 게 아니라면, 물에 빠진 생쥐에게도 십 년 묵은 분주 맛 좀 보여 줍시다."

"물론 그래야죠."

진금영이 술병을 내놓자 금청위는 언제 험상궂은 표정을 지었냐는 듯이, "아이고, 감사합니다!"를 외치며 달려들었다.

금청위가 혀를 내두르며 분주의 독한 향기를 들이마시고 있을 무렵, 허봉담은 서쪽 하늘에 걸린 손톱 자국 같은 초승달을 바라보며 넌지시 운을 떼었다.

"전비와 약속한 시각이 내일 정오라고 했소?"

진금영은 고개를 끄덕였다.

"그래요."

"전비, 전비라……. 진 비영께서는 강호에 인두주락파삼도
人頭珠珞破三刀 전비의 이름이 알려지게 된 연원을 아시오?"

진금영은 전비라는 자에 관한 강호의 풍문을 잠시 되새겨 본
뒤 차분한 음성으로 대답했다.

"수 년 전 단신으로 절삼도당絶三刀堂 세 당주를 죽인 일로 유
명해졌다고 알고 있어요."

"맞소. 해복방海福幇의 일개 소두령에 불과하던 전비가 짧은
시간 사이에 어떤 기연을 얻었는지에 대해서는 알려져 있지 않
지만, 그는 해복방의 주춧돌이 불탄 지 꼭 일 년이 되던 날, 동
료들의 해골로 만든 목걸이를 두르고 절삼도당에 단신으로 뛰
어들어 세 원수를 때려죽였소. 해골 목걸이를 두르고 세 자루
칼을 깨뜨렸다는 인두주락파삼도는 바로 그 일에서 유래된 별
호요."

말을 하던 중 허봉담의 얼굴에 한 가닥 근심의 기색이 떠올
랐다. 이를 의아히 여긴 진금영이 물었다.

"허 비영께서는 전비에 관해 거리끼는 점이라도 있으신가
요?"

허봉담은 고개를 끄덕였다.

"나는 이번 출행에 전비가 빠졌으면 싶다는 생각이 자꾸 드
는구려."

"그건 무슨 이유에서죠?"

"이 배의 주인인 마태상이 그를 가만두지 않을 것 같기 때문
이오."

"마 사주? 그가 왜 전비를?"

이 질문에 대한 답은 다른 방향에서 날아들었다.

"왜냐고요? 그것은 사해마응四海魔鷹 마태상이 공과 사를 구

분하지 못하는 소인이기 때문이오."

진금영이 고개를 돌리니, 이미 한 병의 분주를 끝장내 버린 금청위가 난간에 기댄 채 싱글거리고 있었다. 호리병은 제법 큰 것이었고 분주는 유명한 독주였지만, 그의 얼굴에선 한 점의 취기도 찾아볼 수 없었다.

금청위는 빈 술병을 뒷전의 강물로 휙 던져 버린 뒤 말을 이었다.

"광동, 복건, 절강의 해안을 따라 노략질을 일삼던 절삼도당의 세 당주는 각각 불인도不仁刀, 불비도不悲刀, 불회도不悔刀라는 별호가 붙어 있었소. 그중 둘째인 불비도의 이름이 마곡馬谷, 바로 마태상의 사촌동생이라오."

허봉담이 무거운 어조로 덧붙였다.

"마태상의 사람됨에 대해선 진 비영께서도 익히 아실 게요. 색을 밝히고 물욕이 많은 자들이 대개 그러하듯, 은혜는 쉽게 잊을지언정 원한은 절대로 잊지 않는 편협한 위인이 바로 마태상이오. 만일 전비가 이 천표선天飄船을 타고 바다로 나간다면, 무사히 중원 땅을 밟기란 아마도 기대하기 어려울 게요."

진금영의 미간에 노기가 떠올랐다. 환담을 나누며 미소를 지을 때에는 서시西施 뺨치듯 고와 보이던 얼굴이, 저렇게 노기를 떠올리니 얼음 가면이라도 쓴 듯 차가워 보였다.

"마태상이 비록 낭숙浪宿의 우두머리로서 각에 적지 않은 공헌을 한 바 있지만, 이번 행사의 통솔권은 그가 아닌 내게 있어요. 전비는 이번 작전에 있어서 반드시 필요한 인물. 만일 마태상이 사사로운 원한을 이유로 전비를 해치려 든다면 나는 그것을 절대로 좌시하지 않을 겁니다."

침의를 입은 미녀의 이러한 위세에 허봉담은 한숨을 쉬었다.

"이비영이 세운 이번 작전이 매우 교묘하다는 점은 나도 알고 있소. 그리고 전비를 이용해 내응할 세력을 포섭하겠다는 의도에 대해서도 전혀 불만이 없소. 하지만 이번 작전이 바다 한가운데 떠 있는 섬에서 벌어진다는 사실을 잊지 마시오. 바다 위의 마태상과 땅 위의 마태상을 한가지로 취급할까 염려해서 드리는 말씀이오."

"명심하도록 하겠어요."

진금영은 나이 든 선배의 충고를 담백하게 받아들였다.

"밥맛없는 마가 얘기는 그만하고, 새로 동료가 될 전비에 관해서나 얘기해 봅시다. 허 선배께서는 그 친구에 대해 아는 게 제법 있는 것 같은데?"

금청위가 끼어들며 화제를 바꿨다. 허봉담이 그를 돌아보며 빙긋 웃었다.

"자세히는 모르지만 남들이 아는 만큼은 알고 있지. 전비는 무척 특이한 친구라네. 그는 세 가지 점에서 유명한데, 강남 풍물에 어두운 자네는 아마 못 들어 보았겠지?"

"흐흐, 오지랖 넓기로 유명한 선배의 식견을 이 후배가 어찌 따를 수 있겠소? 어디 들어나 봅시다."

금청위가 웬일로 순순히 인정하자, 허봉담은 한 번 헛기침으로 위신을 세운 뒤 말문을 열었다.

"첫째는 눈빛일세. 서역의 피라도 섞인 탓인지 전비의 두 눈엔 은은한 푸른빛이 감돌더군. 덕분에 세 자루 칼을 깨뜨리기 전까지 그는 청목웅靑目熊이라는 별호로 불렸네. 둘째는 신력이지. 뭘 먹고 자랐는지는 모르지만, 무공을 익히기 전에도 맨손으로 호랑이를 때려잡았다는 얘기가 있지. 자네도 그 친구 앞에선 주둥이 단속에 신경 써야 할 게야."

"흥, 누가 신경 써야 하는지는 두고 보면 알 일이지."

금청위가 콧방귀를 뀌었지만, 허봉담은 못 들은 체 이야기를 이어 갔다.

"세 번째는 거구라는 점일세. 그것도 보통 거구가 아니라 눈이 번쩍 뜨일 만한 거구."

"거구라고요?"

이제껏 조용히 듣고 있던 진금영이 화들짝 놀라며 되물었다. 그녀 본인은 모르겠지만, 이 순간 그녀의 얼굴은 하얗게 질려 있었다. 그 반응이 의아한 듯 허봉담은 눈썹을 역팔자로 만들면서도 고개를 끄덕였다.

"그렇소. 육비영 거경과 비교해도 전혀 꿀리지 않을 만큼 크더구려. 과거 먼발치에서 싸우는 것을 한번 본 적이 있는데, 상대도 건장하다면 건장하달 수 있는 자였지만 전비와 마주 서니 숫제 어린아이처럼 보이더이다. 한데 진 비영께서는 거구란 말에 왜 그리 놀라시오?"

진금영이 찔끔하며 고개를 저었다.

"아, 아무것도 아니에요."

"흐음, 아까도 아무것도 아니다, 지금도 아무것도 아니다. 그렇다면 대체 아무것이 뭔지 궁금하구려."

허봉담이 능글맞게 추궁했지만 진금영은 아무것도 아니라는 말만 되풀이할 뿐 다른 이야기는 하지 않았다. 그녀는 내심 매우 불쾌했다. 허봉담에 대한 불쾌감이 아니라, 꿈속의 남자에 대한 감상을 쉬이 벗어 던지지 못하는 스스로에 대한 불쾌감이었다.

진금영의 이런 내심을 짐작할 턱이 없는 금청위는 신난다는 표정으로 손바닥을 비볐다.

"청목에 신력에 거구라! 말만 들어도 가슴이 섬뜩해지는군. 얼마나 괴물 같은 친구인지 기대되는데?"

그러나 눈썰미 좋은 허봉담은 진금영의 안색이 점점 더 심상치 않아지는 것을 놓치지 않은 듯했다. 그가 금청위의 옷깃을 잡아당기며 말했다.

"내 방에 가면 분주가 몇 병 더 있네. 잠은 다 달아난 것 같으니 술과 함께 해맞이나 하세그려."

"하하! 그야말로 바라던 바외다. 한데 남자끼리만 간다면 재미없지 않겠소?"

금청위가 눈치 없는 소리를 하며 진금영에게도 권하려 들자, 허봉담이 급히 끼어들었다.

"예끼, 이 사람! 쉰내 나는 홀아비 방에 꽃 같은 미녀를 어찌 모신단 말인가? 그야말로 쇠똥에다가 연꽃을 꽂는 격이지."

진금영은 자리를 피해 주려는 허봉담의 의중을 알아차렸다. 혼탁한 심경을 그대로 들킨 것 같아 마음이 썩 좋지는 않았지만, 그녀는 두 사람을 향해 억지웃음을 지어 보였다.

"저는 조금 더 바람을 쐬다가 선실로 돌아가 부족한 잠이나 채워야겠어요. 저도 명색이 여잔데, 전비와의 첫 대면에 충혈된 눈으로 술 냄새를 풍길 수는 없는 일 아니겠어요?"

그 말을 들은 금청위가 눈을 휘둥그렇게 뜨며 너스레를 떨었다.

"명색이 여자라고요? 히야! 그 무섭던 진 비영의 입에서 이런 말이 나오다니, 놀라운 일 아니오?"

"어허! 이러다 날새겠네. 어서 내려가세."

허봉담은 금청위를 잡아끌며 선실로 내려갔다. 금청위는 끌려가면서도 뭐가 그리 재미있는지 너털웃음을 터뜨렸다.

"이상하게도 오늘따라 진 비영이 여자로 느껴진단 말이오. 예전과는 딴판으로. 그런데 내가 왜 이리 즐겁지? 으하하!"

멀어지는 금청위의 웃음소리를 들으며 진금영은 나직이 한숨을 쉬었다.

휘이잉!

갑자기 불어온 쌀쌀한 바람이 진금영의 어깨를 움츠리게 만들었다. 그녀는 두 손으로 자신의 어깨를 꼭 끌어안고서 하늘을 올려다보았다. 여명 직전의 하늘은 칠흑 같았다. 편월은 부쩍 서쪽으로 기울어졌고 동쪽 하늘의 계명성도 서서히 빛을 잃어 가고 있었다. 사위는 더할 나위 없이 고요하여 밤새 울음소리조차 들리지 않건만, 금청위가 남긴 마지막 말은 그녀의 귓전에 오랫동안 맴돌고 있었다.

여자라고?

그날 이후 자신이 변했다는 사실은 알고 있었다. 하지만 그러한 변화가 좋은지 싫은지에 관해서는 딱 부러지게 대답할 수 없었다.

요요寥寥한 달밤, 요요遙遙한 길 떠난 요요姚姚한 미녀는 오늘도 요요撓撓한 마음을 가누지 못했다.

(2)

남직예南直隸(남경 직할 구역)와 절강성이 연해 있는 장강 하구.

장강의 드센 물결은 그간 부둥켜안고 있던 대륙의 각종 부유물을 마치 바다로 들어가는 통과의례라도 치르듯 홀가분하게 벗어던지니, 그 부유물들이 수많은 세월을 두고 쌓인 거대한 삼각주가 바로 숭명도崇明島다.

이 지방으로 말하자면 예부터 문물이 번성한 곳이다. 숭명도에서 가장 규모가 큰 부두라 할 수 있는 사해포思海浦에서는 천석짜리 거선부터 셋만 타도 꽉 찰 것 같은 봉선蓬船까지, 중원천하에 존재하는 거의 모든 종류의 선박들을 만날 수 있다. 그러니 사해포에서 코딱지만 한 봉선 한 척으로 사십 년을 부쳐 먹은 호노삼胡老三이 신출내기 사공들 앞에서, "이 호 영감님께서 모르는 배라곤 이야기 속에나 나오는 학우선鶴羽船밖에 없지."라고 뻐기는 것도 마냥 허풍만은 아니었다.

그런데 오늘 아침 부두로 들어온 배는 호노삼으로 하여금 스스로의 안목을 의심하도록 만들기에 충분했다. 그 배가 나타나기 전까지만 해도 부두에 정박해 있던 배들 중에서 사람들의 눈길을 가장 끈 것은 항주에서 올라온 서호옥미상행西湖玉米上行의 금자급金字級 상선, 내향호來香號였다. 하지만 그 배가 나타난 순간, 내향호의 존재감은 깨끗이 사라져 버렸다. 어처구니없게도 그 배는 천 석이 넘는 내향호를 다섯 척 합쳐 놓은 것보다도 거대했던 것이다. 조금 과장해 말한다면 떠 있는 섬이랄까?

게다가 더 어처구니없는 것은 비단 크기만이 아니었다. 선체 외벽에 빽빽이 둘러 박은 둥근 철패鐵牌들은 늦봄의 양광 아래 청동빛 광휘를 뿌리고, 뱃머리에 우뚝 솟은 용신상龍神像은 금방이라도 용음을 토해 내며 날아올라 천둥, 번개, 비바람을 일으킬 것 같았다.

가위 선중왕船中王이란 말을 떠올릴 수밖에 없는 위세라 아니할 수 없었다.

"멋있어! 모름지기 저 정도는 되어야 배라고 할 수 있지!"

호노삼은 자신의 낡고 초라한 봉선에 쭈그리고 앉은 채 넋 빠진 시선으로 그 거선을 바라보았다.

거선은 부두 안으로 들어오지 않고 강 한복판에 닻을 내리고 있었다. 숭명도에서 가장 큰 항구인 사해포마저 비좁다 여긴 것일까? 아니면 빡빡한 출항 일정에 마지막 휴식이라도 취하려는 것일까?

어쨌거나 호노삼처럼 늙은 뱃사람에게 있어서 멋진 배란 어떤 미녀보다도 매력적인 존재일 수밖에 없었다. 그래서 그는 그 거선으로부터 좀처럼 시선을 떼지 못하고 있었다.

아침을 일찍 지어 먹고 일터로 나선 부지런한 사람들에게 시장기란 놈이 슬슬 찾아드는 오시午時(정오 전후) 초엽.

그때까지도 거선 구경에 망연해 있는 호노삼의 뒤통수로 누군가의 목소리가 날아들었다.

"노인장, 배 좀 빌립시다."

호노삼은 짐짓 못 들은 체 대꾸하지 않았다. 그러자 목소리가 다시 들려왔다.

"배 좀 빌리자고 하지 않소."

호노삼이 그제야 대꾸를 하는데, 고개조차 돌리지 않는 것이 귀찮다는 기색이 역력했다.

"오늘은 사공 노릇 안 할 생각이니 딴 데 가서 알아보시오."

목소리의 주인은 잠시 아무 말도 하지 않았다. 그러다가 호노삼이 왜 오늘 하루 일을 쉬기로 마음먹었는지 알아차린 듯, 다시금 말을 걸어왔다.

"보아하니 저 배 때문인 모양이구려."

호노삼은 홀린 듯한 시선을 거선에 고정시킨 채 고개를 끄덕였다.

"잘 보셨소. 어릴 적 내 소원이 저런 배 한번 타 보는 거였소. 팔자가 더러워 이런 요강 반쪽 같은 배를 몰게 되었지만……."

"아닌 게 아니라 과연 범상한 구경거리가 아니구려. 한데 기왕 구경할 것이라면 가까운 곳에서 구경하는 편이 좋지 않겠소?"

호노삼은 코웃음을 쳤다.

"힝! 누군 그러고 싶지 않아서 이러고 있는 줄 아시오? 하지만 만에 하나 지체 높은 나리라도 탄 배라면, 나 같은 하찮은 뱃사공이 모는 쪽배 하나쯤은 단지 눈에 거슬린다는 이유 하나만으로도 얼마든지 뒤집어 버릴 수 있을 게요."

"그래서 여기서 구경하신다? 그렇다면 잘됐군."

말이 끝남과 동시에 호노삼은 기절할 듯 놀라고 말았다. 엉덩이께가 쑤욱 꺼지는가 싶더니, 그가 팔을 괴고 있던 봉선의 고물이 물구나무서듯 위로 솟구쳤기 때문이다. 멀쩡한 배가 왜 갑자기 이 발광을 하는 것일까? 그는 보지 않고도 그 이유를 알 것 같았다. 승객, 그것도 아주 무거운 짐을 든 승객이 사공의 허락도 없이 배에 오른 것이다.

'어떤 후레자식이 감히!'

호노삼은 눈에 쌍심지를 돋운 채 뒤를 돌아보았다. 이 무례한 승객 놈에게 사십 년간 갈고닦은 뱃사람의 입심이 얼마나 더러운지 단단히 맛보여 줄 작정에서였다. 그러나 다음 순간 그의 입에서 터져 나온 것은 더러운 육두문자가 아닌 "히익!" 하는 숨넘어가는 비명이었다.

"뭘 그리 놀라시오?"

호노삼이 평생 만나 본 사람들 가운데 가장 무서운 상판대기를 지닌 놈은 진가진陳家鎭에서 사해포로 파견 나오는 장씨莊氏 성을 지닌 군교軍校였다. 그런데 지금 봉선에 우뚝 서서 "뭘 그리 놀라시오?"라고 묻는 인간은 장 군교조차도 거품을 물 만큼 무시무시한 상판대기를 지니고 있었다. 게다가 그 어마어마한

인두주락파삼도 285

덩치라니! 저러니 무거운 짐을 들었을 것이라고 착각할 수밖에.

'이 물건이 사람이냐, 도깨비냐?'

"도깨비는 아니니 안심하시오."

흉한이라고밖에 표현할 수 없는 무시무시한 상판대기와 어마어마한 덩치의 소유자는 호노삼의 마음을 읽기라도 한 것처럼 이렇게 말하며 뱃전에 털썩 주저앉았다. 그러자 고목의 밑동처럼 우람한 목에 걸려 있던 물건들이 서로 부딪히며 절그럭거리는 소리가 울려 나왔다.

그 물건들의 정체가 무엇인지 알아본 호노삼은 그만 오줌 몇 방울을 지리고 말았다. 그것은 십여 개의 두개골을 철삭으로 엮어 놓은 해골 목걸이였던 것이다.

호노삼이 해골 목걸이를 바라보며 부들부들 떨자 흉한은 쓸쓸한 미소를 지었다.

"사연이 있는 물건이니 너무 무서워 마시오."

한데 기이하게도 흉한의 말투는 생김새와 딴판으로 곰살궂은 구석이 있었다. 굵고 낮은 목소리도 음침하기보다는 오히려 듬직한 느낌을 주고 있었다. 마음이 조금 진정된 호노삼이 조심스럽게 물었다.

"강호인이시오?"

흉한은 대답 대신 고개를 한 번 끄덕였다. 해골 목걸이가 다시 한 번 절그럭거리며 자신의 존재를 알렸지만 처음처럼 무서운 마음은 들지 않았다. 호노삼은 안도의 한숨을 쉬며 말했다.

"난 한눈에 손님이 강호인이란 걸 알았소. 풍기는 분위기부터가 보통 사람과 확 다르거든."

흉한이 호노삼을 바라보았다. 그의 눈빛은 기이하게도 푸르스름한 빛이 감돌고 있어서 마치 커다란 비취를 박아 놓은 것처럼 보였다. 그런 눈으로 잠시 호노삼을 응시하던 흉한이 예의 굵고 낮은 목소리로 말했다.

"내가 강호인이든 아니든 그것은 중요한 문제가 아니오. 나는 노인장을 귀찮게 할 생각도, 또 노인장의 좋은 시간을 방해할 생각도 없소. 단지 노인장이 저 배를 더 잘 구경하고 싶다면 나를 노인장의 배에 태우는 것이 그리 나쁘지 않다는 점을 알려주고 싶을 따름이오."

그 말을 잠시 곱씹던 호노삼은 이내 반색을 하며 물었다.

"하면, 손님께선 저 배를 타실 작정이오?"

"저 배는 나를 태우기 위해 이 사해포에 왔소. 그러니 배 뒤집힐 걱정은 안 해도 될 거요."

흉한은 봉선 바닥에 작고 둥근 물건 하나를 툭 던지며 말했다. 그 물건이 뱃삯으로는 결코 부족하지 않은 은자임을 확인한 호노삼은 희색이 만연해졌다.

"좁쌀은 종지에 담고 호박은 소쿠리에 담아야 제격이지. 손님 같은 분이라야 저런 장한 배에 탈 수 있는 모양이외다."

졸지에 호박 취급을 당했지만 흉한은 개의치 않는 듯했다. 그는 투박한 하관 가득 커다란 웃음을 지으며 호노삼에게 물었다.

"지금 바로 출발할 수 있겠소?"

"아무렴, 누이 좋고 매부 좋은데 내가 무엇을 망설이겠소? 조금만 기다리시오. 금방 모셔 드리리다."

호노삼은 손바닥에 침을 걸쭉하니 뱉은 뒤 봉선을 묶어 놓은 밧줄을 풀기 시작했다. 그처럼 숙련된 사공에게 빤히 보이는 두어 리 물길이야 노질 몇 번이면 금방이었다.

좌응은 한 척의 봉선이 강심을 향해 멀어지는 광경을 지켜보았다. 지금 그는 무양문 호교십군 서열 이 위에 걸맞지 않는 행색을 하고 있었다. 마포 두건에 허름한 베옷, 거기에 종아리에는 새끼줄로 만든 각반까지 동이고 있으니, 겉보기에는 영락없는 뜨내기 장사치라 할 터였다.

그런 좌응의 옆에는 허리가 구부정한 노인 하나가 몸에 걸친 마의 단삼만큼이나 초라한 나무 지팡이를 짚은 채 좌응이 보고 있는 그 봉선을 바라보고 있었다.

"도무지 마음이 놓이지 않는구려."

노인이 한숨을 쉬며 말했다.

좌응은 노인을 향해 시선을 돌렸다. 노인의 얼굴에는 평소의 두 배가 넘는 주름이 잡혀 있었다.

"한 노인께선 그토록 오랜 세월을 석 공자와 함께 생활하시고도 어찌 그리 그의 능력을 믿지 못하십니까? 이 좌응이 장담하거니와, 천하를 통틀어 그를 어찌할 수 있는 사람은 다섯을 넘지 않습니다. 천표선이 비록 적당이 득실거리는 호굴이라 해도 감히 그를 상하게 만들지는 못할 겁니다."

그러나 좌응의 성의 있는 설명도 구부정한 허리의 노인, 한로에게는 별다른 위로가 되지 못하는 듯했다. 그는 못마땅한 시선을 좌응에게 던졌다.

"그래서! 그래서 우리 소주의 능력이 너무 뛰어나기 때문에 고생 좀 해 보라고 독약까지 주었단 말이오?"

좌응은 고소를 머금었다.

"그 약에 대해선 누차 말씀드리지 않았습니까? 육군의 천干아우와 약리에 능한 별수재 여럿이 심혈을 기울여 조제한 물건이라고 말입니다. 석 공자의 능력이라면 하루도 지나기 전에 홀

홀 털고 일어날 테니, 이제 그만 좀 보채십시오."

좌응이 말한 '천 아우'란 호교십군의 육군장인 칠낭선생七囊先生 천용千庸을 가리킨다. 사슴 가죽으로 만든 일곱 개의 주머니로 상징되는 천용은, 독중선 군조가 자취를 감춘 이후 가장 정교한 독공을 구사한다고 알려진 독문의 고수였다. 그러나 그 이름조차도 한로의 얼굴 가득 잡힌 주름을 걷어 가진 못했다.

"천 군장의 용독술이 경인하다는 얘기는 들었소. 그리고 무양문의 군사 영감이 묘계백출妙計百出의 꾀주머니란 얘기 또한 귀에 딱지가 앉게 들었소. 그러나 무양문도도 아닌 우리 소주에게 그런 위험한 일을 시킬 줄은 몰랐소."

염불하듯 중얼중얼 흘러나오는 한로의 푸념에 좌응은 대꾸할 말을 찾지 못했다. 그 역시 그렇게 생각하고 있었기 때문이다.

'반드시 석대원이어야만 대사를 이룰 수 있다고 생각하신 것은 아닐 테고…….'

좌응은 이번 작전의 입안자인 육건의 심중을 곰곰이 헤아려 보았다. 혼자서 벌이는 일이라면 모를까, 자신을 포함한 백 명의 정예가 외부에서 호응한다면 전비를 굳이 석대원으로 바꿀 이유가 없었다. 호교십군의 구군장인 백변귀서생百變鬼書生 모금毛쭉의 역용수법이 비록 강호에서 짝을 찾기 힘들 만큼 고명하다지만, 그렇다고 해도 배우가 아닌 무인에게 다른 사람으로의 화신化身을 요구하는 것은 번거로운 일일 뿐만 아니라 위험한 일이기도 했다. 머리 좋기로 유명한 육건이 그런 번거로움과 위험을 감수하면서까지 군이 석대원을 이번 작전에 참가시킨 까닭은 과연 무엇일까?

'석대원이란 인재가 그 정도로 탐난다는 것이겠지.'

이렇게 생각할 수밖에 없었다. 무양문주 서문숭은 인재를 사랑하는 사람이었다. 만일 그가 인재를 사랑하는 마음이 없었다면, 자신의 등에 큼직한 흉터를 남긴 화산파의 젊은 검객을 숱한 반대에도 불구하고 호교십군의 수장으로 등용하는 일 따위는 벌이지 않았을 것이다.

이러한 서문숭의 마음을, 그를 갓난아기 시절부터 지켜봐 온 육건이 짐작하지 못할 리 없을 터. 육건은 이번 작전을 계기로 석대원과 무양문 사이에 모종의 동지 의식이 싹트기를 바라고 있는 것이다.

"형님, 여기 계셨수?"

좌응과 한로를 향해 대머리 장한 하나가 달려왔다. 좌응과 마찬가지로 뜨내기장사치 차림이지만 평범한 뜨내기 장사치라고 하기엔 들썩이는 어깨며 풍풍 내뿜는 콧김이 너무나도 기세등등했다.

힘들어 지친 것이 아니라 제 성질을 못 이겨 지쳐 버린 이 대머리 장한은 물론 무양문의 애물단지 마석산이었다.

"조용히 기다리라고 했더니 그새를 못 참고 나왔는가?"

좌응이 타박하듯 묻자 마석산은 제자리에서 부르르 용을 썼다.

"난 기다리는 것이 지겨워 엄마 배 속도 여덟 달 만에 박차고 나온 놈이우. 좁아터진 선실에서 웅크리고 있을 바에야 차라리 저 강물에 콱 빠져 죽는 편이 낫수."

저걸 자랑이라고 하는 소릴까? 좌응은 실소를 금치 못하다가, 허리춤에 찬 주머니에서 까만 알약 한 줌을 꺼내어 마석산에게 내밀었다.

"제 체면 깎아 먹는 소릴랑 집어치우고 이거나 받아 두게."

마석산은 소처럼 눈을 끔뻑이다가 좌응에게 물었다.

"이게 뭐유?"

"며칠이 걸릴지 모르는 물길 아닌가. 뱃멀미 하지 말라고 주는 거니 잘 챙겨 두게."

"뱃멀미?"

마석산은 기가 막힌다는 표정으로 코웃음을 치더니 알약을 받아 땅바닥에 팽개쳤다. 그러고는 도리어 성질을 부리는 것이었다.

"이 마석산의 목구멍은 아래로 내려 보내라고 달린 것이지 위로 올려 보내라고 달린 것이 아니우! 사람을 어떻게 보고 이 따위 염소 똥 같은 약을 준단 말이우?"

기껏 생각해서 내민 약이 사방으로 쫙 흩어지는 광경에 좌응은 자신도 모르게 주먹을 불끈 쥐었다. 하지만 일단 한 대 맞으면 상대가 아버지라고 해도 달려드는 놈이 바로 마석산이 아니던가. 패 죽일 작정이 아닌 바에는 아예 시작도 하지 않는 편이 낫다는 생각에 좌응은 움켜쥐었던 주먹을 스르르 풀고 말았다.

"곧 출발할 걸세. 배로 돌아가게."

좌응이 바위에 짓눌리기라도 한 듯한 목소리로 말했지만, 마석산은 오히려 한 발짝 다가오며 은근히 묻는 것이었다.

"그런데 정말 금부도에 가기만 하면 금은보화가 산더미처럼 쌓여 있는 게 맞수?"

좌응은 한숨을 쉬며 마석산으로부터 몸을 돌려 버렸다. 그 뒤통수에 대고 마석산이 거듭 추근거렸다.

"금은보화가 생기면 이 아우 몫부터 챙겨 준다는 약속을 잊으면 안 되우."

좌응은 마석산의 말 같지 않은 말에 대꾸하는 대신 거선을 향해 다가가고 있는 봉선으로 시선을 주었다. 곁에 있던 한로가 낮게 혀를 차는 소리가 꼭 놀리는 소리처럼 들리는 까닭은 무엇일까?

대저 어떤 사람이 있어 문파 혹은 방회를 세우기 위해 가장 먼저 구해야 할 것은 현판을 내걸 수 있는 독립된 공간일 것이다.

그래서 누구는 남기嵐氣 상쾌한 산중에, 누구는 모래바람 몰아치는 벌판에, 그리고 또 다른 누구는 사람들이 토해 놓는 소음으로 시끌벅적한 시전 한가운데 주춧돌을 묻고 들보를 올려 독립된 공간을 구하니, 이는 가장이 집을 구하는 것과 마찬가지라 할 수 있다.

구 년 전, 장강의 수적으로 흉명을 떨치던 사해마웅 마태상이 비각주 이악의 입김에 힘입어 사면된 뒤, 낭숙이라는 약간 괴이한 이름의 문파를 창업하기 위해 처음 행한 일도 이와 크게 다르지는 않았다. 다만 다른 점이 있다면 그 공간이 육지 위가 아니라는 것뿐.

장강을 누비는 탐욕스러운 매는 한 척의 떠 있는 배를 자신의 둥지로 삼은 것이다.

그 배의 이름이 바로 천표선, 지난 반나절 호노삼의 넋을 앗아 간 어마어마한 거선의 이름이기도 했다.

봉선이 거선의 선체에 낀 물이끼마저 선명히 보일 거리까지 접근할 즈음하여, 호노삼은 머리 위 까마득한 곳에 위치한 난간 너머로 여러 개의 얼굴들이 불룩불룩 솟아오르는 것을 목격할 수 있었다. 물수리처럼 날카로운 안광에 당장 달려들기라도 할 듯한 흉흉한 인상, 이마에 두른 검은 두건이 예사롭지 않은 얼굴들이었다. 그중 가장 연장자로 보이는 오십 줄의 사내가 아래를 향해 물음을 던졌다.

"거기 오시는 분은 뇌주雷州의 전비, 전 형이 아니시오?"

봉선에 탄 거구의 흉한이 지체 없이 대답했다.

"내가 전비요."

처음 물음을 던진 사내의 얼굴에 기묘한 웃음이 떠올랐다.

"전 형께서는 시간 약속을 잘 지키는 좋은 습관을 지니셨구려. 선주께서 기다리고 계시니 어서 올라오시오."

하지만 단지 말만 그럴 뿐, 배 위로부터는 흉한을 끌어올릴 만한 어떠한 도구도 내려오지 않았다. 잠시 기다리던 흉한은 입술 꼬리를 살짝 비틀더니 호노삼을 돌아보았다.

"강호에서 벌어지는 일은 대개 길보다 흉이 많은 법이오. 노인장께선 이 점을 각별히 새겨 오늘 겪은 일을 함부로 발설하지 않도록 주의하시오."

그 목소리에는 이제까지와 달리 항거하기 힘든 위엄이 어려 있었다. 호노삼은 까닭 모를 경외심에 사로잡혀 그저 고개만 끄덕일 뿐이었다.

"이제부터 시작인가?"

흉한은 혼잣말을 중얼거린 뒤, 거선을 향해 훌쩍 몸을 날렸다. 깜짝 놀란 호노삼이 "앗!" 하고 비명을 지르는데, 흉한은 손바닥에 흡반이라도 달린 것처럼 거선의 선체에 찰싹 달라붙는 것이었다. 그러더니 선체를 타고 엉금엉금 기어 올라가는데, 그 느릿하고도 쉼 없는 움직임이 마치 한 마리 커다란 맹수를 연상케 했다.

"세상에……!"

봉선에 홀로 남겨진 호노삼은 흉한이 올라간 자리에 숭숭 뚫린 구멍들을 볼 수 있었다. 바로 흉한의 손가락이 남긴 흔적이었다.

　배를 구성하는 목재 중 가장 단단한 부분인 외벽의 하단을 맨 손가락으로 찍어 가며 저렇게 올라갈 수 있다는 것은 늙고 평범한 뱃사공의 눈에 그저 거짓말처럼 비칠 뿐이었다.

　"함부로 발설하지 말라고? 젠장, 발설해 봤자 나만 거짓말쟁이 취급 받겠네."

　호노삼은 고개를 절레절레 흔들고는 봉선의 뱃머리를 돌렸다.

(3)

　전비가 난간 위로 고개를 내밀었을 때, 갑판에서 그를 기다리고 있던 사람들은 마치 인적 없는 숲에서 흉포한 불곰을 마주한 듯한 오싹한 기분을 느꼈다. 바닷바람에 휘날리는 장발과 귀기 감도는 푸르스름한 안광 그리고 난간으로 서서히 모습을 드러내는 비상식적인 거구는 보는 사람의 간담을 오그라들게 하기에 충분했다.

　전비의 몸놀림은 결코 민첩하지 않았다. 아니, 굼뜨다고 해야 옳을지도 몰랐다. 하지만 그것이 오히려 어울렸다. 느릿느릿 움직이는 둔탁한 몸놀림의 이면엔 거수류巨獸類만이 지닐 수 있는 묵직한 파괴력이 소리 없이 꿈틀거리고 있었다.

　전비는 곧장 갑판으로 올라서지 않았다. 노련한 사냥꾼이 그러하듯, 미지의 영역에 섣불리 발을 들여놓으려 하지 않고 난간에 절반쯤 몸을 걸친 채 그를 기다리고 있는 사람들의 면면을 천천히, 아주 천천히 훑어보았다.

　전비의 시선이 가장 먼저 향한 것은 갑판 정중앙에 앉아 있는 중년인이었다. 관자놀이까지 쭉 찢어진 눈매와 살촉 모양으로 다듬은 세 가닥 수염이 잔인한 인상을 주는 그 중년인은, 등받이의 높이만 해도 여섯 자나 되는 호화로운 용각龍刻 의자에 거만한 자세로 몸을 묻고 있었다. 머리에는 금 비취 장식이 번쩍거리는 운두관雲頭冠을 쓰고 일신에는 은사로 수놓은 화려한 금포를 걸쳤으니, 그 위세가 황제를 방불케 했다.

금포 중년인 외에도 전비의 신경을 건드리는 존재는 몇 명 더 있었다.

우선 금포 중년인이 앉은 용각 의자 양편에 팔짱을 끼고 서 있는 두 명의 대머리 장한. 비록 생김새는 다르지만 불룩한 태양혈과 일자로 굳게 다물어진 입매, 의복을 뚫고 튀어나올 것 같은 우람한 근육이 마치 쌍둥이를 세워 놓은 듯했다.

그리고 다른 사람들과는 달리 매우 자연스러운 자세로 선실 벽에 등을 기댄 채 전비를 바라보고 있는 두 사람도 범상치 않아 보였다.

왼쪽에 선 사람은 넓은 옷소매에 두 손을 감추고 있는 평범한 인상의 초로인인데, 일견 한가한 듯한 표정에서도 쉽게 범접하기 힘든 기파가 언뜻언뜻 드러나는 것으로 미루어 한 방면으로 일가를 이룬 달인임을 짐작할 수 있었다.

그에 비해 오른쪽에 선 사람, 한 손에 술병을 쥔 채 불그레한 얼굴로 전비를 바라보고 있는 마의 장년인의 기파는 오히려 직선적이고 솔직해 보였다.

'검객, 그것도 고수군.'

전비는 본능적으로 이런 생각을 떠올릴 수 있었다. 헝클어진 머리카락 사이로 보이는 마의 장년인의 눈빛은 뜨겁지도 않고 차갑지도 않았다. 투명하지도 않고 혼탁하지도 않았다. 단지 표

적으로 삼은 전비의 얼굴에 정확히, 일말의 흔들림도 없는 확고
함으로 고정되어 있을 뿐이었다. 혹독한 수련과 수많은 실전을
거친 검객만이 저런 눈빛을 소유할 수 있다는 사실을 전비는 잘
알고 있었다.

전비의 시선이 마의 장년인으로부터 천천히 떨어져 나갔다.
그리고 다시 이동…….

그러던 어느 순간, 그 시선은 어느 한 지점에 딱 고정되었다.
거기에는 하나의 얼굴, 검은 해표海豹 가죽을 깐 의자에 얼음으
로 조각한 듯 차갑고도 견고한 자세로 앉아 있는 미녀의 얼굴이
있었다.

그녀의 냉염한 아름다움에 홀리기라도 한 것일까? 전비의 눈
동자가 짧은 파장의 진동을 보였다.

하지만 그 진동은 너무도 빨리 사라져, 갑판에 있던 누구도
이러한 순간적인 동요를 눈치채지 못했다. 오직 한 사람, 신체
의 모든 감각과 영혼의 모든 촉수를 전비에게 집중하고 있던 차
가운 분위기의 미녀, 진금영을 제외하고는.

이윽고 전비의 시선이 진금영으로부터 떨어졌다. 그리고 난
간에 걸쳐 있던 몸이 갑판 안으로 완전히 들어왔다.

기다렸다는 듯, 한 줄기 음산한 목소리가 전비를 향해 날아
들었다.

"자네가 전비인가?"

목소리의 주인은 호화로운 용각 의자에 몸을 묻고 있던 잔인
한 인상의 금포 중년인이었다.

"그렇소만."

전비의 두툼한 입술이 벌어지며 낮고 굵은 음색의 대답이 흘
러나왔다. 마치 그의 얼굴 앞에 보이지 않는 관쯤이라도 달려

있어서, 입술을 통해 흘러나오는 목소리에 부드럽고 은근한 울림을 부여해 주는 것 같았다.

전비의 대답이 울려 나온 순간, 진금영의 조각한 듯한 어깨에 가녀린 흔들림이 스치고 지나갔다. 이 또한 누구도 눈치채지 못할 찰나지간의 동요였다. 하지만 오직 한 사람, 신체의 모든 감각과 영혼의 모든 촉수를 그녀에게 집중하고 있던 전비만큼은 그 흔들림을 놓치지 않았다. 전비의 푸른 눈동자 속으로 싸늘한 한기가 차오르기 시작했다.

용각 의자에 앉은 금포 중년인은 전비와 진금영, 이들 남녀 사이에 오간 극미한 감정의 변조를 알아차리지 못했다.

"인두주락파삼도의 명성은 내 익히 들었지. 이렇게 직접 대하니 과연 듣던 대로 대단한 위풍이군. 내가 이 천표선의 주인인 마태상일세. 반갑네."

그러나 스스로를 마태상이라고 소개한 금포 중년인의 말이 진심과 거리가 멀다는 것쯤은 누구나 짐작할 수 있을 터였다. 비록 입으로는 웃고 있지만, 점점 가늘어지는 눈초리와 그 속에서 조금씩 밀도를 더해 가는 독기가 그 증거였다.

"당신이 마태상이군."

전비가 말했다. 그 순간 마태상의 입가에 떠올라 있던 가식적인 미소가 씻은 듯이 사라졌다. 평배와 다름없는 말투인 데다가 그 흔한 포권도 취하지 않았으니, 천표선에서만큼은 황제와 다름없는 권세를 누리던 마태상의 입장에선 대단히 무례한 언행임에 틀림없었을 것이다.

무례한 손님을 향해 가장 먼저 이빨을 드러낸 것은 충견들이었다.

"이봐, 전 형! 남의 처마 밑에 들어왔으면 고개를 숙일 줄도 알아야 하지 않겠나?"

마태상의 뒷전에 시립하고 있던 두 명의 대머리 장한 중 하나가 앞으로 나섰다. 혓바닥에 바위를 올려놓기라도 한 듯한 묵직한 음성이 제법 위협적으로 들렸다.

전비의 시선이 마태상으로부터 대머리 장한에게로 옮겨갔다.

"넌 뭐냐?"

대뜸 튀어나온 전비의 하대는 대머리 장한의 눈가에 불그죽죽한 살기를 떠올리게 했다.

"흐흐, 뇌주에서 놀던 알량한 경력을 너무 믿는 것 같군. 이 천표선이 그렇게 호락호락해 보이는 모양이지?"

대머리 장한은 팔짱을 풀더니 어깨를 가볍게 움직였다. 그러자 뼈가 퉁기는 듯한 기음이 우두둑우두둑 울려 나왔다. 구릿빛으로 번들거리는 피부와 기형적으로 발달한 근육으로 미루어, 일신에 제법 쓸 만한 외가공부를 지닌 것 같았다.

하지만 전비는 태연하기 그지없었다. 그는 귀찮다는 표정으로 마태상에게 물음을 던졌다.

"이것이 천표선의 환영 방식인가?"

마태상으로부터 돌아온 대답은 없었다. 아니, 대답할 새가 없었다는 표현이 더 옳을 것이다.

"네 뼈마디도 덩치만큼 대단한지 확인해 주마!"

우렁찬 노성과 함께 대머리 장한의 주먹이 전비를 향해 번개같이 날아들었다. 일직선으로 밀려오는 기세며 파도 소리 같은 파공성이 세차게 뒤따르는 것 등이, 이 일 권에 실린 비범한 역도를 짐작케 해 주었다.

그러나 다음 순간, 그 파공성은 칼로 자른 듯이 뚝 끊어져 버렸다. 그리고 파공성의 주체인 대머리 장한의 주먹은 전비의 커다란 손아귀 안에 들어가 있었다. 전비는 대머리 장한이 발출한 회심의 일 권을 마치 개구리가 파리를 삼키듯 덥석 잡아 버린 것이다.

정도의 차이야 있겠지만 갑판에 있던 거의 모든 사람들의 얼굴에 놀라움의 기색이 떠올랐다. 무엇보다도 가장 놀란 것은 주먹을 내지른 대머리 장한이었을 것이다.

"나를 때리고 싶다면 조금 더 빨라야 한다."

주먹을 봉쇄당한 놀라움이 채 가시기도 전, 전비의 낮은 목소리가 대머리 장한의 귓가에 울렸다. 다음 순간, 대머리 장한은 세상이 순간적으로 곤두박질치는 것을 볼 수 있었다. 전비가 무슨 수를 썼는지 알아차리지도 못한 사이 갑판에 꼴사납게 태질당해 버린 것이다.

쾅!

굉음이 울리고 단단한 갑판목이 우그러질 정도로 세찬 태질이었으니, 보통 사람이라면 목뼈가 부러지고 등짝이 터져 절명했을지도 모른다. 하지만 대머리 장한은 별다른 충격을 받지 않은 듯 오뚝이처럼 발딱 일어섰다.

"이 새끼!"

어느새 뽑아 들었는지 대머리 장한은 초승달처럼 생긴 월아쌍구月牙雙鉤를 양손에 나눠 쥐고 있었다.

그것을 본 전비는 입가에 싸늘한 미소를 떠올렸다.

"죽을 각오가 서지 않았다면 포기하는 게 좋아."

여전히 낮은 목소리였지만, 그 안에는 이제까지와 다른 종류의 색깔이 담겨 있었다. 달려들기 직전의 맹수가 목구멍 깊숙한 곳으로부터 뽑아 올리는 으르렁거림, 일단 시작되면 누구도 막을 수 없는 필살의 기세…….

대머리 장한은 한 줄기 불길한 예감이 척추를 따라 떨어지는 것을 느꼈다. 생애를 통틀어도 이렇게 단호한 살기를 내뿜는 상대와 진검을 맞대 본 기억이 없었기 때문이다. 그러나 아무리 홧김일망정 중인들 앞에서 병기를 뽑아 든 이상 제풀에 물러설 수는 없는 노릇이었다. 혹시나 하는 마음에 주인 마태상의 눈치를 살펴보았지만, 마태상은 무슨 생각에선지 아무런 조치도 취하려 들지 않았다. 어쩌면 마태상은 그들이 진정으로 목숨을 걸고 싸우기를 바라는 것인지도 몰랐다. 대머리 장한의 이마에 식은땀이 맺히기 시작했다.

그런데 그때, 우렁우렁한 음성이 전비와 대머리 장한 사이로 끼어들었다.

"시끄럽군! 이렇게 시끄러우니 술맛이 날 리가 있나?"

그 음성에는 사람의 집중력을 뒤흔드는 기이한 내력이 실려 있었다. 일촉즉발로 달아오른 갑판의 공기가 일순 차갑게 식어 버렸고, 사람들의 시선은 자연히 음성이 울린 쪽으로 모아졌다.

음성의 주인은 머리카락이 부스스한 마의 장년인, 전비로 하여금 감탄하게 만든 확고부동한 눈빛을 지닌 검객, 금청위였다.

끼드득- 끼드득-.

금청위가 보여 준 한 수에 화답이라도 하듯, 그 옆에 서 있던 초로인의 넓은 소맷자락 안에서 괴이한 금속성이 울려 나왔다. 마치 절정에 달한 악공이 현을 퉁겨 청중의 감정을 움직이듯, 초로인의 소매 안에서 울려 나온 금속성은 전비와 대머리 장한의 호흡을 교묘히 흐트러뜨리며 파고들었다.

'과연 한가락하는 인물들이군.'

전비는 이렇게 생각하며 한 걸음 물러섰다. 사실 이 자리에서 꼭 피를 봐야 할 이유는 없었다. 그는 마의 장년인과 초로인의 의도에 저항하려 들지 않고 복강에 품었던 숨을 천천히 토해냈다.

"으……."

그제야 전비로부터 뿜어 나오던 살기에서 해방된 대머리 장한이 비척비척 뒷걸음질을 쳤다. 구릿빛으로 보기 좋던 그의 얼굴은 지금 이 순간 회칠이라도 한 듯 하얗게 질려 있어서, 누가 툭 건드리기라도 하면 피를 토하며 고꾸라질 것 같았다.

그와는 대조적으로 곧장 본래의 신색을 회복한 전비는 여전히 거만한 자세로 용각 의자에 몸을 묻고 있는 마태상을 향해 아까의 물음을 다시 던졌다.

"이것이 천표선의 환영 방식인가?"

마태상이 음산히 웃었다.

"이 배에 정해진 방식이란 없다네. 모든 방식은 내가 결정하지. 나는 남의 집에 들어와 예의도 차리지 않고 힘자랑부터 하는 자에게는 그리 관대한 편이 아니네."

"예의?"

전비는 픽 웃었다. 그러고는 푸른 광채가 번뜩거리는 눈으로 마태상을 똑바로 노려보며 말했다.

"내가 들은바, 비각의 마흔아홉 명 비영들과 강호육사의 사주는 상하의 구분이 없는 평등한 관계로 알고 있다. 나는 비영으로서 이 배에 올랐고 당신은 낭숙의 사주로서 나를 맞았다. 당신이 나를 존대하면 나도 당신을 존대하며, 당신이 나를 하대하면 나도 당신을 하대한다. 이것이 내가 알고 있는 예의다.”

마태상의 얼굴이 휴지처럼 구겨졌다. 그러나 달리 반박할 말을 찾지 못했다.

물론 전비가 말한 것이 전부는 아니었다. 그것이 비록 비각과 강호육사 사이에 이루어진 조약에 명기된 것이기는 하지만, 현실적으로 비영 서열 최하위인 사십구비영과 육사 중에서도 나름대로 확고한 위치를 구축하고 있는 낭숙의 주인은 결코 동급으로 취급될 수 없었기 때문이다.

하지만 예의를 논하는 데에 있어서 현실보다 우선하는 것이 명문화된 조항인 이상, 마태상으로선 더 이상 예의를 논할 수 없게 되었다. 그러니 마태상의 입맛이 떫을 수밖에 없는 것이다.

두 사람의 대화를 듣고 있던 금청위가 갑자기 갑판이 떠나가라 대소를 터뜨렸다.

“으하하! 몸뚱이는 곰인데 혓바닥은 여우로군. 멋있는 친구야. 생각했던 것보다 열 배는 더.”

그러더니 웃음을 뚝 그치고 전비를 향해 성큼성큼 다가왔다.

“나는 금청위라고 하네. 비영들끼리도 물론 평등하다지만, 그래도 자네보다 상좌에 앉아 있는 내게까지 딱딱하게 굴지는 않겠지?”

물론 전비는 마태상을 제외한 다른 이들과 시비를 벌일 의도가 전혀 없었다. 그는 금청위의 허리춤에서 건들거리는 철검을 슬쩍 내려다본 뒤 수박처럼 큼직한 주먹을 한데 모아 흔들어 보였다.

“누구신가 했더니 산서를 주름잡던 호활뇌정검 금 선배였구려. 후배가 인사드리오.”

금청위가 웃는 낯으로 전비가 모아 내민 주먹을 손등으로 툭 치웠다.

"귀여운 맛이라고는 눈곱만치도 없는 친구가 갑자기 이렇게 나오니 조금 쑥스럽군. 그래도 든든한 후배를 만나니 나도 즐겁다네. 한데 인사를 할 작정이라면 순서가 틀렸는걸."

금청위는 이렇게 말하며 턱짓으로 누군가를 가리켰다. 그의 턱짓이 향한 사람은 검은 해표 가죽 의자에 조각한 듯 앉아 있는 미녀, 진금영이었다.

"비영 서열 여덟 번째이자 이번 행사에 주장이신 비각의 아름다운 여신, 진금영 비영이시네. 인사드리게나."

전비와 진금영, 활화산 같은 거수와 빙하 같은 미녀의 시선이 허공의 한 점에서 자연스럽게 얽혔다. 그러나 거수의 눈빛에는 패기 대신 곤혹감이 떠올랐고, 미녀의 눈빛에는 냉정함 대신 갈등이 어렸다.

이들의 눈싸움은 금방 끝났다. 전비는 진금영을 향해 천천히 주먹을 모았다. 영원히 구부러지지 않을 것 같던 그의 고개도 조금씩 아래로 숙여지기 시작했다. 그러고는…….

"뇌주의 전비가 인사드리오."

진금영은 전비의 포권에 답하지도, 그렇다고 형식적인 인사말을 던지지도 않았다. 다만 갈등 어린 눈으로 전비를 물끄러미 응시할 뿐이었다.

이 극단적인 남녀의 대면이 만들어 낸 분위기는 매우 특이하여, 심지어 괴기스러운 느낌까지 들게 할 정도였다. 사람들, 전비에 대해 노골적인 적의를 발하던 낭숙의 문도들마저도 그 괴기스러움에 질린 듯, 넓은 갑판은 잠시 침묵이 감돌았다.

하지만 정작 당사자 중 하나인 전비의 심중은 복잡하기 짝이 없었다.

진금영이 과연 자신의 정체를 눈치챘을까?

전비는 그럴 가능성이 높다고 생각했다.

호교십군의 아홉 번째 군장인 백변귀서생 모금의 역용술은 그의 얼굴을 전비의 흉상으로 바꿔 주었고, 무양문의 별수재들이 개발한 영동미목막英瞳美目膜인지 미동영목막美瞳英目膜인지 하는 이름의 얇은 막은 그의 눈빛을 전비의 청목靑目으로 바꿔 주었지만, 기이한 울림을 담은 낮은 목소리와 그가 아니면 흉내 낼 수 없는 독특한 기질만큼은 아무리 고명한 역용술, 아무리 기상천외한 발명품으로도 바꿀 수 없었다. 여인 특유의 예민한 감수성은 그 점을 간과하지 않았을 것이다.

'시작도 해 보지 못한 채 끝나고 마는가?'

그녀가 이 배에 타고 있으리란 점을 사전에 예상치 못한 것이 모든 문제의 근원이었다. 하지만 지금은 그런 것을 탓할 때가 아니었다.

전비는 고개를 약간 숙인 상태로, 처음 진금영의 존재를 발견했을 때부터 뇌리에 새겨 놓았던 갑판의 인원 배치를 떠올렸다.

'후방을 급습하면 배로부터 탈출하기란 그리 어려운 일이 아니다. 하지만 그다음은 물속……. 곤란하구나.'

경신술로 수면을 차고 달리는 것에도 한계가 있다. 수중공부水中功夫에 관해 문외한에 가까운 그이기에, 사해포까지의 두어 리 물길은 실로 난관이라고 표현할 수밖에 없는 것이다.

'어쨌거나 나로선 선택의 여지가 없지.'

그런데 일전의 각오를 단단히 다지고 숙이고 있던 고개를 치켜들던 전비는, 아직까지 자신을 응시하고 있는 진금영의 눈빛을 마주하고는 커다란 혼란에 빠지고 말았다. 그녀의 눈빛이 이제까지와 달리 매우 부드럽게 변한 것을 발견했기 때문이다.

화공이 정성스레 그린 듯한 붉고 고운 입술이 천천히 열렸다.

"뇌주에서 여기까지는 가까운 길이 아니었을 텐데, 정확하게 시간을 맞춘 것을 보면 그대는 매우 성실한 사람 같군요. 한식구가 된 것을 환영해요."

전비는 진금영의 두 눈을 똑바로 바라보았다. 그래서 그 심중을 알아내고자 했다. 하지만 진금영의 눈빛은 오직 부드럽기만 했다. 처음의 냉정함도, 그리고 잠시 전 떠올랐던 갈등의 흔적도 엿볼 수 없었다.

'내가 너무 앞질러 생각한 것일까? 아니, 이것은 함정일지도 모른다.'

전비는 의심하지 않을 수 없었다. 만약 진금영이 그의 정체를 알아보았고, 또 천표선을 탈출하려는 그의 의도까지 간파했다면, 짐짓 정체를 모르는 체 그를 바다 한가운데로 끌고 나갈 수도 있기 때문이다. 만일 이 추측이 맞는다면 그가 살아남을 수 있는 확률은 극도로 희박해진다.

전비의 주먹에 땀이 고이기 시작했다.

"하핫! 이 친구, 눈알 색깔은 괴상해도 보긴 제대로 보는구먼. 그래, 진 비영의 얼굴을 한번 대하고 나니 눈 떼기가 싫다 이거지? 그 마음이야 내가 이해하지. 암, 이해하고말고."

금청위가 전비의 등을 탁 때리며 껄껄거렸다. 이 짧은 순간이 전비에게는 고비였다. 금청위가 손짓으로 또 한 사람의 강적, 넓은 소매 속에 두 손을 감춘 초로인을 불렀기 때문이다.

'어떻게 해야 하나?'

그러나 망설임에 비해 고비의 순간은 너무 짧았다. 초로인은 어느 새 전비의 면전에 당도했고, 전비는 지척에 두 명의 강적을 두게 되었다.

'별수 없군.'

결국 전비는 탈출을 포기했다. 기왕 여기까지 온 것, 진금영이 자신의 정체를 알아보지 못했다는 쪽에 모든 것을 걸기로 마음먹은 것이다.

전비의 내심을 짐작할 리 없는 금청위는 예의 털털한 목소리로 초로인을 소개했다.

"세상 살다 보면 진 비영 같은 미녀도 만나게 되고, 또 허 선배 같은 쭈그렁바가지도 만나게 된다네. 말하자면 극락과 지옥이 고갯짓 한 번으로 바뀌는 셈이지. 인사하게나. 가진 게 돈뿐이라 무기도 금전인 비각의 재신이라네."

소개를 받은 초로인은 우선, "빌어먹을 주둥이하고는……." 이라며 금청위를 향해 눈을 흘긴 뒤, 전비를 향해 인사를 건넸다.

"내 이름은 허봉담이라네. 내가 가진 금전은 하나같이 도금한 가짜에 불과하니, 혹여 저 친구 말을 믿고 부자 선배 생겼다고 좋아하면 곤란해."

그러면서 소매 속에 감춰 둔 오른손을 보여 주는데, 그 엄지와 검지 사이에는 반짝거리는 금전이 두 개 끼워져 있었다. 전비는 그제야 아까 초로인이 발휘한 음공의 연원을 알게 되었다. 단지 금전 두 개를 비빔으로써 자신의 호흡을 흐트러뜨릴 수 있었다면 실로 대단한 공력이라 아니할 수 없었다.

"허 선배를 뵙습니다."

전비는 마음 한구석이 차갑게 식는 것을 느끼면서 허봉담을 향해 포권을 올렸다.

전비와 비영들이 인사를 주고받는 광경을 지켜보던 마태상이 두 눈을 가늘게 접었다. 그렇게 접은 눈가로 작은 경련이 일었지만 그것은 금세 사라졌다.

"호걸의 사귐은 아무리 잦아도 과하지 않다더니, 오늘 비각의 호걸들께서 새 사람을 사귀는 광경은 정말로 보기 좋군. 이런 날 잔치 술을 못 낸다면 이 마태상이 천하의 호걸들 앞에 고개를 들 수 없겠지."

마태상이 목소리를 과장스럽게 높이자 금청위가 미심쩍은 눈으로 그를 돌아보았다.

"호오, 신기한 일이구려. 내가 듣기론 마 사주께선 술을 원수처럼 증오한다고 하던데……. 오음강장주인가 뭔가만 빼고 말이오."

"흐흐, 이 사람이 비록 주독을 경계하기는 하나, 금 비영이 생각하는 것처럼 고리타분하지는 않소. 양 당두梁堂頭!"

마태상은 손뼉을 한 번 크게 쳤다. 그러자 난간 쪽에 도열해 있던 검은 두건의 선원들 중 하나가 마태상에게로 달려와 허리를 굽혔다. 천표선에 오르기 직전 전비의 신원을 처음으로 확인한 날카로운 눈매의 사내였다.

"환영연 준비는 끝났겠지?"

"물론입니다."

양 당두의 대답에 마태상은 얄팍한 미소를 떠올렸다.

"즉시 시작하도록."

"존명尊命!"

양 당두는 자리에서 일어나 선실 쪽을 향해 크게 외쳤다.

"준비한 것을 내오너라!"

기다렸다는 듯이 갑판으로 통하는 문이 활짝 열렸다. 이어 검은 두건을 두른 여섯 명의 사내가 두 줄로 걸어 나오는데, 그들은 대문짝만큼이나 커다란 나무판을 어깨로 받쳐 들고 있었다.

마태상은 음산한 목소리로 전비에게 말을 걸었다.

"특별한 손님에겐 특별한 대접이 어울리겠지. 모쪼록 자네 입맛에 맞았으면 좋겠군."

마태상의 말이 끝남과 동시에, 여섯 명의 사내가 나무판을 갑판 한복판에 내려놓았다. 그 순간 중인들의 얼굴이 딱딱하게 굳었다. 그 위에는 놀랍게도 한 마리의 커다란 곰이 누워 있었던 것이다. 그것도 산 채로!

그르르…….

반쯤 벌어진 곰의 주둥이로 낮은 울음이 흘러나왔다. 그러나 곰이 할 수 있는 일이라곤 그게 전부였다. 곰은 단지 목숨만 붙어 있을 뿐, 이미 산목숨이 아닌 것이나 다름없었다. 목부터 아랫배까지 길게 갈라져 시뻘건 내장들이 그대로 들여다보이고, 네 발바닥은 커다란 갈고리에 꿰뚫린 채로 나무판에 고정되어 있었기 때문이다.

남은 생명이 얼마 되지 않은 탓인지 곰은 간헐적으로 헐떡거렸고, 그때마다 내장이 불룩거리며 구역질 나는 피비린내가 공기 중으로 피어올랐다.

"어떤가? 마음에 드는가?"

마태상이 전비의 신색을 살피며 물었다. 길게 찢어진 눈이 초승달처럼 둥글게 말린 것으로 미루어 지금의 상황을 매우 즐기는 눈치였다.

전비는 아무 대꾸도 하지 않았다. 다만 감정을 짐작하기 어려운 눈으로 나무판의 곰을 내려다볼 뿐이었다.

이 잔혹한 식탁에 항의한 사람은 전비가 아닌 허봉담이었다.

"마 사주, 과거 전 비영에게 청목웅이란 별호가 있었음을 알고 하는 행동이오?"

마태상은 눈을 크게 뜨며 짐짓 놀라는 표정을 지었다.

"그게 사실이오? 허어! 그렇다면 이거 큰 실례인걸."

진금영 또한 노기를 감추지 않았다.

"마 사주께서 사감을 앞세워 전 비영을 핍박한다면 우리는 결코 좌시하지 않을 거예요."

"그런 것이 아니라니까. 하하!"

하지만 마태상은 분명히 즐거워하고 있었다. 마치 나무판에서 배가 갈라져 죽어 가는 곰이 전비라도 된다는 양.

그런데 전비가 보인 행동은 모든 사람의 예상을 뛰어넘는 것이었다.

"생식이라, 옛날 생각이 나는군."

이렇게 중얼거린 전비는 나무판 앞에 털썩 주저앉더니 곰의 갈라진 배 속으로 손을 쑥 집어넣었다. 그리고 어디를 어떻게 했는지 곰의 거대한 몸뚱이가 부르르 진동했다.

"나를 위해 준비했다고 하니 내가 가장 먼저 먹어도 되겠지."

피투성이가 된 전비의 손이 곰의 배 속에서 빠져나왔다. 그 순간 곰의 진동이 거짓말처럼 뚝 그쳤다. 전비의 손아귀 안에는 이제까지 곰의 생명을 실낱같이 이어 주던 염통이 쥐어 있었기 때문이다.

전비는 선혈이 뚝뚝 떨어지는 염통을 입가로 가져갔다. 그리고 태연스레 먹기 시작했다.

모골이 송연한 우적거림.

사방으로 진동하는 피비린내.

이 끔찍한 광경을 약간 질린 표정으로 바라보던 금청위가 돌연 탄성을 터뜨렸다.

"호걸이로다! 과연 기대를 저버리지 않는 친구로군. 아마 저 곰도 저승에서 고마워할 걸세."

그러자 곁에 있던 허봉담이 마태상을 향해 이죽거렸다.

"마 사주는 기쁘겠소. 애써 준비한 음식이 전 비영의 입에 맞는 것 같으니."

마태상의 얼굴에 떠올랐던 즐거움의 기색이 조금씩 사라져 갔다. 그런 그를, 무표정한 얼굴로 곰의 염통을 우적거리던 전비가 돌아보았다. 피 묻은 전비의 입술이 천천히 움직였다.

"몇 년 전 원수 세 놈의 염통을 먹은 적이 있었지. 돌이켜 보니 둘째의 것이 가장 맛있더군."

그 둘째가 마태상의 사촌 동생인 마곡을 가리키는 것임을 모르는 사람은 없었을 것이다.

마태상의 눈 속에서 새파란 섬광이 피어올랐다. 만일 눈빛으로 사람을 죽일 수 있다면 전비는 이미 마태상의 살벌한 눈빛 아래 육젓이 되었을지도 모른다. 하지만 눈빛은 사람을 죽일 수 없고, 그래서 전비는 계속 입을 놀릴 수 있었다.

"방금 듣기론 술 얘기도 나온 것 같은데……."

마태상은 신경질적으로 고개를 돌렸다. 그의 이빨 사이로 으스스한 음성이 흘러나왔다.

"술…… 술을 가져다줘라."

선주의 명이 떨어지자 선원들은 바삐 움직이기 시작했다.

잠시 후 본격적인 환영연이 시작되었다. 그것은 갑판에 있던 모든 사람들이 두 번 다시 떠올리고 싶어 하지 않을 만큼 살기

흉흉한 환영연이었다.

 이렇게 해서 전비로 역용한 석대원은 비각의 행사에 본격적
으로 합류하게 되었다.

다음 권으로 이어집니다